U0925340

跨度长篇小说文库

Kuadu Novel Series

跨度长篇小说文库

Kuadu Novel Series

长篇小说

走心

流岚◎著

中国文史出版社

第一章

半个月前的那个下午，江昊自己开着那台吉普车来到太阳河边。当时河水还异常悠闲地流着，一副不紧不慢的样子，就像是在这片荒野间散步。

对于这条河，江昊实在是太熟悉了，太了解了。

当然，他在懂事时也就知道了在这一带流传已久的那个富有神秘色彩的传说。

这条河的名字是因那个传说而诞生的。

英雄后羿为造福世间，拉开强弓射掉了九颗太阳，其中一颗便落在这片山野之间。不知过了多少年，从这崇山峻岭中流淌出一条小溪，小溪里每一滴水都闪动着金子一般的光芒。渐渐地，小溪流成了小河，小河依然金光闪烁。小河流过的地方，山峰苍翠欲滴，土地飘散芳香。于是，最先来到这里的人，便给这条河起了这个响亮的名字——太阳河。这条河一直向东，直奔那条大江，只是在完达山南麓的这个地方又分出一个支流，汇入一个大湖。就这样，人们就叫这条太阳河的支流为星星河，那个大湖就叫月亮湖。

这些年，太阳河留给江昊的记忆实在是太深刻了。这片土地上生长的五谷，离不开这太阳河的浇灌。可很多时候人们又非常怕它，别看它平时总是温温柔柔地流淌着，可一旦夏天闪电和暴雨的鞭子抽在了它的身上，它便会暴跳如雷，发出万钧雷霆，扑向人们辛辛苦苦种植的庄稼……

江昊向西面太阳的方向望去，他只觉得放射着万道金光的太阳正向自己奔腾而来。

你看着吧，我一定要抢在你的前头！江昊在自己的心里大喊一声，然后一踩油门儿，吉普车便卷起一阵烟尘，飞向了远方那片飘散着清香的麦海……

三天三夜没有睡觉的江昊总算是稍稍地松了一口气。

太阳农场今年在星星河坝外种的一万五千亩小麦已经抢回了百分之八十。江昊在心里盘算着，只要再拼过今天这一夜，坝外就可以胜利告捷了。听天气预报讲，马上就要有特大降雨，太阳河上游的水文站也不断传来消息，水位已经超过历年来的最高纪录。喝着太阳河水长大的江昊，在记忆里忘不了那几次曾给农场造成巨大损失的水灾，哪一次都有很多人倾家荡产。平时冻死迎风站的汉子，蹲在被大水淹没了的庄稼地前痛哭失声，那情景至今记忆犹新。现在虽然水利工程有所加强，可这只是二十年一遇的工程，尤其是靠近星星河西岸的几个连队，地势低洼，大坝一旦决口，后果不堪设想。把坝外的小麦抢回来之后，就可以腾出一只手了，一边抢收坝内的小麦，一边加固加高星星河的堤坝。今年的庄稼长势超过任何一年，如果真能做到丰产丰收，农场的经济效益又会创造一个新的纪录。

江昊一边在心里盘算着，一边亲自开着北京吉普车，沿着太阳河南岸的山路向场部奔去。

临走时，司机小张还关切地说，江场长，你已经好几天没睡觉了，我还是送你回去吧。

江昊望了望那辆正在抢修的收割机，皱着眉说，你原来是开这个的，有些毛病你能伸上手，我一个人回去就行了，今天晚上开完碰头会我就赶回来。

那，场长，你千万慢一点儿开呀。小张还是不放心地说。

放心吧，这条路我太熟了，保证没事儿。对了，你一会儿再到连队给场部打个电话，让办公室负责通知各位场领导，晚上七点钟准时开会。

远远地看到自己家的小院子变了样，两绳子新洗的衣服挂满了院子，就像军舰上的彩旗。

是平华回来了。江昊心中一喜，这些天自己早就顾不上家了，这几天小江柳的饭也不知道到谁家吃的。唉，我这当爸的真是不称职。这回好了，平华回来了。

房顶上那缕炊烟让江昊感到了一种温馨的气息。这半年来，他的生活里始终是那样单调而忙乱，吃饭和睡觉也好像成了可有可无的程序。小江柳常常噘着小嘴埋怨爸爸不管她，还一个劲儿地说，我要写信告诉妈妈，说你在家里虐待我。江昊笑着摸着她的头，小孩子，这算什么苦，和我小时候比，你简直就是掉在了福堆里。小江柳还是一脸的不服气，哎呀，老爸呀，你快别给我忆苦思甜了，现在都什么年代了，还提你们当年那一套。你看我们班别的同学，哪天不是衣服是衣服饭是饭，咱家可倒好，你的衣服还要我给洗，你要一做饭，不是夹生就是串烟。

江昊亲切地摸了摸女儿的脸：这不照样把你喂得这么胖吗？

反正我要告你的状，看妈妈回来怎么收拾你。

魏平华一看满身尘土一脸汗水的江昊，本想埋怨他几句，可话一出口，就变成了另外一种意思，看你，怎么造成这个样子，你是一场之长啊，干吗什么事都要亲自动手？

现在都什么时候了，这是一年当中最关键的时刻。江昊望着魏平华那张红润秀丽的脸，认真地说，班子人员本来就少，马上就到了防汛的最紧要时期，水库要人，坝上要人，还要抢收小麦，你说说，我不亲自上行吗？再说，黎书记的病……

怎么，黎书记的病又严重了？魏平华关切地问。

前几天我逼着他到分局医院做了检查，确诊是中晚期肝癌，虽然他本人还不知道最后的结果，可他那么聪明的人，能猜不到吗？党委专门开了会，让他到北京去治病。江昊神情感伤地说。

那，那你就更应该多爱惜自己了，这么大个农场，你担子更重了，我又帮不了你什么。魏平华眼泪汪汪地说着，伸手摸了摸江昊那满是灰尘的脸，才半年，你就老了不少，我原来真是不想去进修，知道一走你们爷儿俩的日子就算……

江昊摸着魏平华的头发，轻轻地说，我和小柳也想你呀，可农场新进了几十万元钱的设备，你又是主治医生，医院只能让你去。现在好了，你不回来了吗，咱们家的后勤工作又会阳光灿烂了。

魏平华把头轻轻地靠在江昊的胸前，声音柔柔的，昊，你知道吗，在家时我从来不做梦，因为有你在身边。这半年多我每天夜里都做梦，又总是梦见你一身泥一身水的，我就给你洗，洗完了你又弄脏了，有时给我气得不行就这样打你。说着，魏平华就挥动着拳头，但拳头却轻轻地落在江昊的胸脯上。

江昊低下头在魏平华的脸上亲了亲，哎，饭好了吗，快给我吃一口，我马上还要去开碰头会。

你几天没吃饭了，你不能慢点儿吗？魏平华望着江昊那狼吞虎咽的样子，一边心疼地说，一边舀起一小勺汤轻轻地吹着，然后送到江昊的嘴边。

一会儿开完会我就直接到地里去了，今天晚上还有一场决战。江昊擦了擦嘴站起身来。

就剩一个晚上了，你不是已经都安排好了吗？再说我都半年没回来了，你……魏平华的眼圈又有些红了。

江昊走过来，捧起那张俊秀的脸，在魏平华的额头上又轻轻地亲了一下。看你，咱们也算老夫老妻了，别这样，我如果今天晚上不去，我更睡不着。就剩下十五队那三千多亩了，地形我最熟悉，我如果不在现场还是不放心。等着我，给我做点儿好吃的，我明天早上就回来。

魏平华倚在门框上，望着江昊的身影消失在夜幕中，眼泪终于流了下来。

班子碰头会还是在二楼的那间小会议室里召开的，黎玉新坐在那里，面容憔悴，一看江昊进来了，就站起身来。

来，我先给你介绍一下，黎玉新指了指坐在他身边的一位梳着短发的女同志说，这是文丽同志，是省农垦厅干部处的科长，到咱们场挂职，分局党委决定由文丽同志担任农场党委副书记。

这时江昊才看清了会场上今天来的这张新面孔，于是热情地走上前去，握了握文丽伸过来的那只白皙柔软的手：欢迎欢迎，是上级来的领导，这回黎书记就可以放心出去治病了。

在握手的那一瞬间，他又望了一眼文丽，那是一张俊秀的脸，同时具有东方女性的柔美，又有着西方女性的生动。尤其是那双会说话的眼睛，忽闪忽闪的，带着笑意，他觉得好像在哪里见过，又一时想不起来。文丽倒是很大方，说的话也显得干练而洒脱：江场长可是咱们省出了名的青年企业家呀，我这次是来学习的，还有一点也是来还愿的。

还愿？江昊和在场的几个人都有一些吃惊。

严格地说，是我们父女两代人的愿望，是对这片黑土地的一份情。至于具体为什么，将来你们会知道的。我的挂职时间是一年，在这一年当中还请各位多关照哇。

碰头会上几位领导分别把各自负责的工作汇报了一下，当务之急就是要在洪峰到来之前马上加高加固星星河的堤坝，还有，就是要密切关注红旗水库的形势。

江昊特意问了一下负责红旗水库防汛的副场长陆有为，红旗水库可是悬在咱们头顶上的大水盆啊，那里的情况可绝不能掉以轻心啊。

陆有为的眼皮好像有些发沉，听到问话，半天才支支吾吾地说，这么多年水库都没出什么事，放心吧。

老陆啊，你这样说可不对呀，如果水库真的出了事儿，咱们就要受到东西两水的夹击，那可就危险了。江昊看着陆有为那副漫不经心的样子，有些不快地说。

黎玉新也神情严肃地讲道，这段时间对我们都是最关键的，现在我们太阳农场又面临着一次严峻的考验。在座的各位一定要有这样的意识，北面的太阳河，好在有完达山的余脉挡了一下，而东面的星星河和西面的红旗水库就像悬在我们头上的两把剑，我们每一个人都要以对事业和人民负责的态度迎接这次考验。他还想说下去，可肝区那儿剧烈的疼痛使他不得不停下来，把右手攥成了拳头，死死地顶住右下腹，头上也浸出了汗珠。

江昊马上接过话头说下去，现在全场坝外的小麦到今天晚上就可全部收完了，开完会我马上过去，其他同志还要各就各位。说到这里，他关切地望了望黎玉新，我看黎书记还是回去休息吧，马上通知医院派出医护人员，准备送黎书记进京治病。

黎玉新擦了擦头上的汗，连连地摆了摆手，不，这个时候我不能离开，就是要治病，也要等到忙完了这一阵子。

黎书记，你，这怎么行？你的病不能再拖下去了。江昊的口气里半是劝解，半是命令：家里的事情你放心吧。

黎玉新脸色煞白，手也有些颤抖，江昊哇，你们大家的心情我能理解，可现在这种时候，让我离开，那不是给我治病，那是要我的命啊。按说，我黎玉新只是一个普通的人，我也没那么高的境界，可我一想起和我坐一趟车来的那六名北京知青，现在就埋在红旗水库的大坝旁，我就觉得他们时时都在看着我，在这种时候离开，我还算个人吗？

黎玉新动情地说着，江昊的眼睛也潮湿了，可口气依然还是那样坚决：你的心情我们能理解，可你的病实在不能再拖了，要不，我们大家表个态，少数服从多数。

黎玉新忽地一下站起来，身子还有些打晃，大家的心意我领了，可我还是那句话，现在不能走，你们也别表态，你们现在要是把我当成书记，我今天就独裁一次吧，就这样定了，我还是负责二线的麦场，对了，文丽和我一同去，我顺便把情况介绍一下。

几个人互相看了看，江昊只好默默地点了点头。

江昊赶到十五队那片坝外小麦地的时候，已经是十一点多钟了。老队长王左林匆匆地跑过来，江昊哇，你怎么又来了，我在这里你还不放心吗？

老队长，我不是不放心，你这么大年纪了，也累了好几天，你腿上的那个弹片早就给你找麻烦了吧？江昊关切地问着。

王左林故意重重地走了几步，你看看，这腿没事儿，我这把老骨头扛磕打。你看，那几个康拜因手也和你当年差不多，今天晚上都拼上了。

望着王左林那张消瘦的脸，江昊想起了自己在他身边工作的那些岁月。这老头子在抗美援朝时坚守上甘岭阵地，立过一等功，身上的伤疤就有七八处，一九五八年扛着上尉肩章来到太阳河边，一干就快四十年，可现在他依然是个连长。江昊在这里当连长时，王左林当书记，江昊走了之后，这个全场最大的连队都交给他了。还是保持着年年赢利第一的成绩，在全垦区是排在最前列的连队，在整个太阳农场这个棋盘上，十五队还是一枚最重要的棋子。

老队长，现在进度怎么样？江昊给王左林亲自点上了一支烟。

王左林接过烟深深地吸了一口，刚才我估摸了一下，这三千多亩已经干出一多半了，估计天亮之前能够拿下来。说来也真是应了那句老话，浪子回头金不换。

你说的是谁呀？王左林把江昊也给说糊涂了。

还不是你收拾过的那个王保山，这小子自从挨了你的那顿打之后，真是变了样，这不是，去年我提他当了机务副队长，就成天像长在车上。王左林笑着指了指正前方的那台收割机，那小子就在那台上呢。

江昊也笑了，我那时也真有些虎，那回真是把他揍得够呛。

听说他还到场部去告过你?

可不是，要不是老场长把他顶回去，我还真的要有点儿麻烦呢。

现在他可是时常念叨你打得对。

坝外的咱们算抢回来了，下一步更关键，上游水文站已经有告急的消息，咱们这坝还得加高加固。江昊神情有些严肃。

王左林看看身边没有别人，就往江昊身边凑了凑，小昊子，你现在可是场长了，你不能看咱们爷们儿的笑话啊，十五队的堤坝是最长的，你能不能调给我两台挖掘机，那样我就更有把握了。

江昊笑了，我的老队长，挖掘机我早就给你准备好了，告诉你吧，不是两台，而是三台。

你小子，净让我干着急。说着，王左林在江昊的身上砸了一拳。你就瞧好吧，就是星星河的水位再涨高两米，我也保证淹不着坝内的一棵庄稼。

不是两米，可能是三米，甚至是三米半。江昊脸上一点儿笑意都没有，老队长，根据近期的天气形势和水势预报，咱们的防御必须是超常规超历史的。

王左林盯着江昊，有那么严重吗?我在这儿可都快四十年了，还没有摊上那么大的水呢。

四十年没摊上，这回可能要轮上了。

太阳从河东边缓缓升起，星星河上就像撒上了无数珍珠，在阳光下，每一个浪花都闪烁着耀眼的光亮。

站在大坝上的江昊和王左林目送着最后一辆运粮车驶向连队的晒麦场，两个人都相视一笑。

哎，我说小昊子。只要是身边没有人时，王左林总是喜欢这样喊江昊，虽然如今江昊已经四十多岁了，又是领导着三万人口的场长，可听着这称呼还是从心里感到亲切。

小昊子，平华出去学习快回来了吧？王左林用手撸了一把脸上的灰尘，关切地问。

江昊回答说，是昨天下午回来的。

好哇，你小子太不近人情了，人家小华出去半年多，回到家你却不着面，跑到坝上守我这糟老头子，你小子真浑。

王叔，这回江昊也不喊他老队长了，你看这种时候，我能在家里待得住吗？我……

什么这时候那时候的，天塌下来有我老头子在这顶着，常言道，小别胜新婚，你把人家小华扔在家，能不伤心吗？

我的好王叔，你老人家的心意我领了，可你更要知道，我现在已经不是那个和你摽着劲儿比割地的小昊子了，平华也不是那个扎着小辫儿跟着你要香瓜吃的小姑娘了，我们都是四十多岁的人了。再说，我现在不是场长吗？

四十多岁，你就是五十岁、六十岁，在我面前也是孩子，去去去，赶快给我回家去，向小华好好道歉，要不，再见面时，看我怎么收拾你。王左林故意瞪起了眼珠子。

哎呀，我说王队长，我可是场长，咱们谁收拾谁呀？江昊也故意和老人开着玩笑。

好哇，你小子敢威胁我，王左林弯腰捡起一根树枝，看我现在就打你。

江昊赶紧跑，好，好，我服了，我马上就回去。说着，招呼着司机小张，赶快跑，赶快跑，上甘岭老兵要发起进攻了。

王左林站在大坝上爽朗地笑着。

一坐上吉普车，脑袋一沾靠背，江昊就呼呼睡着了。小张两手把着方向盘，眼睛紧紧地盯着前方的路面，想把车开得更稳些。他侧过头来看了看面容消瘦满脸黑胡楂的江昊，心里想，他这场长当得真是太遭罪了，也就是他这样的体格，要是换个主儿早就累到医院去了。我给他开车也是小车班最累的一个，不管啥时候，刮风啊，下雨呀，都是照跑不误，我也真是服了，他这身体就像是铁打的，再说就是铁打的机器也该有保养的时候呀。当场长才两年，我倒觉得他人老了有十岁，不过太阳农场的三万百姓在这两年真是过上了抬头日子。卫星一颗一颗地放，楼房一座一座地起，原来拖欠了好几年的工资和退休金，都让他给补齐了。可这样的人也太少有了，人家《党的生活》杂志社来记者采访他，他就是躲着不见，记者只好去采访别人，临走时还是找到小江柳拿走了一张照片。这样的场长真是少有，你看看人家月亮湖的，那官儿当的，真是神气。谁像他这官儿，你看这车吧，好像是从抗美援朝战场上下来的。只要是在家，总是用这台破车跑，只有出远门时，才让动那台宝贝“沙漠风暴”。

可能是三分钟，最多不过五分钟。江昊突然醒了，忙问，到哪儿了？

我的大场长，咱们车现在还是沿着大坝往北走，一会儿该往左拐了。

噢，小张，一会儿你在山坡的墓地停一下。江昊特意提醒一句，眼睛一闭，又靠在了座椅上。

山坡上的这座小小坟茔，已经埋在了荒草之中。江昊走上去，把墓碑前面的荒草用手拔了拔，那墓碑上的字才算又看清了，上面的字早已经有些斑驳了。

司机小张也跟了过来，看那墓碑上刻着六个字：杨柱烈士之墓。小张就问江昊，听说这个杨柱是在星星河里淹死的。

江昊重重地点了一下头，是啊，那是十五年前了，对了，也是这个季节，麦收。

那你是和他在一起吗？小张望着江昊那一脸的深沉和感伤，低声地问。

何止是在一起，你知道吗，他被淹死时，我都想去跳河。江昊绕着杨柱的坟走了一圈。虽然十五年了，可我觉得好像就在昨天。唉，他如果活着的话，现在都三十多岁了。

早晨的阳光照着那座小小的坟头，江昊拔了一遍墓碑旁的草，这时的墓碑显得肃穆而整洁。对着墓碑下面，便是大片的新开发的水稻田，齐刷刷的稻穗就像地毯一样铺向远方。

柱子啊，你看到了吧，当年的这块机车老打误的麦地，现在也变成高产的水稻田了。一亩的效益都顶上原来的三亩了，等忙过了这一阵子，我来好好为你修修墓。柱子，你看，咱们太阳农场真正像太阳一样地升起来了。

江昊站在杨柱的坟前，说话时的语气，就像杨柱还活着。

第二章

天上就像下了火，连空气都是干干的。太阳河的水好像一下子浅了不少，岸边柳树的叶子都在打着卷儿。

听天气预报说，后天这里将有一场大雨。江昊和杨柱开着那台收割机就像玩命似的在麦海中拼抢着。他们这台车已经连续干了三个昼夜，队长喊他们休息一下，他们说什么也不肯，只是拿过水壶咕嘟咕嘟地灌了一阵，又上了车。

师傅，听统计说咱们的车已经远远地超过了那几台，要不，咱们就先悠着点儿？杨柱把手罩在嘴上向江昊大声地喊着。

江昊的两只眼睛红红的，眉头也皱得打起了疙瘩，不行，你没听队长说吗，后天有大雨，赶快抢，不能停。

杨柱刚上这台车还不到半年，可小伙子处处学得认真，不管什么事儿一点就通，江昊对这个比他小挺多的徒弟非常满意。麦收开始时，老队长王左林让各个车长挑兵，江昊二话没说，就点了杨柱的名字，别的车组还有些不解，江昊这小子是不是疯了，居然点了一个小毛孩子。他这先进车组的红旗还要不要？

江昊才不管别人怎么议论呢，开完会后，把杨柱叫到跟前：柱子，我知道你今年才十八岁，虽然你也是太阳河边长大的孩子，可毕竟还没有干过重活。你知道这抢收小麦是什么意思吗？这叫龙口夺粮，我们的车要和洪水一起赛跑，抢在大雨之前把麦子收回来。这一上车，有可能就是几天几夜不睡觉，你挺得住吗？

师傅，噢，昊哥，你放心吧，往年我虽然没干过，可我看见你们干过，我上班的时候我爸就告诉我了，太阳河边的这块土地当年开出来不容易，几乎处处都有血和汗，今天我们一定要对得起它的。苦还不是人吃的，昊哥，干吧，我跟定你了。

金黄的麦海展现在人们的面前，他们开的收割机就像是麦海中的军舰。

运粮的车在每一条田间路上奔跑着，卷起一阵阵烟尘。

快吃午饭了，江昊和杨柱的这台车马上就要把又一块地收完了。就在这时，机器发出了异样的声响，接着就不转了。

杨柱跳下车，到后面仔细地查看起来。

师傅，是传送的齿轮坏了。杨柱对着操作台上的江昊焦急地喊着。

这是什么时候，真是越急越出岔儿。江昊嘴里嘟哝着跳下了车。到后面一看，果然，那个齿轮已经报废了。他回过头来问杨柱，你知道咱们库里还有吗？

昨天二号车要换这种齿轮的时候，队长说连场部物资科的大库里都没有了，那不是，二号车的陈师傅连夜跑了趟月亮湖。杨柱指了指在另一块麦地里收割的二号收割机。

那不是耽误时间了吗？再说……

还没等江昊说完，杨柱就抢着说，昊哥你放心吧，我马上过河去一趟，到月亮湖的二十八队去借一个。

这几天把你也累够呛，你小子还真挺得住，还是我去吧，你趁这个工夫好好检修检修。江昊望着被晒得又黑又红的杨柱说。

算了，昊哥，我不累，还是我去吧。你忘了，月亮湖二十八队的队长是我表哥，我去了，事情能好办些。杨柱说着，从开过来的送饭车上抓了两个馒头就向星星河边的大坝走去，边走边回过头来喊，昊哥，我两个小时保证回来。

这小子，真是好样的。江昊自言自语地说。

我看杨柱这小子和你刚上班的时候差不多，都是有一股犟劲儿。亲自开着车来送饭的连队管理员笑着说。

杨柱走了还不到十分钟，江昊就看见魏平华背着药箱急匆匆地跑过来。跑到跟前，不容分说地抓起江昊的手，焦急地问，伤在哪里？怎么伤的？

把江昊也问蒙了，谁说我伤了，没有哇。

还不是你那好徒弟，这个杨柱子，魏平华呼呼地喘着粗气，擦着满脸的汗，他说你手被砸伤了，让我赶快来。

这小子，心眼就是多，平华，他的这点儿心思你还不知道吗？他是让咱们……江昊说着，脸一红。

魏平华点点头，这孩子心眼儿真好。说到这里时，魏平华抬起头，伸手摸了摸江昊那晒得已经红肿的肩膀，叹了口气说，唉，昊，我都知道了，你这都是为了我呀，要不，你那统计不是当得好好的。

你别听别人瞎说，那是没有的事儿。江昊矢口否认着。

你别瞒我了，我都知道了。人家指导员要把团政委的千金介绍给你，你却不干，非要、非要和我好，你也真是，放着驸马不当，这不是，统计也被拿下来了，又回来开车，我……

魏平华说着说着，抹起了眼泪。

别，快别哭，小华，咱们是一块儿长大的，你还不了解我吗？我是那种见了权势就要卖身投靠的人吗？江昊从口袋里没有找到手绢，就走上前去，用自己的手背为平华擦着泪。别说是团政委的女儿，就是师政委、军政委的女儿，我也不稀罕。

平华抓住江昊的大手，捂在自己的脸上，一边流着泪，一边亲着江昊的手。

江昊，我一定对得起你，我已经跟我爸说了，凭你用这样的心思对我，我、我也要一辈子对你好。魏平华坚定地抬起头来。

麦地里几乎没有一丝风，摸一摸收割机，都烫手。

魏平华打开药箱，拿出一个药丸，递给江昊，这是我为你特意留的。

我又没有病，吃药干什么？江昊用手推着。

真是傻子，这是山楂丸，快吃了，这几天在地里总是饥一顿饱一顿的，别把胃造坏了。说着，又拿出一个用花手绢包的煮鸡蛋，递给江昊。

小华，我又不是孩子，你拿什么鸡蛋呢？

你不吃我就扔。魏平华眼睛瞪得滚圆，装着生气的样子。

好，我吃，我吃。

江昊把所有的部件又都检修了一遍，抬头看看星星河的方向，还是不见杨柱的身影。怎么搞的，难道是没借着齿轮，不会吧？

另外地号的收割机还在奔忙着。江昊更加焦急了，虽然自己这台车早已经把整个麦收的指标都完成了，现在每干一亩都是超额的，可机车在这里闲着，他急得就像是猫抓心。自己回到这台车上真是时间不长，也正像刚才平华说的，如果同意了那门亲事，用指导员的话说，那就是一步登天了，马上就能调到团部的统计股工作。听说团政委的女儿文涛是团委的干事，指导员还比比画画地给他介绍说，文涛长得如何如何好，有着江南女子的秀丽和温柔，再说，又是团首长的女儿，你小子以后的前途真是无可限量，你真是有福哇，你可别忘了，不管怎么说，我也算半个红娘，以后发达了可别忘了我呀。当他看到江昊倔强地摇着头，忽地站起来，你小子是不是中邪了，还是发烧烧晕了说起了胡话？说着还真伸手去摸江昊的脑袋。江昊用手一挡，你就不要费那个心了，告诉你吧，我心里有人，不管是谁，我都不干。指导员被他说得脸都青了，好哇，你小子简直不知天高地厚，你也太狂了，你还要上天不成，你不就是一个连队的小统计吗？江昊把头一歪，脖子一梗，我就是一个老百姓，一个工人，靠力气吃饭，我活得踏实。指导员在地上来回走着，好，好，我让你踏实，从明天起你回机务继续开你的车去，这统计你也别当了。

江昊把拳头攥得咔咔响，他真想把指导员那张大饼子脸打成烂倭瓜。指导员，连队的党支部书记，大会小会站在人前人模狗样地讲风格讲党性，原来是这套势利眼。

回到家里还是没消气，母亲劝他，小昊哇，咱们比不了别人，你爸死得早，你又是老大，弟弟妹妹还要靠着你，咱忍了吧。

江昊气得饭也没吃，跑到村边那个他天天练功的小树林，对着那棵老榆树就是一顿拳打脚踢。直累得自己实在没有劲了，就躺在草地上，望着天上的云，心里想，我现在活得都没有那云朵自在，你看它可以自由地飘动，带着电，带着雨，可以按照自己的意志去闪烁、去挥洒。唉，自己肩头的责任一半是自己的，一半是父亲交给他的，虽然那时还小，可他懂。

为了平华，自己受苦受屈，江昊觉得值。我和她已经好了三年，人家看上我时，我还只是一个身上扎着麻绳从山东刚刚跑过来的穷青年。那么多大城市的知青都追着她，她却不为所动，她看上我什么了呢？

江昊越想越远，他突然又抬头向坝上望了望，还是不见杨柱的身影。这回他有些沉不住气了，别不是出了什么事吧？他把车交给了来地里检查进度的队长，我得去河那边看一看，柱子还没回来。

他几乎是一路小跑，衣服也没脱，游过星星河，又跑向月亮湖的二十八队，到那一打听，那位当队长的杨柱的表哥说，柱子已经把齿轮拿走一个多小时了，早该到了。他来的时候，我想留他吃顿饭他都不肯。

坏了，江昊心里咯噔一下，转身就往星星河边跑。在河边仔细地找着，找了半天也不见踪影，心里顿时生出一种不祥的兆头，莫不是，柱子他……

江昊几乎不敢再想下去，就又在河边仔细地找着，突然他在草棵子里发现了一个很新鲜的东西，走近一看，这不是柱子平时老揣在兜里的那个弹弓吗？下边这用彩色的塑料绳编的穗子，还是平华帮他编的呢。

柱子——柱子——江昊对着河水大声地喊着。

星星河浪花依旧是一排推着一排，回答着一个声响。

心头的不祥之兆真的变成了现实，可怎么会呢？在连队的好几百个青年里，他的水性可是最好的呀，要游过这只有几十米宽的星星河那不像玩似的吗？

江昊几乎都没有再想什么，就一个猛子扎到了河里。由于水流太急，他怎么也潜不下去，上来换了好几次气还是不行，就只好先游出来，向大堤上猛跑，他要去叫人，快点儿，快点儿，柱子或许有救。

一切都已经晚了，当人们把杨柱用渔网捞上来的时候，只见他身上还绑着那个齿轮。所有的人都落泪了，杨柱的母亲像疯了一样扑在儿子的身上，顿时就昏了过去。

江昊脱下自己的背心，擦着杨柱那满是泥浆的脸，泪水扑簌簌地落下来，柱子呀，是哥对不起你，不该让你去呀，是哥粗心哪，我怎么不给你拿一条长绳子呢？你都三天没睡觉了，是哥对不起你，你才十八呀……江昊边哭边说着。

杨柱的坟就选在了太阳河边的山坡上，江昊亲自把那个墓坑挖得方方正正，两只手都磨出了血泡。魏平华看见了心疼得直掉眼泪，怎么劝，他也不上来，还是满脸的泪水和汗水，一声不响地干着。他抬起头来对魏平华说，柱子的死我有责任哪，我是他师傅，是他车长，是他大哥呀，唉，他还是个孩子啊。

杨柱家里还有一个哥哥、一个姐姐。杨柱在家里是最小的，父亲也是参加过抗美援朝的老兵，属于二等甲级残废，平时在连队看看门，收发收发信件。老人很开通，还一个劲儿地劝着江昊，小昊哇，这事不能怪你，你也别太自责了。谁知道是这样呢？那条河他平时不知游了多少回，谁知这次，唉，小柱子死得也算光荣，用咱当兵人的话说他是死在了自己的阵地上，我为有这样的儿子感到骄傲。

老人说着的时候，也是泪流满面。

等第二天江昊再到杨柱坟前的时候，他看见一个女青年正站在坟前，墓碑前摆着一个用野花编成的花环，江昊觉得这个青年有些眼熟，他马上想起来了，是三排那个叫王小敏的哈尔滨知青。

小王，你来了？江昊眼圈红红地说。

江昊，我后悔呀，柱子他……和我……王小敏没等说完，就捂着脸蹲在地上哭了起来。

小王，别哭了，你和柱子，是怎么……

我和柱子互相都有好感，可是都没有表达出来，他……他……王小敏又说不下去了。

望着这个满面泪痕长得很清秀的女知青，江昊的心里突然觉得宽敞了不少。柱子，你虽然躺在这里，不管将来有什么风声雨声，你都是这样长睡不起，可你知道吗，这世上除了你家里的亲人，还有一个人最想你，在她的心里给你留着位置，我的好兄弟，你应该安息了。

墓碑的周围，正盛开着各种鲜艳的野花，那花香在北大荒清新的空气里散发着、飘动着。

第 三 章

文丽一睁眼，太阳已经升得老高了。这么多年来，还是第一次感到这样疲劳。昨天晚上，和农场领导刚刚见了一面，就和黎玉新到连队的麦场去了，整整一个通宵，听说坝外的小麦全都抢了回来，她看见黎玉新那消瘦的脸上终于露出了笑容，当时就坐在了小麦堆上，用手捂着肝区。文丽走上前去，想劝他几句，还没有开口，就看黎玉新摆着手，声音也有些微弱，不要紧，我坐一会儿就好了。文丽站在那里感到有些手足无措，这片土地好是熟悉，虽然一别就是十多年，可一踏上太阳河边的时候，她就在心里有了一种回家的感觉。当年开发建设时的轰轰烈烈热火朝天的场面她都记忆犹新，那时，黄棉袄成了这片黑土地上一道最引人注目的风景。一切几乎都是军事化的，后来知青来了，成立了生产建设兵团。虽然没有炮火硝烟，但这里几乎成了特殊的军营，父亲作为老军人，从小就给了自己一份中国军人的营养，于是，在自己柔弱的女性品格中，加进了一份男儿的刚烈。

这次来到太阳农场，是文丽主动要求的。那天，当省烟草专卖局局长的丈夫听说她又要到农场去挂职，脸上就挂着明显的不快。人家都是到附近的县城或者省城的某个大企业，回来也方便，平时生活条件比农场也要好得多。再说，你不是在农场都待过那么多年了吗，还不够哇？那语气让文丽一听就感到心里不舒服，就抢白着他，我下去挂职，并不想走过场，一是要干自己熟悉的，真正达到提高自己的目的，二是也要尽其所能为当地的群众办点儿实事。

噢，真没看出来，咱们家里还有一位菩萨心肠的救世主呢。

你别阴阳怪气地挖苦人，告诉你，我的事你少管，再说，厅里的领导都同意了。文丽那张俊美的脸挂上了怒气。那双平时会说话的大眼睛，瞪得圆圆的。已经有好长时间了，她和丈夫总是这样，不管谈什么事情，互相都有话不投机半句多的感觉。

当局长的丈夫把门一摔出去了，文丽开始赌着气收拾东西。这次她在选择挂职单位的时候，开始时并没有一个明确的打算，倒是那本杂志给了她一个朦朦胧胧的提示。《党的生活》的封面上那幅照片让她吃了一惊，已经许多年了，过去的场景好像被那照片一下子又推到了眼前。江昊，五一劳动奖章获得者，省青年企业家，特等劳模。杂志的内文里面还有一篇题为《大地的儿子》的报告文学，是专门写江昊的。

这就是自己曾经偷偷喜欢过的那个江昊吗?

文丽望着杂志封面，那颗平静了多年的心又猛烈地跳动起来。扳着指头一算，都二十多年了。那时，别人都开玩笑地喊自己是生产建设兵团太阳独立团的公主。以前这个词显得很刺耳，可不能否认，这称呼也在一定程度上说明了她当时在人们心目中的地位。这倒不是因为别的，最主要的原因，是爸爸正担任着这个团的政委。全团几万人，可能没有谁不认识自己，甚至包括那些北京上海大城市来的知青们。机关的几个小青年也尽力地讨好自己，可不知怎么的，没有瞧上眼的。于是那些小青年又在公主的前面加了一个定语“高傲的”。倒是后来的一件事，在她的心里引起了巨大的反响。那次在团部放电影，几个鸡西的知青在欺侮一个老工人，又推又搡的，那老工人鼻子也被摔出了血。这时走过来一个高个子青年，说话还多少带有点儿山东味儿，你们这不是欺侮人吗？太不像话了。几个青年忽地把他围上了，嘴里骂骂咧咧的，说些不堪入耳的话。说着就要动手去打那个青年。那个高个子青年转身挤出了人群，那几个人呼呼地跟了出去。在一块空地上，高个子青年站定了：告诉你们，如果再敢胡闹，我可要教训你们了。那几个青年才不听这个邪呢，就恶虎扑食般地一齐扑向了高个子青年。当时，站在一旁的文丽——对了，她当时的名字叫文涛——正在团委当干事，还真是为着那个敢于仗义执言的青年担着心。她几乎还没有看清全部的过程，前后不超过十几秒钟，只见那高个子青年就像是一只带着闪电的豹子，几拳几脚就把那四五个鸡西知青打得鬼哭狼嚎倒在了地上。当时文丽太高兴了，再看看那个高个子青年，面不改色，神情自若，又说说笑笑地到那边看电影去了。不知是什么原因驱使，文丽一连打听了好几个人，才终于知道了那个高个子青年叫江昊，现在正在十五连当统计。

当天晚上看完电影，文丽回到家里躺在床上，还为江昊的行为激动着。在自己的生活里，对一个男孩子产生这样激动的情绪这还是第一次。她现在还无法知道这个叫江昊的青年其他方面的情况，只是那一瞬间给她留下了这种特殊的好感。她觉得江昊的身上有着一般青年很难具备的东西，这东西应该是人性中的金子，这金子不会被普通的身份和经历所埋没，必然会有闪闪发光的时候。

就在第二天，文丽特意去了一趟团部的统计股，装着要查几个数字。统计股的那个姓张的上海青年嘴都乐得闭不上了，又是端茶又是倒水，好不殷勤。文丽不冷不热地说，我要查一下各连队的报表，有几个数字要用一下。当她翻到十五连报表的时候，又是吃了一惊，那清晰秀丽的文字和数码，真是出于那个叫江昊的青年之手吗？她真是有些不敢相信。于是又问了一句，十五连这统计表是谁做的，听到肯定的回答后，文丽的心不由自主地激动起来，她自己当时都有些不明白，平时别人都喊自己高傲的公主，现在自己怀里的这颗心却在为那个只有远远地见过一面的江昊怦怦乱跳了。

后来，时隔不长时间，当父亲的老部下时任十五连指导员的李胜利来到自己家谈起江昊时，坐在一旁的文丽的脸一下子红了。当听到李胜利和父亲讲，要把文丽介绍给江昊时，她却又是激动又是羞涩地跑出房去。外面还是冰天雪地，她却觉得自己浑身都在发热，像孩子一样捧起一把雪捂到自己的脸上，好凉快好舒服哇，眼前好像又出现了江昊的身影。

从那以后，她天天在心里悄悄地等着消息。可万万没有想到等来的却是李胜利的满脸怒气，那小子真是不识抬举，简直狂上了天，我让他狂，我把他统计也给撤了。

文丽当时真是伤心透了，高傲的公主好像一下子从半空中摔到了地上。她不知道江昊拒绝的原因，可不管是什么原因，都是不能容忍的。如果自己出面给江昊说一句情，那简直是易如反掌，李胜利当然更不敢驳自己的面子。可这江昊太可恨了，我不能成全他，对，要好好治治他，让他去干重活，让他去开车。看你有多大本事，将来会有多大出息。文丽一边掉着眼泪，一边咬牙切齿地想。

二十年的岁月就像是一片云烟。后来的过程都是那么渺茫，很多事情都像是做梦。一九七七年兵团撤销后，自己随父亲来到了省城，当年参加高考考上了干部学校。毕业后又留在省城，现在早已是为人妻为人母了。这么多年，生活顺利得不能再顺利了，什么事几乎都不用自己操心，房子宽宽大大的，票子更是源源不断。自从丈夫当上了烟草专卖局局长，家里几乎是一年变一个样，什么样的现代化设备都有了。可不知怎么的，总是觉得这生活太平淡、太安稳了。当局长的丈夫同自己刚结婚时还不错，两个人的爱好兴趣还很相近，时常在一起谈谈文化，谈谈艺术。后来渐渐地不行了，丈夫总说自己忙，忙着忙着，不知不觉中，在文丽眼里就变得庸俗了。常常是满身的烟味、满嘴的酒气，文丽一见面就烦得不行。渐渐地，两个人在一起的时间更少了，最后把床也分开了，有时一两个月都到不了一起一次。家庭的概念在文丽的头脑中越来越淡了。于是她就把更多的精力投入了工作之中。这几年她年年是先进工作者，当厅领导找她谈话时，让她下去挂职锻炼锻炼，虽然领导没有直说，可她明显地感觉到了，挂职之后便很有可能提升。

刊物封面的照片又勾起了当年的回忆，真没想到这个被指导员撵回车上抹油的小伙子，如今把事业干得这样风光。就在她选定了挂职要去太阳农场时，又接到了一封从太阳农场寄来的揭发信，信中说江昊当场长这几年好大喜功，虚报数字，很多成绩都是不真实的，请上级组织部门前来调查。信虽然是匿名的，但写信的人特意说明不敢写真名实姓的原因，说是怕报复。一个是杂志封面潇潇洒洒的大照片，一个是群众寄来的揭发信，文丽真是有些不知道相信哪个才好，两种结果好像都是她心中期待的，为什么是这样，她自己都不太清楚。

来到北江农垦分局时，分局局长崔世功曾经热情地挽留她在分局挂职，被她婉言谢绝了，说自己十多年前在太阳河畔待过，对那里有特殊的感情。其实自己这次来，最主要的还是因为那个人，当然，这一点只有她自己心里知道。

昨天晚上的碰头会上，只是匆匆一面，文丽觉得江昊不如她在心中所期待的那样完美。于是在心里悄悄地想，他生活的毕竟只是一个小小的太阳农场，虽然风风火火有余，毕竟深刻成熟有些不足。现在都是什么时代了，当场长的怎么还能一身土一身汗地跟着干呢，真是有些土包子味儿。

倒是刚刚认识的黎玉新给了她更深的印象，已经病成了这种样子，还不想离开自己的岗位，虽然他没有说出来，可在会上的那句话让她感觉到，他现在所做的一切，也是为了那长眠在这片土地上的战友们。那次修红旗水库炸死人的事情她好像听说过，但具体的过程和原因都不知道，从黎玉新的口气中，文丽感到他可能就是现场的当事人或者是目击者。

文丽还是没有穿衣服，她觉得浑身的每一个骨头节都酸疼酸疼的。昨天晚上在麦场，她看黎玉新都撑着病重的身体在干着，她怎么也坐不住了，也拿起工具干了起来。真是缺乏锻炼哪，还不到一个小时，衣服就被汗水浸透了，就像虚脱一样，浑身散了架子。

黎玉新一边干活，一边给她介绍着情况，文丽听出那语气中多少带了些嘱咐和委托，她心里顿时觉得一酸。路过分局时，崔世功重点向她介绍了太阳农场的这两位主要领导。说党委书记黎玉新是北京知青，政治上成熟可靠，在班子中有长者之风，可惜已经身患绝症。介绍江昊时，文丽觉得这位崔局长脸上有了一种挺复杂的表情，虽然嘴上也说江昊如何如何有能力有气魄有胆识，可还是能让人感觉到一种很微妙的东西。文丽不便明说，就试探地问了一句，听有些群众反映，太阳农场这几年所报的数字有些水分。崔世功当时眼睛一亮，但还是不露声色地说，有些情况我不好讲，既然你去，你就可以亲自考察了，你挂职虽然是党委副书记，可你毕竟是上级部门的，有些情况你亲眼看了，比听我说要强。

电话铃突然响了，是黎玉新打来的，先问了文丽休息得咋样，接着又说，如果可以的话，让文丽去他的办公室，还有一些情况需要介绍一下，然后再到下面基层单位走一走。

文丽走进黎玉新办公室的时候，正看见一个穿白大褂的护士从黎玉新的手上拔下针头，把药箱收拾好，向文丽点点头出去了。

黎书记，你还是快去北京治病吧，真是不能这样再拖了。文丽向前走了几步，在黎玉新的对面坐下来。

黎玉新用另一只手按着手背上的酒精棉球，轻轻地揉着。小文哪，你看，在这种时候，我能走开吗？昨天晚上我说的是真心话，真不是唱什么高调儿。他们虽然没有把实际的病情告诉我，其实我心里明明白白，你想啊，我还能利用这个病为自己沽名钓誉吗？我也毕竟是快五十岁的人了，古人说五十而知天命，我何尝不知道我前面的日子还有多少？可有一点我想通了，人活到一百岁也免不了一死，人活着其实不就是完成一种过程吗？在这个过程中我要尽自己所能少留下一些遗憾，包括对事业的，对生活的。

墙上的表嘀嘀嗒嗒地响着，文丽静静地听着，两只大眼睛里含着亮晶晶的泪水。她想再说点儿什么，可又觉得不管自己说什么都没有什么力量。最后说了一句，黎书记，我听你的安排。

黎玉新艰难地笑了笑，谢谢你对我的理解。这样吧，趁着这两天我还能挺得住，咱们去跑几个连队，我把咱们场基层单位党组织建设和文明建设的情况向你具体介绍一下。

望着黎玉新那憔悴不堪的面容，文丽重重地点了一下头。

忙了一夜，早晨才赶回家的江昊，一头就扎在了床上。魏平华想推醒他，让他换一身干净的衣服。轻轻地摇了两下，还是不醒。没有办法，她就自己动手给他脱衣服，又是推又是抱，累得魏平华出了一头的汗，总算是把那身又是土又是泥的衣服脱了下来，望了望仍然酣睡不醒的江昊，魏平华轻轻地叹了一口气，把脏衣服泡在了水盆里。

终于可以仔仔细细地端详这张脸了，依然是那么重的眉、那么有棱有角的脸，只是脸黑了，眼角的皱纹也多了，也深了。出去才半年，江昊就累成了这样，从前虽然也累，可毕竟自己能尽力地照顾他的生活，自己不在身边，他就更是不知道照顾自己了。孩子还好说，吃饭到谁家都可以对付一口，可他自己总是不注意，这么大个农场，每一件事都要亲自去过问，最危险的时候他总是到场。有一次他去连队检查工作，一个省外的企业家代表团来这里参观，他走上去和人家握手时，人家还说，快把你们场长请来。当听说他就是场长时，那些西装革履的代表们都忍不住乐了，他自己低头看了看沾满了裤腿的草叶，也乐了。事后魏平华埋怨他好几次，你现在是大场长了，怎么不注意点儿形象呢？江昊摇了摇头说，我不是没有思想准备吗？当时我正在地里踏查，他们就来了，荒郊野甸的，我到哪儿去换衣服？你放心，如果让我去省城去北京开会，我保证也是溜光水滑地镇倒他一大片。魏平华被他说得哭笑不得，一个劲儿地用拳头捶着他那宽宽的后背。

女人的心本来就细，平华又是搞医的，对别人都是满腔的慈善之情，更何况此刻睡在她眼前的是她最心爱的人。想着想着，两行热泪淌了下来，正好滴在了熟睡的江昊的脸上。平华拿过一条毛巾正要给他擦一擦，只见江昊忽地坐起来，大声问着，怎么的，是不是下大雨了？

魏平华听他这么喊，忍不住哭出了声，你呀，就知道雨知道风，不知道人家为你难受。

江昊揉了揉惺忪的眼睛，噢，原来是你给我下的雨，如果是老天下一场雨那可就糟了，坝内的小麦还正在抢收呢，只要再给我三天时间，今年的麦收就算赢了。

在你心里除了麦子还有什么？平华止住了哭声问。

当然还有哇，比如妻子呀、孩子呀。江昊笑盈盈地伸手要为魏平华擦眼泪。

去去去，还是顾你的麦子吧。

看看，还是你最理解，我呢，是麦子妻子一样重要，可我得一样一样地忙啊，小华呀，你别着急，我先去忙麦子，回来再忙你。江昊故意开着玩笑。

在一旁擦眼泪的魏平华早就破涕为笑了，你快去吧，早点儿回来，鸡我都给你炖上了。

吉普车走在通往连队的路上，虽然司机尽到了最大的努力，可还是有些颠簸，每一次司机都回过头来说一句，对不起黎书记，你行吗，要不我把速度再放慢一些？

黎玉新仍然用手顶着腹部，没事，你开吧。

这个时候正是田野上一个最好看的季节，碧绿的、金黄的，还有一些星星点点的红色、白色，就像是五彩的锦缎从天边铺下来。文丽望着车外的景色，心里很激动，一晃这么多年没有和庄稼离得这么近了。你看那一排排成熟的庄稼，就像有了灵魂一样，和它们面对面站上一会儿，就会有一种默契有一种沟通，更能听懂那些无声的诉说。

路过一处玉米地时，司机又回过头来，笑着对文丽说，文书记，你知道黎书记的初恋是怎么开始的吗？你保证不知道，对了，就是从这玉米开始的。司机说着，用手指了指车窗外的玉米地。

真的吗？文丽本来很大的眼睛，一惊喜时显得更大了。黎书记，快给我讲讲。

司机在这个时候提起书记的初恋，其实是他灵机一动想让黎玉新分散一下注意力，减少一点儿痛苦。这方法还真奏效，一句话把两位书记的兴趣都引起来了。

黎玉新深深地用鼻子吸了两下，好像又闻到了玉米的香味。接着笑了，那个年代，恋爱也没有现在浪漫，小王说得不错，我的初恋真是从这玉米开始的。接着，黎玉新就开始回忆起二十年前的事。

那也正是一个麦收的大忙时节。大家正挥汗如雨地割着小麦，挨着黎玉新的那个当地的女青年叫王雅芝，小镰刀耍得飞快，唰唰的，不一会儿就割到了前头。又过了一会儿，黎玉新一看自己的苗眼儿怎么少了好几个，往前一看，原来是王雅芝给他带过了。正累得腰都快断了，那个长辫子姑娘真是帮了自己大忙啊，于是少拿了好几个苗眼儿的黎玉新也很快追了上去。快到中午的时候，他突然闻到自己的麦垄上飘来一阵香味，往前一看，一个花手绢包放在那里。早已经饿得前胸贴后背的黎玉新，也没顾得上问一问这是谁的，就把手绢包打开，里面放着两穗烤得焦黄的玉米，还是热热的，黎玉新一边咽着口水，一边开始大吃小嚼起来。自从下乡后来到北大荒，这种野地里原始式烧烤的庄稼不止一次地吃过，可这两穗烤玉米是有生以来吃到的最香的。不到几分钟工夫，两穗烤玉米被他啃得只剩下瓤了。这时才想来找那个送玉米的人，他四下里望了望，所有的人都弯着腰继续割着麦，只有前面那个梳着长辫子的王雅芝在望着他，还抿着嘴乐呢。

特殊的时代、特殊的环境，也培养了特殊的感情。不知怎的，黎玉新的心一下就热了许多，感情一下就上来了。平时，他的沉稳、他的成熟，在全连的知青中都是出了名的。可自从两穗玉米之后，他开始特别注意那个叫王雅芝的姑娘。其实王雅芝当时也并没有十分明确的目的，只是觉得这位来自北京的知青很像一个大哥哥，很亲切，很和蔼。后来两个人接触多了，渐渐有了感情，再后来，感情就更深了。

那再后来呢？司机小王回过头来又插了一句。

臭小子，再后来就结婚了呗。黎玉新伸手捅了一下小王的脑袋。

小王乐了，又回头望了一眼文丽，文书记，你可别上当，你得让黎书记讲一讲他们结婚的情景，就凭这一点，我们大伙都服气了，黎书记真是难得的好人。

别乱给我戴高帽。黎玉新微笑着说。

什么高帽哇，那事谁不知道，就因为你没和雅芝阿姨分手，大返城你就没回去北京。其实，知青们办返城时，你们还没有结婚，人家不少结婚的，还办了离婚手续呢。

你这小子，那时你才几岁呀，你知道个啥？黎玉新故意虎着脸。

我小，不懂事，是我爸我妈告诉我的。

文丽侧过脸问，黎书记，这是真的吗？为了这，没返城，你不觉得后悔吗？

后什么悔？人心总该是肉长的吧，你没听有句话讲吗，有爱的地方才是家。北京的长安大街是平坦，可我如果做了有愧的事，即使是每天晚上都睡在紫禁城里的金銮殿上，也会做噩梦的。我早想开了，一个人不管生活在哪里，都应该凭着自己的一份良心一份正气立于这天地之间。黎玉新平平静静地说着。

文丽的眼睛有些潮湿了，一个来自首都的知青，在北大荒的土地上，用自己的青春和生命，耕耘着荒原，收获着五谷，同时也用自己的爱培育了这天地间最美好的情感。这样的人活得才踏实，他虽然没有叱咤风云的机会，却在平平凡凡之中创造了真正的人生的丰碑。

吉普车又剧烈地颠簸了一下，黎玉新紧紧地皱了一下眉，文丽心疼地说，黎书记，要不咱们就少跑几个单位吧？

黎玉新掏出手绢擦了擦额头上的汗，笑笑说，没事儿，我挺得住。

小王，你尽量把车开得慢一点儿。文丽伸手拍了拍司机小王的肩膀。

小王点点头，接着回过头来，两位书记，再过十分钟就到二十八队了，我给你们唱支歌吧，就唱《好人一生平安》——

也曾心意沉沉，
相逢是苦是甜？
如今举杯祝愿，
好人一生平安！
谁能与我同醉，
相知年年岁岁，
咫尺天涯皆有缘，
此情温暖人间……

初秋的田野上，伴随着缕缕芳香，飘荡起悠扬而低沉的歌声。

第四章

一连下了两天大雨，星星河顿时宽了不少。水势还在继续上涨，不少地段开始告急。

已经在麦收中几天几夜没有得到很好休息的人们，又来到星星河的百里长堤上。这是一场真正的人民战争，眼前是滔滔的大水，身后就是自己的家园。所有的危险几乎都是在这一刻向人们一步步逼近的，在这种时候，根本不用去动员，所有的人都意识到了自己的生命和财产正受到一种前所未有的威胁。

麦收工作已经进行到了尾声，绝大多数地块已经收割完毕，晒场上堆积着如山的小麦，粮食处理中心一天二十四小时在不停地烘干，运粮的车队排出去几里地长。黎玉新、文丽等人负责晒场和运粮工作，河边筑坝抢险的任务就自然地落在了江昊的身上。红旗水库也不断传来令人心焦的消息，天还没亮，江昊的手机就在大坝上不停地响起来，说水库的迎水面正出现面积不小的破损。江昊马上把电话打给管水利的副场长陆有为，让他马上赶到红旗水库组织人力物力抢修，并加大向月亮湖的泄洪量。

风从太阳河上吹过来，刮得人有些站立不住，还没到八月中旬，北大荒却已经开始有了一些凉意。

星星河的大坝上，几千名劳动大军正进行着拼死的抗争。

在十五队的堤段上，老队长王左林亲自指挥着。由十八名年轻力壮的小伙子组成的突击队已经在最危险的地方抢修了两天两夜。

平时还谈笑风生的小伙子们早已经累得疲惫不堪了，往潮湿的地上铺一个袋子，躺下就睡过去了。

来送饭的十几名中学女教师也赶到了大堤上，听见传来出现大片塌方的喊声，一看男劳力都已在水中打桩码袋，那处塌方正在扩大，十几名女教师二话没说手拉手走到了水中，在塌方的前面筑起了一道人墙。王左林的眼睛都红了，声音嘶哑地指挥着人们赶快抢修。

江昊来到这段大堤时，险情还在继续，他只觉得浑身发冷，两眼发黑，牙齿咯咯地打战。他在心里想，我可不能在这个时候倒下去，这大堤一定要保住。当他看到那群女人组成的人墙后面，从底下正泛起一片鲜红的颜色，他气得一跺脚，恨不得扯过王左林打上两个耳光。

老队长，你赶快让她们上来，她们是女人，是母亲啊！他说到这里，又望了望那队正手挽着手在风浪中站立着的女人们，你们这么大岁数是不是白活了，在这种时候泡在水里，有的人要落下一辈子病的。快，快去把突击队喊来。

十八名勇士组成的突击队像闪电似的奔了过来，江昊喊了一声，老队长你在岸上指挥，我和小伙子们把那些女人们换上来。

在水里一泡就是两个钟头，险情终于被排除了。一上岸，江昊就一头栽倒在泥水里，昏了过去。

场长，江大哥！突击队长王小林扶起江昊大声地喊着，你快醒醒，快醒醒。

他正喊着，一看父亲王左林跑过来，就说，爸，你赶快让江场长回去休息吧，这里有我们顶着。

江昊渐渐地醒了过来，王左林一摸他的头烫得吓人，也骂了起来：小昊子，你发这样高的烧却不吭一声，你造坏了身体，让全场人骂我呀。小林，你派两个人把江场长给我架回去。

江昊死活不肯，王小林跑过来拉着他的手，声泪俱下地喊着，江大哥，你快下去吧，这里有我们呢，你放心，这坝出了问题，我们十八个人就是用身体堵也要堵上。坝如果破了，我们就不回来见你，你可千万不能有个好歹，你现在可是咱们全场三万多人的主心骨啊！

坐在泥水里的江昊也掉泪了，声音哽咽地说，好，我听你的，我不下水了。

天终于有些放晴了，风也小了不少。

江昊缓缓地站起身来，望着这两昼夜加高加固的大堤，他的眼睛又有些发潮。近百华里，平均增高了将近两米，这是何等的劳动量啊！在这一瞬间，他似乎感到了太阳河畔人民身上所蕴藏的巨大的力量，这力量足可以移山填海，创造出无所不能的人间奇迹。

王左林走过来，笑着对江昊说，这一关总算闯过来了，真是老天有眼。

江昊神情还是有些严肃，这几天可能还会有雨，更大的困难可能还在后头，告诉大家好好休息，保存体力。

这时江昊的手机又响了，是红旗水库打来的，声音急促地说，江场长，这里出事了，水库开口子了。

陆副场长不是已经去了吗？怎么搞的？江昊大声地问。

陆副场长没来这里呀，这里的人力和物资都不够，你快过来看看吧。打电话的主任带着哭声说。

陆有为接受江昊给他安排的任务之后，驱车前往红旗水库。在太阳农场，他也算是一个水利通了，在副场长的位置上他已经干了七八年了。他心里早就憋了一股火，按资历按水平，我陆有为比你江昊差在哪里？我当队长时，你只是一个小工人。我当副场长时，你也就是一个小队长。现在凭什么你却骑在我的头上指手画脚？在太阳农场我也干了二十多年，虽然没有大功，可也没有大过，平平稳稳地，我也为太阳农场的事业做出了贡献。再说，改造扩建太阳面粉厂的三百万元贷款，还不是我内兄看在我的面子上才贷给的，没有我的这个关系，你江昊和黎玉新就是有天大的本事也搞不来这样规模的贷款。现在我却得给你抬轿子，哼，不出事，你的功劳越来越大，出了事，也找不着我，只能冲掉你自己的乌纱帽。

边走边想着，心里总不是个滋味。前面就是岔路口，往左拐去红旗水库，往右拐去六队。对，我先到六队喝顿酒，管它水库是什么样呢。再说，下午也不一定出事。如果有人问，我也有一百八十个理由，就说我找六队组织人力物力去抢险。

小车向右一拐，驶向了太阳农场的六队。

哎呀，陆副场长，你可是好久没到我们队来了。刚见面，六队队长李子德就热情地打着招呼。

这不是，江昊调兵遣将，让我去守水库。陆有为怨气十足地说着。正好路过你这儿，有酒吗？

有，都是好酒，我早就给你留着了。李子德咧开大嘴，露出满口的黑牙。

虽然是在连队，由于交通很方便，场部有的东西，这里照样有。不到半个小时，一桌子菜就端了上来。

见了酒就走不动道，在这一点上，陆有为是出了名的。只见他大口大口地喝着，边喝边同李子德讲着，那样子极像是在推心置腹。

子德呀，你这队长也当了七八年了吧？如果我当场长，早就把你提到场部去了，什么？你说我没提过，你冤枉我了，好几次开会，我都提你到机关当科长，可江老板就是不同意，黎书记也不点头，我有什么办法？陆有为说话的时候，舌头已经开始发硬。

李子德又殷勤地给陆有为倒着酒，话里有话地说，凭你陆场长的水平，我都替你感到屈呀，凭什么提他江昊，上级的组织部门真是瞎了眼。

陆有为啪地把酒杯往桌子上一蹾，嘴里喷着菜渣和唾沫星子，一提起这个茬儿，我的气就不打一处来，这个心思我不是没动过，可有什么办法，都怨我命不好。

李子德又拿起酒瓶子，眨了眨小眼睛，往前凑了凑，听说你大舅子郝景春是银行的大行长，就凭他的面子，你也不能老这么委屈着呀？

我那大舅子也他妈不够意思，他妹子都给我了，对我的前程却不管了。陆有为已经明显地开始醉酒哭天了。他要能支我一杆子，别说是场长，给我个局长我也敢干。

就是嘛。李子德在旁边烧着火，还摇头晃脑地振振有词，怀才不遇，社会不公啊！

不公？这回老天爷是公道的。陆有为仰起那张已经喝成了猪肝色的脸，歇斯底里地说，老天爷可算长了眼，淹吧，把他江昊淹个啥也不是，到时候你看看我可啥都是了。

对，对，李子德也开始舌头发短说起了醉话，他啥也不是了，你不就成了最好的东西？

啥东西？你净瞎扯。陆有为眼皮已经抬不起来了，嘴里还在嘟哝着，你说我是好东西，我才不是呢。

江昊赶到水库时，还没有看见陆有为的踪影。于是亲自指挥人抢堵决口，好在开的口子不算太大，可是已经淹了几百亩大豆地。

口子快堵完时，陆有为的小车才开了过来。

陆副场长，你到哪里去了？江昊努力地克制着自己，尽量把语调放得平和一些。

我去……去六队了，去喝，不是……不是喝酒。陆有为的舌头还是不利索，我去组织人力物力，要来抢……抢水，不是，抢修水库。

陆有为一边说着，一边东倒西歪地往前走，还用手擦着嘴角上的口水。江、江场长，这一阵子，可把我，忙、忙坏了。李子德，还劝我要注意身体，让我少、少喝点儿，我，没听他的，我的酒量服过谁，谁也不服。

江昊的高烧还没有退，望着陆有为，他气得浑身发抖，走过来揪住陆有为的衣领，拳头攥得紧紧的。

在这种时候，陆有为的酒还没有醒，还是一个劲地舌头不在嘴里地说，江、江场长，怎么，你还要跟我喝、喝一场？要喝，咱就来好的，我不服你，你，听准了，我就是不服你。

江昊的眼睛几乎冒出了火，厉声地喊道，小张，你开车把这个醉鬼给我送回家去，告诉他的家里人，他这副场长我给他撤了。

望着那辆拉陆有为的车走远了，江昊一屁股跌坐在大坝上。他用双手捂着发烫的脸，只觉得从河面上刮来的风吹得骨头都疼，他抬头望了望那片被水淹没的庄稼，心里顿时感到就像在十冬腊月，一切都是冰冷的。他怎么也想不明白，世上还居然有这样的人，还居然有这样的人当着领导。他一气之下撤了陆有为，现在他要好好想一想，这个决定做得对不对，是不是由于自己的一时冲动他想了半天，觉得自己没错。

已经是晚上九点多钟了，江昊敲开了黎玉新家的门。

黎玉新也是刚刚从连队的麦场上回来，他爱人王雅芝正端着一盆热水为他洗脚，一看江昊进来了，黎玉新有些难为情地说，雅芝，还是我自己来吧。

王雅芝抬起头，江昊又不是别人，你别动，还是我给你洗吧。江场长，你快坐下，看把你累的。

嫂子，你对大哥真是没说的，楷模呀。江昊尽量让脸上挂出一些笑意，想开个玩笑调节一下气氛，又找不出什么像样的玩笑。

从一进门，黎玉新就看出江昊是有事，就轻轻地问，有什么事？说吧。

当听完江昊把水库上的事讲了一遍，气得黎玉新手都哆嗦了，拿着擦脚的毛巾往水盆里一摔，溅了王雅芝满脸水。

王雅芝脸上还是笑盈盈的，看你，医生不是说了吗，你这病不能发火。

嫂子，你可冤枉书记了。在我们班子里，在性格上、在风度上，书记可是名副其实的老大哥，他轻易是不会发火的，我今天要不是想到我是场长，我非把那个只管喝酒不管百姓死活的浑蛋揍扁了不可。江昊说着时，又挥了一下拳头。

黎玉新缓了一口气，让自己呼吸稍微平稳了一些，江昊，你撤得对，我支持你。说到这儿，他沉思了一下，我看这样，明天咱们开个党委会，由我主持，做出一个决议，说明我们撤销陆有为职务的原因，然后上报分局党委，这个字我来签。

望着黎玉新那消瘦得只剩下一层皮的脸，江昊的心里一阵阵发痛，他都病成这样了，现在还为我分担着责任，谁不知道撤职是最得罪人的事，他这哪是签字啊，分明是把别人的怨恨揽到自己的身上。这样的好人，别说是能和他在一起搭班子，就是能朋友似的相处一场，也是我江昊的福分哪。

王雅芝送他出门时，他悄悄地说，嫂子，黎大哥的事就拜托给你了，我代表班子，也是代表太阳农场的三万人民。

江昊兄弟，看你说的，你们放心吧。王雅芝悄悄地擦着眼泪，他都病成这样了，我一定让他、让他笑着合上眼。就是、就是怕到最后的时候，他会遭很多罪，我听人说，这种病……

嫂子放心吧，我们一定抓紧把他送到北京去，这里是他的家，那里也是他的家。我是想让他……江昊强忍着自己那马上就要夺眶而出的眼泪说。

这两天实在是忙得晕头涨脑，把文丽的事早给忙忘了。江昊往回走时，路过招待所看见一个房间还亮着灯，才突然想了起来。

他走进招待所的值班室，叫醒了服务员，你去看看文书记睡了没有，就说我来了，看看她在生活上有没有什么困难。

服务员回来时，身后就跟着文丽，虽然这两天又是上坝又是到麦场，可稍事洗漱之后的文丽依然是那样光彩照人，笑盈盈地走过来，哎呀，这么晚了，真不知道大场长驾到，有失远迎，得罪，得罪。

江昊笑着站起身来，怎么敢当呢，你可是咱们上级机关派来的大领导哇，我们唯恐照顾不周，如果说得罪，这话应该是我说。

如果场长要具体关心一下我这挂职的下属的话，能否到寒舍小坐片刻，也算领导深入基层关心群众了。文丽伶牙俐齿地开着玩笑。

江昊跟在文丽的身后走进房间时，一下子被房间里的布置惊得呆住了。

这完全是一个最典型的女性空间了，整个房间充满了一种温馨的气息。从墙上新贴的装饰画，到床头挂的那只洁白如雪的狮子狗，粉红色的窗帘、淡绿色的枕巾、乳白色的床罩，一切都透着柔柔的暖暖的情调。

江昊怔怔地站在那里，只觉得浑身都有些不自然。

还是文丽大大方方地先开了口，大场长，你是不是看我的房间太缺少事业的气息了？

不，不，挺好，挺好。江昊赶紧说，只是我没想到。

是什么没想到？是没想到我这从省里来的干部会这样，还是没想到我要这样布置？文丽一句接一句地问着。

噢，都不是，我不是那个意思。江昊自己都感到有点儿语无伦次。

一看江昊的样子，文丽咯咯地乐了起来，没想到的你慢慢想，总会有答案的。

江昊的脸还有些涨红着，这种感觉在他来说是绝无仅有的，连他自己都有点儿不明白这是怎么了。嘴上说的话也有些不连贯了，我只是感觉你，你是一个很有特点的同志。

在这个房间里，我就是我。出了这个门儿，我才是省里来挂职的干部。文丽扬着脸，一字一顿地说，这话够明白的吧？

第五章

第二天天刚亮，陆有为就去敲黎玉新家的门。

昨天被司机小张拖回来时，他醉得还像条死狗，一直折腾到半夜才渐渐清醒过来。妻子在旁边一边抹着眼泪，一边嘟哝着，我都说过你多少回了，就是不听，这回可倒好，因为喝了一顿猫尿，让人家给撤职了，真是丢人哪。

陆有为瞪着血红的眼睛，心里虽然早就后悔不及，可嘴上还是骂骂咧咧的，你个臭老娘儿们也来管我，我他妈受江昊的气都够意思了，不就喝点儿酒吗，有什么了不起？他敢撤我，真是错翻了眼皮。

他妻子明知道他是个外强中干的纸老虎，嘴上的功夫比谁都硬，肚子里囊得却像棉花，这么多年来，还不知道他？哪一回不是拉屎攥拳头——假横。能请神不能送神，要不是家里有点儿能借光的好亲戚，他这副场长早就让人撸了。

虚张声势了半天的陆有为渐渐觉得自己的心里真是没了底，江昊这小子这么多年来可从来是说一不二的，最让人受不了的，这家伙软硬不吃，只要是工作没干好，他连亲爹都敢收拾。这回不管怎么说，自己是一点儿理也没占着，要继续横下去，不会有好果子吃。可如果现在去求他，也是等于耗子给猫拜年，可怎么办呢？

望着陆有为那抓心挠肝的样子，妻子又是心疼又是恨。论学历、论水平，陆有为都是有两套的，搞水利也是内行，就是这德行真是没有办法。为了这，不止一次地急一阵善一阵地劝过他，有时还吵得很凶，可怎么也是劝皮劝不了瓤。现在可好，祸惹大了，自己倒没辙了，这样的人，真是豆腐掉灰堆——吹不得打不得。怎么办？还得给他出主意。

我看你还是先去找黎书记，如果黎书记这一关能过去，你的事或许还有希望。

哎呀，我怎么没想到呢？陆有为抓起妻子的手，对，黎玉新已经病得这么重，我去好好求求他，这个面子他会给的，总得临死给别人留点儿念想吧。

妻子用手狠狠地戳了一下他的脑门儿，闭上你这张臭嘴，要去求人家，又死呀活呀的，也不说点儿吉利话。唉，真是好人没长寿哇，像你这样的……

像我怎么了？陆有为明知故问。

像你这样的坏人就是活不够。妻子故意咬牙切齿地说。

好哇，你居然敢说我是坏人，陆有为忽地起身抱住妻子，张开那满是酒气的嘴就去又是亲又是啃，你不说我是坏人吗？看看我怎么坏的。

黎玉新送走了江昊之后，肝区疼得厉害，王雅芝用手轻轻地给他揉着。一直到天快亮的时候，才迷迷糊糊地睡着了，却被陆有为的敲门声惊醒。

黎书记呀，我真是浑哪，真是辜负了你多年的培养和教育。一进门儿，陆有为就满脸悔恨地说。这不是，看咱们农场要遭这么大的灾，我心里也上火呀，就喝了一点儿闷酒，想解解愁，可、可把水库的事给耽搁了，这个责任我不想推辞，我请求做深刻的检讨。

黎玉新披着衣服坐在床上，你坐下说吧，基本情况我已经知道了，如果事实没有什么出入，就是我当时在场，我也会这样做的。昨天晚上我用电话和几个党委委员都进行了沟通，今天党委正式例会，你的问题根本不是检讨不检讨的事，因为在你身上，这已经不是第一次了，更何况这是在什么时候。你知道吗，昨天江场长回来说，十五队为了堵决口，十几名女老师跳进水里，其中有的可能正在例假期，都把星星河水染红了。咱们不说你是不是领导，你毕竟是党员吧，毕竟是老爷们儿吧，面对她们你心里愧不愧呀？

黎玉新越说越气愤，脸都白了。王雅芝赶紧走过来，有话不会慢慢说吗？又动这么大的气。

黎玉新靠在被子上，缓了一口气，接着说，这回你的职务必须撤销，至于以后怎么安排，将来再说。但是，有一句话我要提醒你，你虽然不是副场长了，可你还是干部，还是党员，应该怎么做，你自己掂量着办。

哎呀，黎书记，我都知道错了，我保证改，从今天起我就戒酒，我如果再不听你的话，就不是人做的。陆有为说着说着，就鼻涕一把泪一把地哭了起来，你们就这样把我撤了，我还怎么有脸见人？我还怎么在太阳农场待下去？我、我求求你了。

你先回去好好想一想，职务撤了，并不是要把你一棒子打死，任何一个组织注重的都是最实际的表现。黎玉新认真地劝解着他，这个教训千万要吸取，以后不管做什么工作，都不要忘了这次发生的事。

一边抹着眼泪，一边站起身来，陆有为觉得再求下去也不会有什么好的结果了，临出门时，回过头来对黎玉新说，你们也不要把事情做得太绝了，狗急还咬手呢。

望着陆有为的背影，黎玉新皱着眉摇了摇头。

走到院子里时，陆有为看到一把铁锹横在路上，就上去狠狠地踢了一脚，铁锹被踢出去两米多远，也把他自己的脚踢疼了，龇牙咧嘴地蹲在地上揉了半天，才一瘸一拐地往家里走去。

文丽昨天晚上也睡得很晚，江昊走后，她又抓起那本《党的生活》，把那篇写江昊的报告文学又细细地读了一遍，感到那篇文章写得新闻性太强了，很多内容还停留在表面上。虽然自己刚刚来到这里两天，可从侧面所了解到的情况说明，江昊在太阳农场是一个非常有特点得民心的人物。就从昨天晚上走进她的这个房间时的眼神就可以断定，他是一个很纯正很懂感情的人。

一想起昨天晚上江昊走进这个房间时那种惊喜得近乎于发傻的表情，文丽就有些憋不住笑，还是个叱咤风云的大场长呢，在女性面前却还是有些局促不安，就像两只手没处搁一样，难道他和别的女性相处时也是这样吗？不会的，那就只是见了我才这样，难道他认出了我？不会的，可那是为什么呢？

文丽在心里不断地自问自答着，折腾了半天，也没有得出明确的答案。唉，真是鬼使神差，我这是何苦呢？就像丈夫说的，找一个条件好的县城，或者是省城的好单位，去混个一年半载，风吹不着，雨淋不着，什么罪也不遭，又不耽误镀金。这个太阳农场，虽然在整个农场群中也算是出类拔萃的，可这条件毕竟太艰苦了，尤其我选的这个季节，又是麦收，又是修坝，马上又要临近秋收了，我这不是自讨苦吃吗？我来吃这样的苦，遭这样的罪，真是为了他吗？

当她又一次从心里追问自己的时候，觉得自己不能否定这一点。人哪，真是复杂的动物，为了二十年前的好感，现在又千里迢迢地奔来了，这就是爱吗？那时连谈句话握握手的机会都没有，这爱又从何来？

看看窗外都要亮了，文丽的脑子里还是乱乱的。唉，先不想了，把杂志一扔，灯一关，闭着眼睛开始数数，还没数到二百，就像做梦，又像是醒着，就这样昏昏沉沉的。

陆有为找到崔世功时，崔世功正要出门。

你这是怎么搞的，真是不争气。崔世功听完了陆有为讲的水库上发生的事情之后，气得把桌子一拍，现在这种时候，你居然敢这样玩忽职守，还有没有一点儿党性，你还是不是一个国家干部，你简直，我怎么说你呢，你也是快到五十的人了，简直是白活。

陆有为低着头在那里听着，脸上故意装出无比沉痛的样子。从黎玉新家里灰溜溜地出来之后，他只觉得浑身发冷，心里发凉，完了，这回可完了，看来自己的前程就被这顿酒给泡了汤。就这么完了，真还是有点儿不甘心，怎么办，还有别的路吗？唉，这脑子可能是被酒精灌的，怎么就是不转个儿呢，有事时什么办法也想不出来。

硬着头皮回家，还得要挨老婆的训，真是他妈的，这墙倒众人推的滋味真是不好受，我这头上的乌纱帽要真是丢了，连孩子老婆都会瞧不起我。

回到家里果然是被老婆劈头盖脑地一顿臭训，训完之后，妻子还是帮他出着主意，你呀，真是个猪脑子，怎么就一棵树吊死人呢，你不会去找崔世功？

找他能行吗？陆有为瞪着无神的眼睛。

瞧你那记性，你不是说过崔世功和江昊的关系很微妙吗？妻子振振有词地说。

对呀，我怎么没想到这一层呢？陆有为高兴得一拍大腿，可不是，他们俩都是一起当场长的，老局长要退时，曾在全分局处级以上干部中搞了一次民意测验，都传说江昊的票比崔世功的还多呢。后来，倒是崔世功和那个广东来的司马亮搞在了一起，又开发又引资，又挂上了省委汪副书记，这才当上了局长。

看看，我没说错吧，妻子自我夸耀地显示着自己的高明。

见到崔世功时挨了这顿训，这在陆有为来说是意料之中的，崔世功毕竟是局长，再说自己喝酒误事，摆到哪个桌面上都是自己理亏。他当局长的，能不做做表面文章吗？

看着崔世功已经训得差不多了，陆有为往前凑了凑，眼皮依旧是低垂着，声音也很小。这次是我做得不对，如果是您，怎么处理我都认了，可他江昊凭什么？这两年的成绩还不是吹出来的，还贪天之功为己有，这小子现在可狂了，在平时根本不把你放在眼里。还说，还说你在月亮湖农场搞的是虚假繁荣，还说，还说你搞的招商引资是慷国家之慨，牺牲了农场的利益，还说，还……

别说了，我不愿意听这些。崔世功气得脸都不是色了，江昊不会这样说的，你也不要在背后添油加醋，打盆论盆，打碗论碗，你扯得那么远干啥？

崔世功来回走了好几圈，火气渐渐地消了下来。

陆有为心中暗喜，这把火我是给你们烧起来了，哼，你们鹬蚌相争吧。虽然你崔世功表面没有说江昊什么，可你心里会恨他的。

你的事你自己要好好反省。崔世功还在走着，突然像想起了什么，对了，你们的面粉厂改造工程进行得怎么样了？

已经进行一半了，如果贷款资金能及时到位的话，再有一个月就能正式投产了。陆有为汇报着说。

及不及时，还不是你大舅哥一句话嘛。崔世功说这句话时，口气明显地不像方才那么大的火气了，郝行长这几年对咱们局的工作支持不小哇，你见到他时，告诉他，让他有机会过来坐一坐，我还真有事情要向他讨教呢。

听了崔世功的话，陆有为觉得眼前唰地一亮，就像前面铺起了一条最宽敞平坦的马路一样，可以任凭着自己随意飞奔。太好了，太好了。我怎么没想到这一层，农行贷款还有三分之二没有到位，我何不让大舅哥借此机会掐住江昊的脖子呢？好哇，江昊，这回让你美，你敢撤老子的职，老子就断你的血脉。

陆有为又抬头望了望不动声色的崔世功，这个崔世功更是个高明而歹毒的角色，真是杀人不用刀。他那不是明明在提醒我吗？却谁也听不出来那个意思，不管我做什么，人家一点儿责任都没有。

既成全了我，又治了江昊，同时又对自己最有利。江昊把太阳农场的事真是干砸了，那今后在这把交椅上，便没有了真正的竞争对手，真是一石三鸟的高招。

崔世功看了看表，我还要到市里办事，今天就谈到这里吧，撤也好，不撤也好，你都要正确对待，要相信组织，我们看一个人也不能看他一时一事，我的意思你明白吗?

明白，明白。陆有为连连地点着头。

走到外面，崔世功对司机老王说，你先回去休息吧，今天我自己开车。

这似乎早已经是约定俗成的习惯了。

老王知趣地把钥匙递给了崔世功。他知道，每当局长要亲自开车的时候，多半是要到市里“办事”。这几乎都成了一种公开的秘密。这正好，咱们互不影响，你去会你的情人，我去打我的麻将。

红色越野吉普车带着一阵烟尘，驶向了十公里之外的北江市。

今天一上班，崔世功就给马悦华打了电话，说今天就过来。刚要动身时被陆有为插了一杠子，尤其是听了江昊说自己如何如何的话，心里真是有老大的不快，虽然表面上把陆有为也是好顿训，可心里更恨的人还是那个江昊。这小子真是横竖不吃，干工作倒是个拼命三郎，自己在月亮湖时就没有干过他，要不是打通了别的关节，这局长的位置早就是他的了。这小子，真是一匹难以驾驭的烈马，从我上任之后，表面虽然也是一口一个局长地叫着，可在很多事情上还是我行我素，真是一根刺啊!

十分钟之后，娇声浪气的马悦华就扑在了崔世功的怀中，一边摸着崔世功的脸，一边心疼地说，看看，你都三天没来了，就不知道人家想不想你呀?

这几天不是星星河在涨水吗?月亮湖的堤坝我不去看一眼能行吗?方祥那小子除了搞关系搞女人，还会干啥?那里真要是决了口，我的脸面也不好看。

你们男人哪，就是这德行，一工作时，就忘了我们，只有忙完了，才想起来。马悦华把嘴噘得老高。

崔世功知道她是故作矫情，就过来拍了拍她的脸，又捧起亲了两口。我啥时能忘了你，这么多年，除了你，我找过别人吗？

马悦华像小猫一样拱在崔世功的怀里，我也没有说你去找别人哪，这不是跟你开玩笑吗？这道理我能不懂吗，你要是那种啥也干不成的男人，我也不会理你。

还是你有眼力，还在我当副场长时，你就用上劲了，要钓我这条大鱼。崔世功摸着马悦华的头发半开着玩笑。

净瞎说，我看中的是你的能力，你要是像我们家的那个窝囊废一样，你就是用八抬大轿抬我，我也不会跟你走。再说，这些年我还不是把心都掏给了你，这不是爱情吗？

是爱情，是爱情。崔世功仰在沙发上，微闭着双眼，马悦华身上的香水味儿一个劲儿往鼻子里钻。唉，时间过得真快，一晃儿就是七八年了。

你说什么七八年了，马悦华伸出手揪着崔世功的鼻子问。

我是说咱们俩七八年了。

可不是，那时啊，你可比现在土多了。马悦华咯咯地乐着。

从柳林农场二十队的队长一下子就升到了月亮湖农场的副场长，崔世功自己都觉得像做梦似的。

连续三年，自己领导的那个连队，效益在垦区农场的连队中都是排在前面的，虽然始终没有干过江昊领导的太阳农场十五队，可在队长当中还是挺挂号的。月亮湖农场当时效益正在大滑坡，上级领导派他来时，就对他寄予厚望，因为从那人事安排上就可以看出来，让他来当第一副场长，当时月亮湖的老场长马上就要退休了，让他来，很大程度就是接班人的意思。

崔世功的头三脚踢得潇潇洒洒，把个月亮湖农场搞了个天翻地覆，什么调整种植结构，什么加大水利建设，什么扩大开发水田，不到一年时间，就干得上上下下有了名气。分局也提前让老场长退了休，他就走马上任当起了月亮湖的家。

刚调来时还没有搬家，就住在招待所里，招待所服务员马悦华从他刚来的那一天起就是殷勤备至，体贴入微。手里拿着房间的钥匙，把房间始终收拾得整洁如新，崔世功回来晚了，她又亲自跑食堂去端菜端饭。

开始时崔世功还没有十分在意，时间一长，他觉得马悦华真是个不错的女人，要长相有长相，要气质有气质。皮肤白白净净的，一双丹凤眼水汪汪的，尤其是那身材，高高挑挑的，当模特都不逊色。更何况在生活上这么关心自己，除了送饭洗被，还常常坐到床边问寒问暖。所有这些温情，是自己从董慧那里很少体会到的。这也难怪，谁让当初自己家条件不好，又要巴结人家场长的女儿，人家能不高傲吗？

现在好了，真是天上掉下个林妹妹，看来自己是官运桃花运一起来了。哼，看你董慧还敢跟我耍脾气，我干脆先不搬家，左右这里有人照顾我。

很快便到了两个人都觉得水到渠成的时候。

那天晚上，正是马悦华值班，到半夜时，就睡到了崔世功的床上。两个人翻云覆雨之后，崔世功感到自己真像是脱胎换骨一般，这才是女人，这才是我崔世功这辈子要找的女人。

马悦华的丈夫是农场物资科的采购员，本来就经常不在家，自从两个人有了那事之后，崔世功干脆就把她丈夫派到更远的地方，有时几个月都不回来一趟。接着又把马悦华从招待所调到劳资科当了个挂名科员，因为马悦华除了能够让男人赏心悦目和舒舒服服之外，具体的工作业务一样也拿不起来，于是她上不上班都是一样的，只是每个月工资照发。

崔世功升任副局长之后，觉得再把马悦华带在身边影响不好，就在北江市最好的小区买了一套豪华住宅，又把马悦华的丈夫干脆派到大连，让他去当个常驻在那里的办事处主任。于是，自己到这里来的次数比回家要多得多。

董慧本来就不是个省油的灯，尤其是听到了一些风言风语之后，就玩命似的同崔世功大吵大闹。崔世功更是一个吃软不吃硬的主儿，最后把董慧气出了甲亢，始终就像前辈子是饿死的一样，越吃越瘦，渐渐地瘦成了皮包骨，崔世功从此之后就更是不愿意回家了。

这几天连跑了几趟月亮湖农场，星星河的堤坝总算是暂时挺住了，可他还是有些不放心。方祥原来是自己的副手，要论干工作，十个也顶不上江昊一个，可搞关系，一个能顶上江昊十个。大堤都要被冲开了，光靠搞关系怎么行呢？昨天在大坝上把方祥一顿臭骂，已经给他下了死命令，如果在月亮湖开了口，我非让你蹲大狱不可。

一想起坝上的事，崔世功就气得喘着粗气。马悦华凑过来，低声细语地说着，到我这儿来，就别想那些烦心的事了，去，洗澡水我都给你烧好了，快去洗洗。

马悦华对崔世功百般地温存着，终于把崔世功的情绪引逗起来。正在这时，崔世功的手机响了起来。

马悦华还闭着眼睛，不悦地说，不要接，快把那该死的东西关了。

我的这部手机号没有几个人知道，这一定是有了什么特殊的事。崔世功说着，也没顾马悦华的阻挡，从被窝里伸出手去接电话。

什么？你再说一遍。崔世功大声地喊着，怎么搞的？好了，我马上就去。

第六章

电话是方祥从星星河边的大坝上打来的。

崔世功只听他在电话里带着哭腔说，崔局长，星星河……大坝……不行了，我顶不住了。崔世功对着电话骂了一通，问他，你看还能挺多长时间。方祥说，现在水位还在不断上涨，有的坝段已经开始塌陷，听上游传来的消息，说洪峰明天这个时候就要到这里。我看，我看这个大坝肯定扛不住那次洪峰了。崔世功又问，你看对面的太阳农场的堤坝怎么样？方祥说，他们的，他们那段好像还问题不大，从我这里看，还高出河面不少呢。好像，好像没啥问题吧。崔世功不耐烦地说，好了，你不要啰唆了，我马上赶到。崔世功把他的那辆红色越野吉普开得飞快，车身溅满了泥浆。

一路上，他的脑子飞转着。自己刚刚当上这局长才几个月时间，就有事情接二连三地出来，真是搞得有点儿焦头烂额了。自己信任的吧，能力又差。能力强的吧，又不是自己的人。看来还得有一个过程，再说人事问题又不能自己一手遮天，尤其是这个分局党委书记于永德，原来就是自己的领导，现在虽然是平级，表面的尊重还要有，这老头子从来不搞歪的邪的，看人都是从工作出发，尤其像江昊那样的，便是他最满意的人。自己在月亮湖干了这三年虽然成绩不小，名声也有了，影响也造得老大，还把港商司马亮引来投资建厂，在这个地方也算是破天荒的了。不管怎么说，月亮湖是我崔世功起家的地方，我绝不能让它出事，更何况自己才离开这么几天，如果这坝决口了，人家还不得说我崔世功水利工程没搞好吗?

崔世功对星星河两岸的地形早就了如指掌，如果从地势上讲，月亮湖靠近星星河的低洼地要比太阳农场少得多。十年前那场大水，就是从月亮湖农场开口的，这当然是后来听说的，自己当场长时，还专门考察过过水的耕地，好像也就不超过两万亩。如果是太阳农场那边出事了，那损失最起码也是加倍的。可现在不管怎么说，我要想一个万全之策，保住月亮湖，如果真要舍的话，那也只能是太阳农场。

可这理由是什么呢？崔世功盯着前方的大坝，还在苦苦地想着。

崔局长，你看吧，马上就要不行了。崔世功刚把车停下，方祥就一身泥地跑过来，哭丧着脸说。

崔世功一看，心顿时也凉了。大坝上的抢险队伍早已经成了疲惫之师，很多人都已经步履蹒跚，扛起一袋土，摇摇晃晃地往坝上走。最糟糕的是，取土的位置越来越远，而水位却是不断猛涨。

崔世功摘下眼镜、对站在旁边的方祥狠狠地看了一眼，还愣着干什么？赶快把地图给我拿来。

一张特制的五千分之一的军用地图铺在崔世功开来的那辆吉普车上，崔世功眉头紧锁，察看着星星河边的海拔高程。

方祥擦了擦脸上的泥水，一步一步凑过来，局长，看来咱们是顶不住了，江昊那小子的大坝不知是怎么修的，水涨坝也长，长得还飞快。

你还有脸说，都是一样的场长，人家能办到的，你怎么不行?崔世功眼睛里喷着火。

方祥嘀咕着，我也在干嘛，再说，再说这大坝也不是一天修起来的。

什么？你是说原来的基础不行。崔世功声音很低，可方祥却感觉到那冷冷的声音让他心里都打战，坏了，我这臭嘴，可犯了大忌了，我说基础不行，不等于说他崔世功没把坝修好吗?

不，不，我不是那个意思，我是说，月亮湖农场无论从哪个方面都比别的农场要重要。下棋有时不也是要丢卒保车吗？你看，咱们场除了你在这儿当过场长……

你少提我在这当场长的事，崔世功狠狠地插了一句。

方祥嘴里就像含了一块冰，说话就更不清楚了，可还是尽力地表述着。我是说咱们场不还是有外资的项目吗？北边那经济开发区，在咱们整个分局中还是独一份。还有……

经方祥这样无意的一点，崔世功思路一下子亮了起来。对呀，何不利用一下这个条件呢？这可是得天独厚的，对，让司马亮出面，让他找省委汪副书记，然后……那就顺理成章了，就是神仙来了也说不出话。

想到这，崔世功打断方祥的话，好了，你别还有还有的了，你以后也不要老是月亮湖重要的了，都是一样的农场，别的农场地里打的是粮食，月亮湖的地里就打金子啊？说理由要拣最特殊的说，如果有，那就是开发区的合资企业，这不仅关系到月亮湖农场和咱们分局，还关系到全省招商引资的政策和环境。好了，我马上去找司马亮，你先领着人在这里死守，记住，在没有新的决议的情况下，你必须死守，要是漏了水，我撤你的职。

香港丰达集团在月亮湖筹建的丰达食品公司已经开始投产了。这可是一个千金难买的好位置，北靠太阳河，南靠月亮湖和太阳农场，交通方便，原料充足，农场划定的经济开发区是整个地区地理条件最好的，海拔高度比其他地方平均高出三到五米，别说是星星河，就是太阳河决了口，也淹不着这里的工厂。司马亮在考察场址的时候，还和崔世功经过了挺长时间的讨价还价，才算把这块宝地弄到了手。

宽敞豪华的办公室里，足足有两米长的老板写字台放在屋子的中央，墙上挂着整个厂区的示意图，靠西面的一面墙立着四个大书架，上面摆满了书，其中还有不少是线装书。

司马亮把肥胖的身体镶在了座椅里，把那个很宽大的老板椅塞了个严丝合缝。脸很胖，从远处看，根本分不清哪是脖子哪是脸，一双金鱼眼不停地眨巴着，头顶是光亮亮的，只有四周才有点儿头发。

女秘书看上去不会超过二十五岁，高高的个头，修长的大腿，眉眼清纯而秀丽，画着淡淡的妆，浑身都透着一种江南淑女的气质。司马亮一手拿着电话，一手搂着坐在大腿上的女秘书，声音也显得极兴奋，好，你来得正好，又好几天没见面了，十分钟就到？好，我就在办公室等你。

放下电话，司马亮抬起那只戴着钻石戒指的胖手，在女秘书的脸上轻轻地拍了两下，小乖乖，快去给我准备一下，崔世功要来了。

司马大哥，这几天还是很忙啊？一见面，崔世功就满面春风地握着司马亮的手，你老兄我可是知道的，晚上的工作比白天还忙。

知我者莫过于崔老弟也。司马亮的胖脸上堆着一层层的笑。

一阵客套之后，崔世功给司马亮使了个眼色。司马亮点头会意，喊了一声，小莉呀，你到外面给我看着点儿，不许任何人来打扰我们，也不管是谁的电话都不要接过来。

今天我来找你有件大事。崔世功脸上又换上了作为领导者的那种表情。星星河的水又涨了，月亮湖这边的大坝，都怪方祥这小子无能，现在要决口了。你是知道的，我刚离开这么几天，从月亮湖决口，我这面子也不太好看。但都是一样的农场，如果要炸坝泄洪的话，也应该从损失较小的那一边炸，可月亮湖这边不是还有你老兄的工厂吗？所以……

看着崔世功说话时的表情，司马亮一边眨动着金鱼眼，一边在察言观色，还没等崔世功说完他就明白了，好哇，你来找我这张挡箭牌来了，这还不是小菜一碟，不过，这一层我不能给你点破，但我会把你成全得舒舒服服。

哎呀，我的大局长，咱们当初可是有协议的呀，我们来投资你们要全力保证环境，现在刚刚投产，你却说要从这边决口了。虽然我这里的海拔高度不会轻易淹到，可水火无情，大水一漫过来，我可是受不了。咱们公是公私是私。说到这里，司马亮也板起了一本正经的面孔，我呢，是一个来投资建厂的港商，你呢，是我的地方父母官。现在我就代表所有在开发区投资的三资企业向你提出严正的请求，请求你们要全力保护我们的利益，否则的话，我将和你们的上级部门直接联系，甚至我可以直接找省委的汪副书记。

崔世功心里一喜，司马亮这老家伙果然是人精，我还没有点破，他却知道怎么帮我了，和这样的人相处，我以后还得谨慎一些。于是不露声色地说，炸坝分洪不是一件小事，这要分局党委开会研究，你可以把意见反映给省委汪书记，对了，如果汪书记要做什么指示的话，让他直接对于永德书记说就行了，于书记是我的老上级，我始终非常尊重他。

你呀，你呀，司马亮用手指点着崔世功，人家都说我奸得横草不过，你老弟更是胜我一筹哇。

在司马亮直接拨通省委汪书记电话之后，还不到半小时，崔世功的手机就响了，一听是于永德的声音，让崔世功马上赶回分局，说有重要的事情要研究。

紧急会议是在于永德的办公室里召开的，参加的人除了于永德、崔世功之外，还有分局在家的几位领导，再就是太阳农场和月亮湖农场的党政一把手。

会议由于永德主持，他表情很深沉，语调里也有着一种无奈的酸楚：这是一个特殊的情况，只好让玉新同志也来参加了，我们这样做真有点儿不近人情，可我相信玉新同志也是能理解的。说到这里，他特意望了望黎玉新。

没什么，我能挺得住，感谢领导对我的关心。黎玉新摆着手插了一句。

那好，因为情况紧急，我就不多说客套话了。于永德环视了一下在座的人，语调也显得非常低沉：刚才我接到省委汪副书记来的电话，指示我们要确保开发区三资企业的安全，在洪峰到来之前要炸坝分洪。

于永德向对面桌的崔世功要了一支烟，刚吸了一口，就咳了起来。他其实不会抽烟，是想借此来稳定一下情绪。刚才接到汪副书记电话时，他也争辩了几句，可汪副书记却不容分说地打断了他的话。现在我以省委的名义指示你们，绝不能在月亮湖那边炸坝，这是一种特殊的政治任务，我们不能单单考虑经济损失的大小，这里有一个政治影响问题。于永德放下电话时，脸都白了，他真是有些不明白了，即使是从月亮湖这边炸坝分洪，也淹不到经济开发区呀，怎么能说有政治影响呢？对星星河岸边的两个农场他更是心如明镜，如果水往东放，走月亮湖，月亮湖农场损失的是不到两万亩，而从西面的太阳农场炸开，那损失就要达到六万亩。整整三倍啊，手心手背都是肉，淹了哪边都心疼，可干吗非要淹大保小呢？这道理不是太荒唐了吗，从某种程度上讲这不是丢车保卒吗？

想归想，自己是党委书记，还要按照上级的指示办。于永德望着江昊和黎玉新，觉得自己有好多话要说，可又不知从哪儿说起。

江昊有些沉不住气了，我觉得这个决定不够妥当，当然，我现在说的话并不是单单站在我是太阳农场场长的位置上说的。谁都知道，开发区的海拔高度在我们这一带几乎是最高的，别说是星星河决口，就是太阳河，也不会淹着开发区的。如果要炸坝分洪，也要考虑尽量减少经济损失，这个比例我不说在座的各位也清楚，是一比三哪。我想不通。

一阵冷场，于永德觉得江昊说得在理，他自己何尝不是这样想呢，但现在不是研不研究的问题，难哪。

方祥故意干咳了两声，方才江场长说的不无道理，其实我心里也是这样想的，最好是不炸坝，我们月亮湖农场现在也是众志成城，誓与大坝共存亡。可话又说回来，现在省委领导下了指示，而且还涉及政治影响，甚至还有国际影响，这样我就觉得省委领导的决定是英明的、是正确的，我作为一个普通的党员干部，就要无条件地执行上级的指示精神。当然，淹太阳农场我们也是非常痛心的，作为兄弟农场，我们将不遗余力地帮助他们。

一直没有说话的崔世功接过话茬儿说，方祥方才说得不错，我们北大荒人应该有这样的大局意识，这也正是体现我们用实际行动来证明我们是北大荒精神的创造者。崔世功故意把语调说得慷慨激昂：其实，开会之前，于书记向我传达汪副书记指示时，我也有点儿想不通，这说明在我的内心深处还有一种本位主义的思想在作怪，别说是一个农场，就是咱们整个分局，放在全省的一盘棋上，也只是一个普普通通的卒子。这个道理大家都明白，现在的任务是，我们要马上坚决执行省委的指示，当然了，可能有些不理解，也可能有些想不通，但我们作为下级，还是要有一个组织原则的，不理解的，想不通的咱们就在执行中去继续理解，继续去想吧。

江昊还想说什么，黎玉新用手扯了一下江昊的衣袖，声音很微弱，但是显得很坚定：我们太阳农场同意按照上级的部署办，既然上级领导说这是大局，在这个大局面前我们做出些牺牲也是值得的。说到这里，他侧过脸望了望江昊，又对着于永德和崔世功说，不知领导把炸坝的时间定在了什么时候。

崔世功神情严肃地说，必须赶在下一个洪峰到来之前。他低头看了看表，也就是从现在开始，到明天早晨四点钟，你们准备和转移群众的时间只有十个小时。

于永德望了望江昊和黎玉新，你们的担子够重啊，一会儿我也跟你们去，尤其要做好群众转移的工作，绝不能死伤一个人。

天又下起了雨，夜幕已经开始降临。

江昊两手紧紧地抓着方向盘，他已经打开车窗上的雨刷。雨水从玻璃上哗哗地淌下，雨刷一左一右地摇晃着。

他眼睛里噙着泪水，咬着牙尽量不让坐在旁边的黎玉新看出来，其实黎玉新心里也在流泪流血呀。真是没有想到，拼死拼活筑起来的堤坝，现在要亲手把它炸开，老百姓能同意吗？我们该怎么向大家解释呢？

后面的车灯明晃晃地照过来，那是于永德和崔世功的车。

江昊把车开到太阳河边的时候，打开车窗望了望河面上的水势，果然又涨了不少，看来今年的大水是前所未有的。四个连队，六万亩土地就要在明天早上淹没在这大水之中，三千多口人就要变得无家可归。虽然这两年砖房建了不少，其中两个连队已经成了小康队，消灭了土房，可还有两个连队有不少土房啊，最少有一百多户，过水之后，那土房肯定是不行了，这些老百姓今年过冬就是一个大问题。如果能筹措到一笔资金就好了，给他们直接盖小康楼，一步到位，省得以后再折腾了。可这钱从哪儿来呢？改造面粉厂还差二百万元的贷款没有到位，正是紧要关节的时候，看来还要想想办法。这六万亩被淹的地，如果过水时间不长，可能还能收回一些粮食，对，一定向这个目标努力，尽量把损失减少到最低的程度。

前面就是星星河的大坝了，这可是一条全场人的生命线哪。自入汛以来，全场人在这大坝上已经苦干了一个多月，铁锹磨秃了多少把，肩膀压肿了多少回，为的不就是保住房子和庄稼吗？可现在却要……我们可怎么向老百姓开口呢？

雨更大了，前面的大坝显得朦胧起来。江昊瞪大了双眼，说了声，黎书记你坐稳一点儿，就狠狠地一踩油门儿，吉普车卷着泥水冲上了大堤。

第七章

碰头会就是在大堤上召开的。

江昊本想把黎玉新直接送回家去，黎玉新却连连地摆着手，对江昊说，咱们太阳农场正面临着最严峻的考验，这样的时候对我来说可能不会再有了。你别拦我，让我说下去，我早已经想好了，能为太阳农场的百姓们做出我力所能及的，哪怕明天我就到毛主席那里报到，我闭眼睛的时候心里也是踏实的，我不是什么英雄人物，可我不能在这个时候离开属于我的岗位，属于我的阵地。

江昊一看他都把话说到了这种程度，也没有再勉强，只是说，那太苦了你了。

大堤上依旧是人声鼎沸，灯火通明。

以最快的速度把所有单位的领导都集中起来，大家就站在风里雨里的泥水里。江昊用手撸了一把脸上的雨水，向大家说，我们接到上级的命令，需要在明天早上炸坝分洪，把水引向月亮湖，现在离洪峰到来还不到十个小时，我们四个连队的所有人员要在这个时间撤往安全地带。现在，我代表农场和农场党委命令大家，马上回去动员群众，预计过水时间不会超过一周，住在砖房里的，家里的东西不必全都拿出来，因为房子基本可以保住。高地的连队赶快回去集中所有的车辆，分散到转移的连队去帮助群众搬迁，还要布置民兵做好保卫工作。在明天凌晨三点钟以前必须把群众转移到指定地点。

说到这里，他又回头望了望其他领导，得到示意后，他回过身来大喊一声，现在开始行动。

四个连队分别撤往邻近的高地连队和场部地区，一共是三千四百八十五人。

江昊、黎玉新、文丽等人分头到各连队动员和指挥。

天上的风雨依旧没停，地上的道路更加泥泞。

这是一个不平凡的夜晚，在太阳农场的历史上，这个夜晚也应该有着相当的重量。

从大堤上撤下来的人开始议论纷纷。

有的人已经愤怒地骂了起来，我们拼死拼活守着大坝，现在守住了却要把它炸开，为什么不在东边炸？我们不干。

满身泥水的人们向自己的家园奔去。

江昊开着车直奔这四个连队中离高地最远的十五队，也是全场最大的连队。

下达通知后不到十分钟，整个连队就车吼马鸣地沸腾起来。虽然大多数人对这样的决定想不通，可人们在这种时候还能说什么，一听是上级的命令，都觉得说什么也不能起作用，那就赶紧走吧。

住在土房里的老百姓可就惨了，屋里的东西除了能往别人家寄存一些，其他的凡是带不走的，大水过后那根本是找不到的，都必然要冲到那个和大海差不多一样大的月亮湖去。

这时老队长王左林气喘吁吁地跑过来，江昊啊，你快去看看吧，老李太太说什么也不走，你快去劝劝吧。

江昊几乎都没有思索，迈开大步向连队东北角的那个低矮的小土房走去。他知道这个老李太太是个什么情况，老人已经七十多岁，身体还硬朗，和一个三十多岁的傻儿子相依为命，每一年包了几十亩地，仅可以维持较低的生活标准，于是老太太就养了一大群鸭和鹅，用以补贴家用。他来当队长时，老太太曾隔三差五给他送点儿好吃的来，说他撇家舍业来到十五队不容易，年轻轻的，干那么重的活，操那么多心，可千万别把身体弄垮了。每一次，江昊捧着老人送来的鸡汤和鱼汤都激动不已。后来连队的日子好了，他也常到老人家里去坐坐，有时帮老人弄个烧柴或者解决个饲料什么的。老人家千恩万谢地喊着他的名字，还让自己的傻儿子快叫大哥。那是一段难忘的岁月，更是一种难忘的亲情。

大娘啊，马上就要炸坝了，您老赶快跟我走吧。一进老李太太的家门，江昊就急切地喊着。

是江昊吗？你快过来。老人伸出手，蹒跚地走向江昊。听说咱们的坝守得可稳当了，怎么还要炸呀？

大娘啊，洪峰明天早晨就到，所以上级来了命令，要保住经济开发区的三资企业，就只能从咱们这边炸开了。江昊耐心地解释着。

可我这房子不是完了吗？还有我养的那么多鸡鸭鹅，没有了它们，我还活着干啥？老人早已经是泪流满面泣不成声了，它们就是我的家，我的命啊，我不能走，江昊，你就让大娘留下来陪着它们一块儿死吧。

望着白发飘飘的老人，江昊的泪水又下来了，大娘，您走吧，等大水过后，房子我给您盖，您养的这些家禽，一会儿安排车尽量都带走，不能让您有太大的损失。

老人家茫然地望着外面的大雨，嘴里还是不停地说，我的家呀，我的房子啊，大娘不能走，江昊，你就别管我了。

扑通一声，江昊跪在了老人面前，大娘，您就把我当儿子吧，我不能让您留下来，这个家我帮您再建起来，大娘，您要信我的话，您就点个头吧。

老人伸出颤抖的手，摸着江昊那满是泥水的脸，江昊啊，你这场长当得难哪，大娘知道，我，孩子，我跟你走。

江昊猫下腰背起老人就往外面走，吩咐着连队的人，你们赶快把大娘家的家禽都装在笼子里，尽量都运走，先运到十二队的队部去，我回头再去安排。

老太太伏在江昊的背上，泪水和雨水都一齐流在了江昊的脖子上和脸上。

走到十五队的队部，把老人安顿到车上，又返身奔向夜幕之中。

这个连队的每一条街道，江昊都熟悉得像自己手中的掌纹。他在这里一共干了三年，刚来时，这里是全场最大最穷的连队，走的时候，这里是全场最大最富的连队。就在现在办公小楼的那个位置，刚来时只是一幢被火烧了的房子的一段残缺的部分，仅仅剩下了多半间，也就成了他的办公室兼卧室。所有的窗子和门都是用纸壳和塑料布钉上的，晚上睡觉时，总是听见房子里的耗子来回跑动的声音。有一次睡着了，他觉得耳朵被什么咬了一下，醒来一看原来是一条一尺多长的大耗子。当时连队的账面上只剩下几十元钱，他把自己口袋里的二百元钱掏出来，让管理员去给麦播的工人搞伙食。那些日子，每天只能睡两三个小时觉，晚上十二点钟才回到这间摇摇欲坠的半边楼，早晨两三点钟又得爬起来到地里抢播小麦。这情景就像还在眼前，第二年王左林从二十队调来当支书，自己总算有了一个好的帮手，更何况自己刚参加工作时他就是老队长，两个人默契地配合着，第三年就彻底地把这个连队由穷变富了，摘取了垦区连队赢利状元的金牌。

这里的一草一木都几乎连着自己的血脉，把这样的连队交给大水，江昊的心里在流血。

可有什么办法呢？现在只能想办法让所有的人安全撤出去，大水走过之后，再回来重建。

泥里水里的车队和人群陆续地撤向安全的高地，风声雨声依旧很大。

文丽去的是二十八队，也是离月亮湖最近的一个连队。

漆黑的夜，泥泞的路，文丽感觉自己又回到了二十年前，不同的是，那时是顶风冒雨去耕耘、去收获，而这一次是组织群众离开汗水和心血培育的庄稼和家园。

有些人家房子还是那样简陋，可这房子毕竟能为他们遮风挡雨，很多人一听说要炸坝放水，都号啕大哭起来。这种场面文丽是从来没有接触过的，这是一种在无情的灾难面前把血肉相连的生命分裂开来时的那种撕心裂肺的哭喊。

和土地和庄稼深深地融合在一起的人们，在这个时刻所表露出来的便是一种比土地更朴实的情感。他们甚至为了找到一只鸡一头猪而迟迟不肯离开，仿佛那动物的生命和自己的生命是同等的重要。

文丽搀扶着一位老大爷。老大爷怀里抱着一只鸡，流着泪说，就是我这老骨头渣子不要了，也丢不下这只鸡，你知道吗，它可是一只好鸡呀，一天一个蛋，从来不间断，我小孙子上学的笔呀本呀都是它下出来的。

雨不停地下着，道路更加泥泞。前面有的车打误了，马上就有人上去把它推出来；后面的车掉队了，马上就有人上去把它拉上来。

这样的场面文丽还是第一次看到，她擦了一把脸上的雨水，一边望着这些陌生而又熟悉的人们，努力地搜寻着自己的记忆，想从这人群中找出自己熟悉的人，可是望了半天还是没能找到。

于永德和崔世功也都深入到转移的连队之中，原以为老百姓会不同意走，甚至会指着他们的鼻子骂娘，但他们没有发现这样的情况。尤其是崔世功，站在大雨中，望着泥泞的道路上那转移的车队和人群，望着那步履蹒跚扶老携幼的身影，他的良心受到了一次前所未有的震撼，多么好的老百姓啊，在这种时候，连怨言都几乎听不见，面对他们，我的心里实在有愧，可我有什么办法，已经走到了这一步，我现在也是身不由己呀。我苦斗了这么多年，也是吃尽了千辛万苦，才拼到了今天的位置，我不能失去这一切，我还年轻，我还要往上走，我的政绩不允许出现一点儿失误，更不能让人提出一点儿疑问。月亮湖农场必须保，那里决口，就等于说明我工作的无能和不利，说什么也不能那样办。想到这里，他的心里多少平衡了一些，政治，什么是政治，有时就是流血的战争，即使在和平的日子里，有时也是相当残酷的。有多少例子都在说明，一次机会就可能关系到一个人的一生，我要抓住每一次机会，死死地抓住，一刻都不能放松。他在内心深处庆幸着自己这几年的机遇，我是没有辜负老天所赐予我的机会的，每一步我都走得超前而坚定，尤其是把港商司马亮引到了月亮湖，这可是关键的一环。有了这一环，才有了我上升的仕途。再说，这场大水，如果没有司马亮在前面帮我虚晃一枪，我领人修的月亮湖大堤就会变得不堪一击，在全局二十万人的面前，我就会彻底地败在江昊的手下。真没想到，就这么几年工夫，他当场长也不过是两年多，就把太阳农场搞得这样好，这速度不得不令人佩服。想到这，崔世功心里也悄悄地一惊，看来自己授意的寄到上级部门的匿名信，根本不会有什么力量，因为人家干出来的都摆在这里，谁也否定不了。可话又说回来，很多上级领导不是也相信“无风不起浪”这样的话吗？这种东西谁能说得清？

雨好像小了一些，崔世功一看表已经是后半夜两点多了，他拿起手机拨通了江昊，当听说人员转移都已经基本结束了，放心地点点头，回过头对于永德说，这一关咱们又算过来了，天亮时洪峰来了咱们也不怕了。

于永德正望着漆黑的夜幕沉思着，听了崔世功说的话，叹了一口气，唉，太阳农场付出的代价实在是太大了。

是啊，这也是没有办法，好在太阳农场这几年效益始终不错，虽然仅仅排在月亮湖的后面，江昊他们还是干得不错的。崔世功故意在说话时把太阳农场和月亮湖农场拉在了一起。

于永德自然能明白崔世功的弦外之音，就也是含而不露地说，这是一场严峻的考验哪，在这样的考验中如果能站住脚，挺得住，才是实实在在的，才是经得起推敲的，我们干事业，就是要干出让任何人品头论足都不会心惊肉跳，都不会感到心里发虚的事业来。

你说得对，这话既有哲理，又有分量，这么多年我也是按照这样的目标干的。崔世功说着，往于永德这边靠了靠，咱们能在这么短的时间内，就按时地完成了省委交给我们的任务，这说明我们的班子是有战斗力的。

这里有一点最重要，于永德沿着自己的思路继续说下去，我觉得这就是老百姓对我们的党还保存着一份最基本的信任，他们觉得我们干的都是正事，所以，他们即使受到了最大的委屈，蒙受了最大的不幸，也不会有太大的抵触和太多的怨言。

你分析得太对了，古人不是有那句话吗，水能载舟，也能覆舟。这老百姓就是水。崔世功又搜肠刮肚地想出了自己不知道说了多少回的两句话。

于永德觉得和崔世功在一起谈话，总是有一种不和谐，表面的东西、漂亮的词句，崔世功也能说得头头是道，可他总感觉到这个年轻的局长有些东西还是悬在半空里，不像江昊那样脚踏实地。总是雷鸣电闪，总是夸大其词，至于能落到地上多少雨，往往就是另一码事了。唉，这个崔世功也真是有神通，居然和省委副书记拉上了关系，得到省委领导的赏识，那当然也像得了尚方宝剑一样，连上级部门的领导都刮目相看，我当然也只能是退避三舍了。

雨好像渐渐地停了，一看转移的工作也告一段落了，下一步最难的当然还是要由江昊他们自己解决了，虽然大水不一定在这里停留太长时间，可这三千多人吃饭睡觉就是个大问题，还有大水之后土房根本保不住了，这都是一大堆棘手的难题。也好，你江昊不是能耐大吗，这回我看你怎么过这一关。崔世功嘴角上挂出一丝不易察觉的冷笑。

天渐渐地亮了，洪峰也轰轰隆隆地来了，随着堤坝上一声巨响，大水顺着被炸开的缺口排山倒海般地扑向月亮湖。

土房在大水中一个个地倒塌了，大片的庄稼淹没在大水之中，有的地方玉米被淹没了大半，只露着一个缨子，有的地方水稻全都泡在了水中。

奔忙了一夜，极度疲劳的人们却没有丝毫的睡意。

王左林望着被大水冲过的房屋和庄稼，蹲在地上，两手捂着脸，泪水顺着指缝流了出来。他在这里干了四十年，眼睁睁地看着大水冲倒房子，淹没庄稼，这还是第一次。

江昊的眼睛里布满了血丝，他一面望着水势的流向，一边在心里测算着这大水的流量和速度，他对这几个连队这几年的水利工程是心中有数的，这也是养兵千日，现在真正到了这些水利工程发挥效力的时候了，关键是大水撤走之后，排除内涝，抢收尚存的庄稼，就要全靠这些沟沟渠渠了。他扳着指头估算着，如果不出现特殊情况的话，一个星期之内转移的群众就能返回家园。当务之急是这一个星期怎么办，这三千多老百姓的吃饭和睡觉怎么解决。

江昊望了望早已经疲惫得站不起身来的黎玉新，走过去，黎书记，方才各连队都把统计的数字报上来了，三千多人没缺一个。

黎玉新艰难地微笑了一下，又望了江昊一眼，咱们抓紧商量一下吧。

那咱们现在是不是回场部？江昊征求着黎玉新的意见。

我看咱们就在这商量商量吧，正好于书记和崔局长都在。

那你的身体……江昊担心地皱了皱眉，我看还是……

没事儿，安排完之后，我就回去休息。黎玉新口气坚定地说。

那好吧，咱们就抓紧时间吧。江昊望了望东面那从水面上升起来的太阳说，但愿给我们几个没风没雨的晴天气，水如果撤得快，有些过水的庄稼或许还有救。

第八章

陆有为去郝景春家时，还是死乞白赖地拉上了妻子。他觉得这位内兄从来就没有真正看得起自己，在平时，他已经自然地对这位当行长的大舅哥多了一些生分，少了一些亲情。更何况这次又是自己惹了祸来求他帮着过关呢？

郝景春半躺半歪在沙发上，脸上毫无表情。陆有为已经说了半天，几次抬头望着端着臭架子的大舅哥，心里真不是滋味，你有什么可摆的，要不是看在你妹子的面上，我还不认识你姓郝的呢。

郝景春的妻子也有些看不下去，就在旁边小声地嘀咕了一句，他老姑夫都知道错了，这个时候你不帮他谁帮他？

你怎么知道我不帮他？郝景春把身体坐直了一些，从烟盒里抽出一支中华烟，扔给陆有为，我这不是正想着这事该咋办吗？

大哥，我听你的，你说咋办就咋办。陆有为赶紧掏出打火机，为郝景春点着烟。

郝景春吸了两口烟，眼睛盯着陆有为，你呀，都这么大岁数了，真是净给我找麻烦。说到这里，他又沉思了一会儿，解决你的问题，关键的人物有两个，我现在正掂量着同谁去谈，一个是江昊，一个是崔世功。

陆有为赶紧往前凑了凑，大哥，你觉得在这两个人当中哪个把握更大些。

那当然是崔世功了，郝景春不假思索地说，他现在虽然是局长，可他搞的那点儿猫儿腻我心里清楚，他的小尾巴攥在我的手里，虽然他现在权大了腰粗了，可他还不敢驳我的面子。江昊那小子我实在没有什么把握，他个人的事我没有什么把柄，只是能在贷款上卡一卡他。可我真要是去找他时把你的事当成一个条件，这话我又有点儿说不出口，他小子如果不吃我这一口，我不就没辙了吗？要是继续贷给他，我栽了面子；不贷给他，我的把柄又抓在了他的手里。他小子一急眼还不到省行去告我呀，如果那样，可真是鸡飞蛋打了呀。

陆有为连连地点着头，大哥呀，你分析得太对了，如果是这样，干脆直接找崔世功，之后，对江昊咱们就来一个公事公办，不求他，也把他的脖子掐住，让他喘不过气。不过，崔世功要不买你的账可怎么办呢？

他敢？郝景春瞪起了那双黑眼仁靠上的眼珠子，我想，崔世功他还不至于那么傻，我如果把他的事向有关部门一抖搂，别说让他当局长，如果查一查，他可能就得被抓进局子。

他的事有那么严重吗？陆有为吃惊地问。

郝景春语调不高，却显得有些阴森森的，你知道吗，他在月亮湖当了三年场长，升局长的时候，从我们银行提走多少现金，如果说出来都吓你一大跳。

三年？三年能有多少？又搂又占有个百八十万就撑死了。陆有为摇晃着脑袋，尽量把数字估算得大一些。

郝景春嘴角一咧，你猜得差远了，他拿走的是这个数。说着先伸出三个指头，然后又换成了拇指食指往开一叉，整整三百八十万。

陆有为吃惊地张开大嘴，半天闭不上，怎么，能有这样多，一个农场一年才赢利多少哇？

这算什么，你以为像崔世功这样的就他一个人哪？这是我们知道的，我们不知道的又有多少，就他崔世功也是如此，虽然他提现金时把我们银行提得叫苦连天，把我们手头的那点儿现款全提走了。

我就说，你又没有走远，提这么多钱干啥？他却说了一大堆理由，可那些都是编造出来的，他那点儿心思我能不知道，就是怕把钱存到眼皮子底下早晚会出事。

大哥，既然这样，不管他崔世功是怎么想的，你如果出面，我的事就算差不多了。陆有为又给郝景春点了一支烟，殷勤地递上来，你跟他谈的时候，最好，最好能给我谋一个和我现在平级的单位，当然，当然能升一格半格的就更好了。

郝景春撩开眼皮看了看陆有为，你呀，我怎么说你呢，没办法，谁让你是我妹夫呢，换个别人我才不管呢，你也要吸取教训，要再惹出什么事端，我可不管了。

哪能呢？大哥你放心吧，我要再不争气，我还是人吗？陆有为用手拍着胸脯，发着誓。

太阳河上的洪峰终于通过星星河，穿过太阳农场缓缓地汇入月亮湖，崔世功也算彻底地松了一口气，临走时又对江昊和黎玉新打着官腔吩咐了一番，什么要做好转移群众的安置呀，要研究措施解决灾后生产自救呀，什么你们先进场的称号还要保持呀云云。

他亲自开着那辆红色越野吉普车来到开发区时，正赶上司马亮要出门，一看他来了，就把那张大嘴一咧，世功兄弟呀，这几天把你忙坏了吧，怎么样？洪峰过去了，你也该轻松轻松了。

崔世功望了望司马亮，怎么，你要出门？

司马亮说，是省城有一笔生意需要我过去拍一下板。

既然你要走了，就算了吧，原来我还想到你这玩玩呢。崔世功有些不甘心地说。这几天真是把我累得够呛，想到你这放松放松，在别的地方我还真不放心呢，北江市这个地面不认识我的人太少了，在平时还是要尽量注意影响啊。

司马亮把他那双金鱼眼眯成了一条缝，这还不好办，你到我这儿来，我在不在家都一个样，保证让你彻底放松。不过，你可要留神你手下的人，别让他们知道你在我这里，这样，你在我这里别说是几天，就是一个月两个月，我也能让你乐不思蜀。

那你不是要出门吗？崔世功盯着司马亮说。

老弟呀，这和我出门有什么关系？你玩你的，我走我的，咱们各行其便，司马亮哈哈地乐着。

那你这里都有什么项目哇？崔世功半真半假地开着玩笑。

司马亮脸上的肥肉颤颤巍巍地抖个不停，手里还比画着，我这里虽然是山村野地，告诉你吧，吃喝玩乐样样齐全。我的那个小楼这几天就归你了，当然也包括里边的人，怎么样老弟，那天你看见的那个小莉怎么样，她可是我的新宠啊，大哥让给你。

崔世功让他说得有些难为情，看大哥说的，我怎么好意思夺大哥所爱？

哈哈，在我心里始终是这样的信条，女人如衣服，兄弟如手足，为了老弟你，我什么都舍得。司马亮显得非常大度豪爽。

那、那……崔世功那那了半天也没有说出个所以然。

你也别那那了，就听我的安排吧，你就在这里全身心地放松，痛痛快快地玩几天吧，我回来咱们再好好唠，再好好交流经验。司马亮挤眉弄眼地说笑着，然后把桌子上的呼叫铃一按，小莉，你过来一下。

崔世功那天看见的那个小莉走进屋来，光彩照人。老总，有什么吩咐？

啊，一会儿你就不用陪我去省城了，让小玲和小芳陪我去，你呢，这几天在家好好陪陪崔局长。司马亮指了指坐在沙发上的崔世功，这可是咱们北江地面上的风云人物啊，也是我的好兄弟，这个任务就交给你了，你怎么陪的我，就怎么陪他，如果差了样，我可不依你呀。

小莉回过头来望了一眼崔世功，脸色有些羞红地说，老总，你就放心吧。然后又走到司马亮跟前，老总，那你什么时候回来呀，可别让我们等得太久啊。

司马亮拍了拍小莉的脸，我几天就回来，不过，我回来时你别不认识我呀。

看老总说的。小莉故意娇滴滴地说。

把崔世功安顿好之后，司马亮在那两位叫小玲小芳的女郎的簇拥下，钻进那辆“奔驰”轿车。

轿车很宽大，他坐在后排中间的位置，小玲小芳一左一右地坐着，前排副驾驶的位置上坐着一个年轻的小伙子，是办公室专管后勤工作的秘书。

轿车在白色水泥路面上风驰电掣般地行驶着，车窗外大片大片的五颜六色的庄稼和树木向后面飞快地闪去。司马亮微闭着双眼，一只手放在小玲的大腿上，为轿车里放的那个歌曲打着拍子。坐在旁边的两位俊俏的小姐也极会来事地为他轻轻地按摩着肩部和手臂。

司马亮发迹的时间也不过是十几年。他原来只是省城里的一个破落户，穷得连家都养不起，老婆也和别人跑了。可这小子却处了一批臭味相投的狐朋狗友，在这些哥们儿当中他也挺讲义气。南方沿海城市开放之后，他就下了海南，在海南通过朋友关系，倒了一段汽车，发了一笔横财。接着他又到深圳去炒房地产，又赚了一大笔。在这些过程中，他不断地发现国家政策上的一些漏洞，也就不失时机地进行钻营，结果他的资产越积越多，后来又把总部移到了香港，他摇身一变也就成了港人。一次在北京开会时认识了月亮湖农场场长崔世功，于是又到这里来投了资。他到这里来，一个最主要的原因，除了相中这里是商品粮基地这个有利条件之外，重要的一点就是崔世功这个人，他觉得如果把这个人利用好了，自己的事业在北江就会有一个新的发展。来了之后果然不出他所料，崔世功也一步一步地上钩了，他也一次次把诱人的甜头送到崔世功的嘴边。崔世功以荒地的价格卖给他一万亩好地，只此一项就省了三四百万，他把其中的一百万送给崔世功，崔世功马上又投桃报李，专门制定了供应丰达食品公司生产原料的政策。这样，他的工厂每年就可以节省资金四五百万元。他又是给崔世功送东西送现金，价值几万元钱的钻石项链和戒指就送了好几次。再后来崔世功又由于招商引资的特殊贡献，以及通过他接触了省委汪副书记，一步就跨上了局长的宝座。

因为这个食品公司还处在刚刚起步阶段，这段时间他在这边待的时间较多一些，他觉得一定要抓住崔世功这条大鱼，让他始终为自己所用。那样，自己在这里的事业才会飞黄腾达，财源茂盛。他早就想好了，凭自己的经验，绝大多数男人吃的就是两样东西，一个是金钱，一个是美女。有了钱就可以想方设法换取更大的权，有了权就可以生出更多的钱。至于美女，当然是男人生活中不可缺少的调剂品。尤其是事业成功春风得意的男人，更应该是美女如云。这不仅是一种生理本能的需要，更是一种事业成功的标志。他崔世功也自然是肉眼凡胎，七情六欲也少不了，就凭他在我办公室里看小莉的眼神，我就可以断定，他也并不是那种坐怀不乱的角色。

好，这里，这里再使点儿劲儿，对了，就是这。司马亮仍然闭着眼，抓住小玲和小芳的手按在要被按摩的那个部位。

轿车在路上继续狂奔着，司马亮嘴角上挂着笑，一边想着，崔世功哪，你现在已经进网了吧？

司马亮前脚刚走，小莉就走到崔世功的面前，声音柔和而甜美，崔局长，您的大名我早就听说过，今天能和您相识并为您服务，我感到非常高兴。

崔世功感到有些不自然，自己毕竟是一局之长，身份还是要显示一下的，不能轻易地随便。就站起身来，啊，方才我是和你们司马老总随便开开玩笑，你也不必当真，我工作还挺忙，我也走了。

小莉马上拉住崔世功的胳膊，哎呀，崔局长，那可绝对不行，您要这样走了，老总回来非炒我的鱿鱼不可，会说我工作不利，服务不周到、不到位，您这不是砸我的饭碗吗？

崔世功用手轻轻地推着小莉那双柔软白净的纤手，没事儿的，你们老总回来我亲自同他讲，这不关你的事。

那也不行的，这一点您还不了解我们老总。小莉说到这里，眼泪像珍珠般地落下来，今天您要这样从我这里走了，我肯定是没有这份工作了。崔局长，您就是不喜欢我，那也可怜可怜我，我知道您是好人，好人都有同情心。

望着小莉那张粉红的小脸上流淌着成串的眼泪，崔世功动了恻隐之心，再说他也确实喜欢这个女孩。就说，那咱们就过去坐一坐吧。

小莉马上破涕为笑了。

走进那幢与厂区相隔有一二百米的小楼，崔世功马上被惊呆了。他没想到在这样边远的地方居然有这样一幢豪华别墅。中西合璧的外观，草坪、花园，后面还有一个游泳池。门口有专门的守卫，三层小楼，一共十来个房间，吃喝玩乐一应俱全，连服务人员都是专门受过训的，一进门站成一排，垂手侍立。小莉轻车熟路地支使着他们，然后把崔世功领到二楼的一间豪华客厅里，等服务人员把水果咖啡之类送上来之后，小莉就拿起那个写着“请勿打扰”字样的标牌挂在门外的把手上，回身把门反锁上了……

郝景春一连打了四五次电话，一直到第四天才找到了崔世功。崔世功热情地说，还是我到你那里去吧，我正好还要到市里办点儿事。

这回崔世功没有自己驾车，而是让司机老王开着，自己靠在椅背上闭目养神。在司马亮的别墅里整整玩了三天，他觉得这三天就像是让自己活了三辈子，看来以前我这局长是白当了，事业是成功了，钱也搞了不少，可自己还是一天吃三顿饭，晚上睡一张床，除了那个见了就烦的妻子，再就是那个只会来事却缺少品位的马悦华。

和小莉水乳交融的这三天，真是为他打开了认识女人的另一扇窗口。如果把马悦华和小莉相比，毫不夸张地说，小莉是人见人爱的金丝鸟，而马悦华就像是一只又愚又笨的大乌鸦了。可马悦华毕竟跟了自己都七八年了，对自己还是体贴入微的，尤其是自己遇到难事的时候，总是能从她那里得到快慰。再说，一日夫妻百日恩，她这一头我还是不能丢开，可以后，我还是要把小莉带在身边。

那天司马亮从省城刚一到家，就打电话让他过去一趟。一见面就笑着对他说，果然不出我的所料，你和小莉既然都是两厢情愿，我这当大哥的自然要成全你们了。我现在告诉你，人家小莉可是有教养有素质的，北京外语学院毕业的高才生，我付年薪十万。我现在就把她让给你，从今天以后，她就是我的弟妹，我不会再碰她一个指头。你别害怕，她的年薪由我继续照发。还有，这也算是我的一点儿心意，说着从怀里掏出一个卡片，递给崔世功。接过一看，是一张省城第一百货商场的面值十万元的购物卡。崔世功也不推辞，说了声多谢大哥了就揣进了口袋。

司马亮又说，我都给你们安排好了，这是房子的钥匙，就是北江市东郊的别墅小区，九十九号，祝你们永久相亲相爱。

当他同小莉一起去那新房子时，小莉拱到他的怀里，一口接一口地亲着他，现在我告诉你我的姓名，我叫蒋含琼。小莉是我的小名。在我们公司除了老总，谁都没有资格喊我的小名。

那我呢？崔世功笑着问。

那当然可以了。

郝景春在办公室里正等着他，两个人以前虽然很熟悉，却没有在一起办过什么大事。崔世功接到他的电话时，就知道今天要找他谈什么事。陆有为的这个大舅哥我真是不能得罪，我原来存在他们行的那笔钱他也是知道的，就凭这一点，我也得让他三分，要不然给我捅出去，我崔世功可就栽了。

非常抱歉，郝行长，我这几天真是很忙，没有耽误你的事吧？崔世功首先热情地说。

哪里哪里，你这当局长的肯定事情不少，前几天又遭了那么大的水灾，我都听有为说了。郝景春笑着，亲自为崔世功沏了一杯茶。

唉，咱们都一样，官身不由己嘛。崔世功故意叹着气，这么大一个分局，十多个农场，二十多万人，操心的事真是太多了，有时我都整夜睡不着觉，可谁让咱是共产党员呢？

是啊，对此我也深有同感，咱们真是把满腔的心血都用在了事业上啊。郝景春一边点头，一边附和着。

崔世功觉得郝景春也和自己差不多，能把表面文章做得天衣无缝。于是想，你不主动说，我就先送你一个顺水人情，我先说，让你看出我崔世功是够意思的。

郝行长啊，我还真是想找你好好唠唠呢，尤其是有为的事。我想你已经知道了，崔世功故意停了停，他看郝景春在那里一个劲儿地点头，就接着说下去，本来嘛，如果换了别人，没有你的面子，我早就把他一撸到底了，就让他就地当工人。可咱们都是这么多年了，这个面子我能不考虑吗？

郝景春心里在说，你小子还真是有道啊，狗屁，你给我面子，那是你怕我，我要是不给你面子，你的这张脸恐怕就不会这么滋润了。但是我不能点破，只能敲山震虎。

这要感谢你呀，我这个人历来是公私分明，虽然有为是我的亲妹夫，可你要是觉得真是难办的话，也千万不要勉强。我总是这样想，朋友嘛就应该互相关照，比如，不管当年你当场长，还是你现在当局长，只要用到我时，咱保证没有二话。话说回来，有为确实有些不争气，可他的毛病最致命的一点，就是办什么事情不留后路，怎么痛快怎么干，那怎么行呢？根据我的人生经验，一个成功的男人就应该是一个优秀的棋手，走一步，就能看出下面的三步，甚至五步。

崔世功心里暗暗地想，郝景春这家伙果然厉害，那含而不露的话刀刀见血，我没有估计错，陆有为的事我要是真不给面子，他非把刀子从背后给我捅进来不可。

哈哈，崔世功故意干笑了两声，有为的事我早就想好了，人非圣贤，谁能无过呢？能吸取教训就好，位置我已经给他选好了，就到水利局先当副局长吧，这也是他的老本行，先过渡个一年半载的，我再把他扶正。

郝景春喜出望外地咧开嘴笑了，你想得这么周到，我还有什么说的，只有两个字，谢谢。你说谈谢字显得见外，那好，咱们就以实为实，不说谢了，那咱们就是来日方长吧。

对，来日方长。崔世功站起身来就要告辞。

这可不行，咱们也是好不容易聚在一起，给我一次薄面，让我代表有为尽点儿心意。郝景春走过来真诚地挽留着。

午宴在北江市可以算作是最高规格的了，陪同的只有郝景春的办公室主任，是一位三十多岁异常俊秀的女人，从说话和动作的神态上，崔世功一眼就看出他们两个人关系非同一般。席间，两个人又推心置腹地唠了许多，那位女主任笑容可掬地给两个人斟着酒。吃完饭时，郝景春给女主任使了一个眼色，那女主任走过去从包里掏出一个一尺多见方的盒子递给郝景春。

崔局长，这是我们行庆时给贵宾买的礼物，当时你出国考察了，今天把这个心意也补上吧。郝景春笑盈盈地把那盒子递给崔世功。

这怎么行呢，无功受禄，寝食不安哪。崔世功推辞着说。

哪里是无功受禄，你可要知道，你和你领导下的农场就是我们的衣食父母啊，离开你们农场的存款和贷款，我不就没有粥喝了吗？郝景春口若悬河地说着。

郝行长真是过誉了，要说支持和关照，咱们都是相互的。崔世功几杯酒下肚，脸上也泛起了红色，说话的时候也显得很真诚。那这礼物，真是有些不好意思，好吧，我就愧领了。

坐到车上，崔世功才看清那是一台美国原装手提电脑。

第九章

刚把转移的群众安置好，江昊和黎玉新一身泥一身土地赶回场部的时候，已经是晚上八点多钟了。

江昊亲自把黎玉新送回家，对王雅芝说，嫂子，这几天可把黎书记累坏了，现在我把他交给你了，你给好好补养补养，再做做进京的准备，我看这一两天你们就出发吧。

王雅芝望着黎玉新那憔悴不堪的面容，眼泪汪汪地说，江昊兄弟，我听你的，如果要依着我的话，我早就陪着他去北京了，可他的脾气你还不知道？说着抹起了眼泪。

看你，我这不是好好的吗？再说，前几天太阳农场遇到这么大的事，我要离开，我还算个人吗？我虽然是党委书记，可我不想唱高调，我就是太阳农场的一个普通职工，这种时候我也走不开呀。

王雅芝上去扶着丈夫，好了，我听你的，现在忙得差不多了吧，江昊兄弟都说了。

江昊临走时又再三嘱咐黎玉新千万好好休息，并说，我马上通知医院做好准备，让他们派出最得力的护士陪你们进京。

黎玉新声音微弱地说，医院工作又那么忙，你就不要派人了，我和雅芝自己去就行了。

江昊摆摆手，这你就不用操心了，我会安排好的。

正在往家走时，半路上碰见管财务的副场长刘一新急匆匆地走过来，哎呀，江场长，我可找到你了，可出了大事了。

什么大事？江昊停住了脚。

刘一新气喘吁吁地说，市银行信贷科来电话通知咱们，改造面粉厂剩下的那二百万元贷款停贷了。

什么？你说什么？江昊眼睛瞪得通明，在撤了陆有为之后，他也曾想过这种可能性，可他又把这种想法推翻了，一行之长，怎么能为自己的亲属被处分而停止给农场贷款呢？不会的，思想水平不会这样洼。所以，当他听刘一新传来这个消息时，还是有些不相信自己的耳朵。

刘一新又把话重复了一遍，还用脚狠狠地踢了一下路边的一棵小树，这算什么事呀，咱们都干了一半了，他们却在这个时候撤伙，这不是活坑人吗？

江昊这时反而冷静了下来，既然事情出来了，发火骂娘都无济于事，天无绝人之路，办法总是人想出来的，不是有那句话吗，老天爷饿不死瞎家雀，更何况太阳农场有三万多能创造任何奇迹的人民群众呢。

想到这儿，江昊对刘一新说，这个消息你先不要扩大范围，我马上再去找黎书记商量商量，然后咱们再碰碰头，你先回去吧。

望着刘一新离去的背影，江昊又返身向黎玉新家走去。

咱们所担心过的事真的发生了。江昊一进黎玉新家的门，就神情黯然地说，银行在这个时候釜底抽薪，这一招真是够毒的。

黎玉新听完了江昊的情况介绍后，显出一种出奇的冷静。他沉思了一会儿说，看来咱们还是把郝景春看得太高了，这再明白不过了，他这就是对着陆有为的事情来的。

江昊来回走了几步，看来这真是一个棘手的事，我们撤销陆有为副场长职务的报告刚打到分局，他就来了这么一下子，咱们的面粉厂如果没有这笔资金，那损失可就太大了，不仅今年预定的回本计划完不成，连职工吃的面都要到外地去加工了。

我看这事情也并非一点儿希望都没有，如果郝景春真是为了报复咱们处理陆有为，那现在咱们是否可以考虑在下一步的时候适当地通融一下，比如对陆有为下一步工作的安排上，我们可否答应郝景春，尽量做到让他满意。

江昊端起茶几上的一杯凉开水，咕嘟咕嘟地喝了下去，擦了擦嘴，干点儿事可真是不容易，黎书记，你说，我们究竟错在哪儿了？

咱们哪儿也没错，是别人做人的原则偏离了正常的轨道，又以咱们为参照物，那么在双方的眼里，都有些不正常。黎玉新往沙发上靠了靠。

那就这样吧，江昊看了看手表，今天时间也不早了，我明天就去找郝景春，按照咱们的意思先和他谈一谈，如果事情有缓，当然更好，如果不行，咱们再商量别的办法。

要不，黎玉新往起坐了坐，要不明天还是我去吧。

江昊摆了一下手，不，解铃还须系铃人。还是我去，这样，郝景春才觉得更有面子，你放心吧，为了能把这笔贷款解决，我尽量挑最好听的话说。

江昊回来路过招待所的时候，远远地看着文丽房间的灯还亮着，他也不知怎的，心头觉得一热。其实文丽才刚来几天，对很多情况互相并没有太多的了解，可凭江昊的感觉，文丽是一个不寻常的女性，究竟是什么不寻常，他现在还说不出来，反正他觉得文丽和普通的女人不一样。

文丽真的没睡，她正在灯下整理着日记。

这是她多年来的习惯，不管是平常的日子，还是不平常的岁月，她总是坚持天天写日记，尤其是后来做了组织工作，她日记的内容就更丰富了，除了写自己都做了什么，还用很大的篇幅写自己在生活和工作中接触到的一些人。她在上中学时就喜欢看小说，后来参加工作了，也曾试着写过几篇文学稿，稿件投到文学杂志社后，虽然没有被采用，但她依然对文学情有独钟，看小说看到动情处，她可以彻夜不眠泪流满面，平时在家看电视时，也常常是哭了一场又一场。她自己也不明白，是自己对艺术的难以割舍呢，还是女性所特有的善良与同情呢?

来到太阳农场刚刚才几天工夫，却让她感觉到所发生的事情让她灵魂都在震颤。原来素不相识的人，一个个地走进她的视野，是那样的生动，是那样的朴实。她闭上眼睛还时常出现江昊、黎玉新、王左林等人的面孔，那印象实在是太深刻了，而每一张面孔又都是伴随着令人难以忘怀的场面和故事。昨天她又专门抽出时间去了黎玉新家，认识了那位曾经由两穗烤玉米而引发初恋的王雅芝，虽然只是简单的交谈，她就感到这个女人身上的一种特殊的魅力。这魅力不是通过那种俊美无比的外表体现出来的，而是通过那特有的富有情感的内心世界和外在行动，像涓涓细流似的向人们展示着。她也更明白了黎玉新当年为什么可以放弃返城的机会而留在北大荒，毫无疑问，这其中必然有对王雅芝的那份难以割舍的恋情。虽然自己原来在这片土地上待过，可只有这次，好像才更深地理解了这片神奇的黑土地，这纯朴的情感，是在灯红酒绿的大都市里难以寻找的。这里虽然物质生活条件还不如城市，可这里的人生活得踏踏实实，心里是那样的充实，精神是那样的饱满，苦也好，累也好，心里总是有着沉甸甸的希望与寄托。面对田野里五谷丰登时的那种眼神，只有在这里人的身上才能找到，那是耕耘之后的一种实实在在的幸福感。

尤其是群众转移的风雨之夜，文丽觉得自己的灵魂更加贴近了这片黑土地，自己的情感好像一下子同江昊、黎玉新他们拉得更近了，她也更深地理解了江昊，想起刚来那天对江昊一身土一身泥的误解，真是有些惭愧。

这几天在身体上所经历的劳累与困苦，比过去几年的总和还要多，可文丽在心里悄悄地庆幸着，人不能平淡如水地活着，哪怕是口中含着黄连苦胆，只要能让生活真正动起来，也会觉得幸福和满足。

夜已经渐渐地深了，可文丽的睡意还很浅。

在那间宽敞豪华的办公室里，郝景春对江昊的来访非常热情，又是倒茶，又是递烟。江昊心里真有些纳闷，难道停贷的事他不知道？不可能，那又为什么呢？从郝景春的神态中，好像看不出陆有为被撤职的事。

啊，这事我知道。听完江昊说的关于停贷的事，郝景春点上一支烟，深深地吸了一口，我也正要跟你打招呼呢，这不是，说着他拿起桌子上的一份红头文件，上级银行来了通知，要压缩贷款规模，我知道你们正在等米下锅，可我也实在是爱莫能助啊。

江昊一看他这个架势，也就来了一个单刀直入。郝行长，咱们也相处了多年，对太阳农场的还贷能力我想你也是清楚的，再说，从私人的角度说，这些年咱们也是比较融洽的。我想，你不会因为你妹夫被撤职而疏远咱们之间的感情吧？来之前，我同玉新书记都已经商量好了，对陆有为的处理虽然已经做出了，但在下一步的工作安排上我们尽量给予考虑，你看……

郝景春从写字台的座椅上站起来，拿起壶为江昊的茶杯又续了一点儿水，笑容可掬地说，哎呀，我的江大场长，你也把我郝景春看得太低了吧，我能因为妹夫被撤职而停止为太阳农场贷款吗？这不是公私混为一谈了吗？这不是我做人的准则，更不是党性所能允许我们的，我毕竟是一个受党多年培养教育的金融干部，怎么能做出这种事呢？

既然这样，请郝行长原谅我的误解，常言说，人熟为宝，我的意思，你看能不能这样，江昊努力地找寻着合适的词语，尽量把话说得妥帖而有分寸。你看在咱们多年交往的情分上，帮我们尽量想想办法，实在不行，就把贷款的规模压缩一下，一百万怎么样？

江场长，看你说的，这话不是见外了吗？郝景春端起茶杯喝了一口，其实呀，我也为你们这笔贷款不能及时到位而着急呀，为了这，我还专门打电话给省行的领导，想尽量为你们争取一下。但是可惜呀，咱们都是领导干部，在上级的政策面前，咱们都还是局部哇，为了国家经济繁荣货币稳定这个大局，我们一个企业、一个项目，都只能服从这个大局，我想你也会理解的，唉，我也感到很抱歉哪。

望着郝景春脸上故意装出来的同情状，江昊觉得再说下去已经没有任何意义了，便起身匆匆告辞。

路上车很多，江昊使劲地按着喇叭，吉普车卷起一阵烟尘，驶过太阳河。

党委会是连夜召开的，议题只有一个，如何解决改建面粉厂资金缺口的问题。

黎玉新又明显地憔悴虚弱了许多，每说一句话都让人感觉到很艰难。日光灯照在他那苍白的脸上，可那目光中依然流露着特有的坚毅。

大家听完了江昊介绍的情况之后，半天都没有吱声。

这突如其来的打击，紧紧地跟在炸坝分洪安置群众之后，在场的每一个人心头都像又压上了一座山。

情况大家都心明如镜，现在身后根本没有退路，只能咬着牙往前闯。改建工程正进行到一半，绝不能停下来，新设备必须如期安装，这样，才能按照计划在半年左右时间挣回所有改造工程的成本，如果现在把工程停下来，那损失的可不是二百万，很可能是五百万，甚至更多。

所有的人都在静静地沉思着，屋里静得几乎能听见自己心跳的声音。

江昊站起身来，走到墙上挂着的那幅巨大的场区地图前，神情激动地说，咱们太阳农场也是经历了近半个世纪的风雨，几代人在这里流血流汗，现在老一辈把这摊事业传到了我们的手上，我们没有理由在困难面前退步。当然我也知道，我们面临的是一个靠我们现在的能力很不好解决的困难。说到这里，他看了看大家，又接着说下去，可我还看到，我们所面临的困难，和我们太阳农场的整个事业相比，它还不是无法逾越的难关。前几天咱们在大坝上都看到了，我们今天在座的这几个人当然是微不足道的，可我们身后有太阳农场的三万人民。

黎玉新马上接过江昊的话头说，对，江场长说得对，在太阳农场的发展中，我们一刻也离不开人民群众的支持。方才江场长说的话，正好也提醒了我，我提出一个不够成熟的意见，大家讨论一下，看看行不行。黎玉新停了一下，缓了一口气，接着说，我们干脆就把困难原原本本地告诉老百姓，我相信我们农场的群众是通情达理的，只要我们工作做到家，百姓们是能够和我们风雨同舟共渡难关的。

听到这里，文丽问了一句，那黎书记你的意思是发动群众搞集资?

对，黎玉新神情坚定地说，虽然我们农场正面临着转移和安置群众，庄稼被水淹没的困难，但是，我们还应该看到由于这几年农场经济效益较好，绝大多数职工都有不同数量的存款。还有，这几年个体私营经济发展较快，很多人不仅已经彻底摆脱了贫困，而且早已经跨进了小康生活的行列。在群众中搞集资，能搞到多少，具体的数我还不好估算，但是我们应该试一试。

我同意黎书记的提议。江昊又站起来，眼神里又流露出他那特有的坚韧，我看咱们能否两条腿走路，那就是集资和借贷相结合。集资主要是面对农场内部的干部和群众，借贷，主要是向银行和同我们有密切关系的单位和企业。第二条路我们还没有试过，但是凭我们太阳农场在社会和朋友中的信誉和威望，绝不会白跑的。

其他人也都纷纷表态，基本同意了黎玉新和江昊提出来的方案。

黎玉新看了看大家，笑了笑，方案我们是确定了，但任何方案都要通过具体的行动来落实。大家知道，现在太阳农场正面临着一个新的困难，当然也是一次新的挑战和机遇。我们的选择只能是知难而进。越是在困难的时候，我们作为党员、作为领导就更应该给群众做出样子。我建议，我们以党委的名义向全场党员和干部发出倡议，尽自己所能积极集资。

他一看自己的提议得到了大家的赞同后，接着又说，在这片土地上，我也生活了近三十年，这里虽然是我的第二故乡，可我的主要希望和寄托都在这里，当然我只是一个很平凡的人，我所做的一切，甚至不能回报土地和人民给予我的万一，可我要尽自己所能出一份力。正好今天大家都在，我在这里也表个态，江场长给我特批的到北京治病的三万元钱和我自己家准备带的一万元钱，都先投到改建工程上吧。

那怎么行？江昊首先站起来，摆着手，这是绝对不行的，你的病真的不能再拖了，医院我已经安排好了，我看这一两天你就出发吧。

黎玉新笑了笑，看你说的，没那么严重，等把改建工程的资金筹够了我再去看病也不晚哪。其实，我现在心里很坦然，甚至还感到挺幸运。这也是给我一次报效太阳农场的机会。对在座的来说，他说到这里，语调突然缓慢下来，你们、你们今后还有很多机会，而我，可能这是最后的机会了，请大家理解我。

黎玉新说得很平静，在场的人无不动情。文丽再也控制不住了，捂着脸跑出门去。

拿到了分局组织部调令的陆有为喜气洋洋地来到郝景春家，手里还提着大包小裹的。虽然是常来常往的亲戚，可那位大舅嫂见到妹夫拿来这么多礼品，还是喜笑颜开地迎接着。

大哥，真是太感谢你了，要不是你的面子，我干到退休也弄不到水利局长这把交椅。陆有为一进门就大声小气地说，江昊这小子还真是成全了我，没有这一下子，我不还得在副处级上熬吗？这回可好，再过一年二年的我就可以和他平起平坐了。

郝景春望着他那小人得志的样子，有些不耐烦地教训道，你也这么大岁数了，也该有点儿记性了，人家崔世功给我这么大面子，你以为我是空手套白狼啊？除了我抓住他的小把柄，咱也不能是属铁公鸡的一毛不拔，那不是，我送给他的电脑就是一万多元，你以为你这个水利局副局长是大风刮来的呀。

那是那是，陆有为赶紧又给大舅哥点上一支烟，要不是大哥的面子，我这回可就栽了。你放心吧，我不会给你丢脸的，再说了，搞水利也不是我吹，在北江这个地面上他也得挑一挑。

郝景春皱着眉，算了，你别净说大话了，还是脚踏实地地好好干点儿正事吧。

陆有为一个劲儿地点着头，放心吧，大哥。他突然又想起了什么，眼睛瞪得挺大，大哥，你还不知道吧，江昊在你这里碰了钉子之后，正在家里转磨呢。太好了，可解我心头之恨了，看他江昊还蹦跶，这回可让他彻底栽了。

第十章

文丽开完会后，回到自己住的房间就马上给丈夫打了长途电话。

刚才的党委会，她到后来是含着泪听完的。在会上她没有多说什么，只是觉得自己在这近乎悲壮的会议上又得到了一次灵魂的净化。人们的那种比任何岩石都坚硬的信念，比任何海洋都宽广的胸怀，深深地打动了她。她觉得，和这样的人在一起，就能走向人生的大境界。尤其当她望着黎玉新那病重憔悴的面容，她的心都一颤一颤的。望着人们的表情，让她想起了很多熟悉的场面，那场面当然是自己从电影上看到的，从文学名著上读到的，可现在，这活生生的场面和人物就在自己身边。来到太阳农场的时间这样短，可她觉得现在自己已读到了太阳农场这部无比厚重的大书的真正内容。这在土地和人们灵魂深处写出的丰碑般的字迹，让她在一夜之间仿佛长了十岁。她现在甚至觉得自己也成了这片土地上的一棵草一棵树，成了这里人民的一员。

她拿电话的手抖个不停，当她激动地拨通了丈夫电话的时候，她竟不知道第一句话该从哪里说起。她来到这里已经好些天了，这还是第一次给家里打电话。当然，如果不是在这种特殊情况下，心里带着特殊的情感，同家里的沟通可能还要往后拖延。

已经好长时间了，同丈夫也处在一种互相很有礼貌很有教养的冷战之中。虽然每天都在一个锅里吃饭，可她觉得心里的距离越拉越远。她也不断地反思自己，是不是自己错了，苦苦想过之后，找不出自己错在哪里。这次来太阳农场，虽然几天工夫，她好像找到了什么，虽然还不是很清晰，可她觉得最宝贵的东西就在自己的身边。

电话里丈夫的声音显得不冷不热，文丽把来到这里的情况简单地说了几句，然后就直奔自己要表达的主题和要达到的目的。开始时，丈夫的语调还比较生硬，说她是多管闲事。一句话把她惹火了，她拿着电话大吵起来，这种激动是她好长时间都没有的了，她也不听丈夫在那边是不是在听她说话，就是对着话筒一个劲儿地说，由慷慨激昂到泣不成声，整个过程连她自己都有些不明白了，我怎么会这样？那位在省城里听她电话的丈夫更是惊诧不已，好像不认识她似的。最后丈夫在那边答应了，她在这边也笑了，又破例地对丈夫说了几句柔情的话。

这一夜她睡得特别香。

望着足足有一个月没有回家的丈夫，董慧显得很兴奋，消瘦的脸上顿时泛出笑容。

崔世功觉得自己是该回来看看了。当他那辆红色越野吉普停在楼下的时候，董慧就从窗子望见了，赶紧跑到镜子前用手拢了拢头发，又赶紧从衣柜里找出一件衣服换上。这些天来，她在家里待得很孤独，虽然过着衣食无忧的生活，可毕竟是感情与精神无所寄托。丈夫当了局长之后整天整夜地忙，忙得十天半个月都见不上一次面。在好医好药的调理下，自己甲亢的疾病虽然有所缓解，可还是常常感到焦躁不安。在平时，除了看电视、打毛衣，就是下楼去逛逛市场。孩子和家务都由保姆承担着，用不着自己操一点儿心。回到娘家，母亲也常劝自己，要改一改自己的小姐脾气，现在不像以前了，人家世功现在都当上局长了，比你爸当年的官儿还大呢。董慧心里也明白，但她更知道，不管现在自己怎样调整，崔世功俯首帖耳的日子已经一去不复返了。

世功。崔世功刚一开房门，董慧就柔柔地喊了一声，并张开双臂想扑到崔世功的怀里。

董慧，这几天你好点儿吗？崔世功嘴上说着关心的话，可那语调在董慧听来，就像是关心着一个退休的老干部，有些公事公办的味道。

董慧顿时像中了定身法似的站在那里，眼睛里滚动着泪珠。崔世功走过去，轻轻地把她搂在怀里，好了，我不在家，你要尽量多照顾自己。崔世功说着又抬起手给她擦着眼泪，董慧一头扎在崔世功的怀里哭了起来。

过了挺长时间，董慧才擦干眼泪，脸上尽力漾出一些妩媚的笑容。接着又喊保姆赶快到市场买些好酒好菜，那语调就像是迎接一位相别多年的亲友。

我马上又要到北京开会了，这段时间你还要抓紧治病，平时还要注意营养，听医生的话，按时打针和吃药。崔世功嘱咐得很细致，董慧抬起头认真地听着，就像一个听话的学生在听老师布置作业。

这次崔世功回家，纯粹是尽一种丈夫的责任和义务。说心里话，他和董慧的感情早就淡漠了，尤其是有了马悦华之后，更何况现在又有了小莉，也就是那个叫蒋含琼的天生丽质的女孩。自己刚把她安顿好，对了，就让她当分局外事办的主任，她的外语那么好，自己出门带着她，同外商谈判，这不是名正言顺了吗？今天回到家里其实也就算告个别，本想说几句话，再给董慧扔一点儿钱就到别墅去找小莉，可一看董慧那种期待的眼神，自己的两腿觉得发沉，良心也多少觉得有些愧疚，算了，就在家里住一夜吧。他拿起电话拨通了小莉，告诉她今天不能过去了，明天再见，对了，把东西准备好，明天就出发。

其实这次北京之行，完全是可以往后拖几天的，可方祥昨天亲自找到他，说要给仍然住在月亮湖农场的崔世功的老父亲做寿，还想把场面搞得大一点儿。当时崔世功就故意板起脸把方祥训了一通，祝什么寿，我是一个领导干部，搞这种东西影响多不好？方祥满脸的不服气，有什么不好，我给老爷子祝寿，并不是单单看在你局长的面上。第一，老爷子今年是七十大寿，又是他来到垦区参加开发建设五十周年，我们给这样劳苦功高的老农垦搞一次纪念活动是很有政治意义的。第二，月亮湖农场离退休老干部老工人现在就有一千多名，我要通过这次仪式告诉他们，我们是关心他们的，并要尽我们所能使他们真正能够老有所养，老有所乐。崔世功心里其实很满意方祥的安排，可嘴上却说，反正我不同意，我过两天就要到北京开会，你可不能那样搞哇。

方祥对他这种此地无银的提醒自然能够心领神会，嘴上也说，你开你的会，我祝我的寿，和你没关系，你也根本不知道这件事，一切都是我安排的。

崔世功笑笑，用手指了指方祥，你小子，我怎么说你呢？

方祥故意嬉皮笑脸的，你是局长，权大嘴也大，你怎么说我不都得听着。

崔世功忍不住笑，你呀，真像电视剧《宰相刘罗锅》当中的和中堂。

为了这，崔世功就当然要先离开这里，故意说要到北京去开会，还有一个外资项目要洽谈。他和办公室已经打了招呼，这次就带着新任外事办主任蒋含琼一个人去。然后又去了一趟月亮湖的父亲家，如此这般地跟老爷子说了一通，直说得崔松年满脸是笑，一个劲儿地说，你去吧，你不用在场，到时候你在家还真不太好，就让方祥他们张罗吧。

晚上睡觉的时候，董慧特意把法国香水喷了满身，可还是引不起崔世功的兴趣。崔世功关了灯，敷衍了一会儿，眼前又出现蒋含琼的影子。

小柳，爸爸跟你商量一件事。江昊一进家门，就拉着女儿的手亲切地说。江柳已经是初中二年级的学生了，个子和妈妈一样高，一双大眼睛忽闪忽闪的，她已经好几天没有见爸爸的面了，一看今天爸爸回来了，显得很高兴，爸爸，什么事啊？

我是说，你的钢琴……还没等江昊把话说完，江柳就拍着手欢呼起来，爸爸，是不是要给我买钢琴，可攒的那钱不是还差三四千元吗？是不是你最近发奖金了？

魏平华走过来，摸了摸女儿的头，傻姑娘，你爸呀，要给你买钢琴，哼，你等着吧。魏平华说着，自己先笑了。

妈妈，难道爸爸不是要给我买钢琴？江柳吃惊地问。

那要问你爸爸了，魏平华故意抿着嘴一乐，转身走进了厨房。其实她早就知道江昊想干什么，因为她在医院里已经听到了院长关于集资的动员，她也正想回家同江昊商量呢。

这么多年来，江昊从队长当到副场长，又从副场长干到了现在的场长，在别人眼里，他们早该是拥有十万八万甚至几十万元的富翁了。可她自己心里最清楚，前些年家境不好，还要供弟弟妹妹们上大学，婆婆有病一躺就是三四年，把家里的积蓄全都花光了。这几年虽然条件好了一些，可江昊总是帮了这个又帮那个。想把江柳的电子琴换成一台钢琴，攒了快两年了，还差好几千，这不是，江昊可能又要打这买钢琴的一万元钱的主意了。

魏平华正想着，就听见江柳高声地喊着，不嘛，我要买钢琴。

又过了一会儿，可能是江昊跟女儿又说了好多话，等魏平华走出厨房时，看见江柳正把那个锁在自己小抽屉里的活期存折递给江昊，爸爸，你拿去吧，我能理解你，你是场长，全场这么大，这么多人都看着你。这就像我们班捐款时，我们当班级干部的都要带头多捐一些，这是应该的。我先用电子琴吧，等啥时有了钱再换钢琴，我不着急。

江昊动情地拉过江柳，在孩子的脸上亲了一口。小柳真是懂事了，爸爸谢谢你。

魏平华也抹了抹眼泪，对江昊说，你们集资时要不要实物哇，要不把我的那条项链也拿去吧。

江昊笑了，看你说的，还没到那一步呢。

江昊回到办公室时，办公室主任向他报告说，发出集资的动员后，干部和群众都非常积极踊跃地参加了集资。很多离退休老干部都把钱送到了场部，有的家庭条件并不宽裕，可还是把钱拿来了，还说，别说是集资，就是无偿地捐款，也该为农场的建设出一把力。

刘一新走过来，兴奋得眼泪汪汪的，江场长，真没想到，咱们的方案刚传达下去，各单位就积极行动起来了，方才已经把现在集资的数字统计出来了，超过了八十万元，我估计突破一百万元不成问题。

江昊也很激动，是啊，多好的老百姓啊，只要我们把道理同他们讲清楚，就是遇到再大的困难，他们也不会袖手旁观的。这样，我们的心里就更有底了，我们再出去跑一圈，如果理想的话，资金缺口就算解决了。

这时，文丽又悄悄地走进来，对江昊说，江场长，你出去跑贷款什么时候出发呀？

现在正是争分夺秒的时候，当然是越早越好，我准备明天就出发。江昊望着文丽说。

文丽从口袋里掏出一张纸条，递给江昊，你到省城时给这个人打一个电话，我已经同他谈好了，他们单位就可以帮咱们筹措一笔资金。

是个什么单位？这个领导是你的同事还是朋友？江昊惊喜地问，他能帮助咱们筹措多少？

文丽忍不住乐了，看你这一连串的问号，你先让我回答哪个呀？对了，我告诉你，这是一个很有经济实力的单位，那里的头头，也就是我写在纸条上的这个人是我多年的……一个……一个老熟人，他答应保证三十万，争取五十万。

太好了，太好了，江昊紧紧地抓住文丽的手，摇了两摇，太谢谢了，太谢谢了，你这真是雪中送炭哪。

哎哟，文丽的手显然被江昊抓疼了，忍不住地喊了一声，这时江昊也感觉到了，有些不好意思地松开了手，你看我，真是有点儿得意忘形了，真是，不好意思。

文丽一边揉着那被江昊抓红了的手，一边笑着回答，我虽然来到太阳农场才几天，可我觉得自己就是太阳农场的人了，既然咱们是一家人，你还干吗那么客气呀，我出点儿力不是应该的吗？

江昊连连地点着头，应该，应该。

方祥这几天忙得不亦乐乎，光是崔世功老爹的家里就跑了十几趟，亲自安排人到市里采购食品和蔬菜，又让办公室专门抽出两名工作人员到崔松年家里进行布置。还开了一个小型的动员会，他在会上激动地说，我们这次为老工人崔松年同志庆贺七十大寿，并不是因为他的儿子是咱们分局的局长，而是他本人是开发北大荒老一代当中的优秀代表，我们肯定他的功绩，就是要继承他们那一代人为我们留下来的宝贵的精神财富，所以这次祝寿，并不是个人行为，而是农场组织的官方行为，或者说这也是一次政治任务。

参会的人都大声地附和着，都说方场长不仅懂生产，懂管理，更懂政治。

月亮湖农场的各个基层单位，就由场部办公室直接通知。各农场的领导当然就得方祥自己打电话了，还要把话说得尽量委婉，尽量顺理成章。

真是比自己的父亲过生日还上心，深夜回到家里，还趴在写字台上一个一个地列着名单，然后又一个一个地拨通电话，而每一个电话又最少要唠上半个多小时。

床上的妻子早睡着了，其实他的妻子早就对他没有什么感情了，但看他现在还是场长，手里还有权，就勉强地维系着这个已经破碎的家庭。他和妻子周云的婚姻从一开始就是一种不幸的错位。当时周云正同青梅竹马一起长大的孙超群相爱，可孙超群家里条件实在太差，于是周云的父母就硬是把女儿嫁给了方祥。当时方祥家里条件还是不错的，父亲是机关的科长，手里有些实权。婚后的日子开始时虽然平淡，却还过得去。后来渐渐不行了，相互之间疏远了冷漠了。尤其周云从心里觉得方祥根本不是个男人，无论是在生理上还是在事业上。让人更难忍受的是，不管对谁，只要人家有权就是一味地点头哈腰，就是不顾一切地趋炎附势。而对比自己地位低的普通百姓，又常常是横眉怒目，吹胡子瞪眼。要水平没水平，要业务，没有自己拿得起放得下的。可也怪了，这样的人却一步一步地升上来了，从队长到科长，再到副场长，崔世功一走，又把他提升为场长。由于崔世功在月亮湖这几年干得不错，月亮湖农场的知名度也越来越高，方祥接任场长后，就更是不知天高地厚了，俨然以全分局第一场长的身份向世人炫耀着。其实人们背后都骂他是草包场长，或者叫送礼场长。还有人开着玩笑说，咱们月亮湖的堤坝不要怕决口，即使决了口，只要方场长往决口的地方一跳，保证就能堵得严严实实，因为他是世界上最大的草包。

周云在床上已经睡了一大觉，一翻身，看到方祥还在打电话，就嘟哝了一句，你打电话就不能到外间去打？还让不让人家睡觉？当看到方祥一边点头一边走向外间，就把身子一扭，又开始睡觉。可怎么也睡不着，这个家真是没劲透了，虽然场长当着，家里的钱也不少了，可总是觉得缺点儿什么。自己和孙超群的事，他方祥不会不知道，可也真是怪，这么大个场长却心甘情愿地当王八戴绿帽子。我一提出让孙超群当队长，他就二话没说，让孙超群走马上任了。他不在家时，孙超群来过几次，虽然超群也成家了，可看得出他的心里还有自己，这么多年了，两个人还是这样互相牵挂着。尤其是这么多年精神的苦闷，在孙超群的怀里一下子就冰消雪化了。

当她和孙超群有了那事之后，更是从心里看不上这个方祥了，他还算个男人？充其量也不过是一个没有被阉割的太监罢了，你瞧他那语调、他那神态，活脱儿是李莲英再世。

方祥其实早就心明如镜，但是他有自己的想法。他做人和做事的楷模就是崔世功，于是在很多事情上就尽力地模仿着，他也知道气质这东西是学不来的。他就尽量学习崔世功处理问题的方法，因为自己太笨，有时就只好照搬。比如对待家庭，崔世功早已经对董慧没有感情了，可还是能把表面文章做得很好，让人觉得他们还是一对模范夫妻。自己的这个家还要尽力保持着，什么爱不爱呀，在家庭里能找到什么真爱，要找的话，也只能在家庭之外。你看人家崔世功，事业女人全有了，既是一个事业的成功者，又是道德的楷模。很多大干部都三天两头地换老婆，可人家崔世功守着一个瘦得像骷髅似的老婆，还能像抱定着从一而终的信念似的，这是何等的难能可贵呀！自己比他强多了，自己的这个妻子虽然也和自己同床异梦，还和那个旧情人隔三差五地有点儿小节目，别当我不知道，不就是演戏吗？你演我也演。不是有那句话吗，戏法人人有，不露是好手。

为崔世功的老爹祝寿，这机会他都等了快一年了。还是那次到崔世功父亲家，谈话时无意中得到的信息，说崔世功父亲的生日正是在中秋节这一天，当时他心里就是一喜，之后为这件事不知想过多少回。凭着自己同崔世功这几年的相处，他觉得崔世功这个人表面和内心往往恰恰相反，但是这种反差要靠很细致的眼光才能看出来。比如这次给他老爹做寿，他表面不同意，实际在告诉我要好好整，那点儿心思我还不知道？一是让老爷子风光风光，二也是检验一下自己的权势，你想想，那么多各级的大小头目都臣服在自己的脚下，作为一个男人，还有比这个更荣耀的吗？

江昊是在出发之前的那个晚上接到方祥通知的，一听说是给崔世功的父亲祝寿，心里就非常反感，可碍于情面，还不能把话说得太冷，就说自己马上要出门去跑贷款，可能在中秋节那天赶不回来，请向老寿星表示歉意，到时候我安排办公室的人去一趟。

放下电话，江昊气得呼呼直喘粗气，嘴上也有些不干不净了，他妈的，这搞的是什么事呀，这不成了封建那一套吗？还美其名曰给老垦荒搞纪念活动，狗屁，比崔松年贡献大的何止几百几千，那怎么也没搞什么活动啊？

魏平华轻轻地走过来，看你，发这么大火干啥？你这还不明白吗，方祥这是溜须不顾命，这机会他能放过吗？虽然崔局长出去开会了，可早就得到他的同意了，要不方祥能把事情折腾得这么大吗？见怪不怪，你呀，也就看开一点儿吧。

江昊的火气还没有消，你看看，咱们刚遭了灾，大水淹了那么多庄稼，本该是从他们那边炸坝分洪，可还是咱们承担了，面粉厂的贷款又给卡住了。这个时候，别说我要出门，就是在家，我哪有心思去祝寿哇？

你的这个理由也算挺充分。魏平华声音很柔和地说着，要不然，崔局长回来之后，听说你没去还不得有想法呀？

管不了那些了，江昊稍稍平静了一些，你没看到咱们场这次集资吗，多么感人啊！有的老干部把自己家里仅有的几百元钱都拿出来了，还有些个体户把准备出去上货的钱也交来了，还有，是哪个单位的了？对，是水稻大队的，那个小伙子为此推迟了婚期，把准备办喜事的钱也集了资。我一想起这些人，心里就滚烫滚烫的，给这样的老百姓当场长，我江昊就是苦死累死也值了。

魏平华把头靠在江昊的胸前，你的心我明白，这么多年了，你还是那个样，你知道吗，我常常想起那件事。

哪件事？江昊用手轻轻地拢着魏平华的头发说。

就是你刚从山东回来那年冬天，当时咱们还不太熟，一起到北江粮库去送粮，大冷的天，扛了一上午袋子，咱们都累坏了，也饿坏了，到饺子馆，每人要了两碗饺子，刚端上来，外面就进来一个要饭的孩子，大伙都吓得赶快躲到了一边，你却把其中的一碗饺子推给了孩子。你刚吃几个，那孩子把空碗又送到了你的面前，你又把剩下的都给了孩子。你那么大个子，就是两碗都吃了也不一定饱哇，你却……

谈起往事时，魏平华眼睛里又滚动着泪珠。

江昊笑了笑，我做的时候真是无意的，可无意的收获实在是太大了，我送给孩子的是两碗饺子，可我得到的是一个人的心。

魏平华含着泪趴在江昊的怀里笑了，笑得很甜。

第十一章

江昊已经坐在了那辆平时很少用的越野吉普车上，猛然想起了一件事。咱们先去一趟医院，快，马上就去。

司机小张惊异地望了一眼场长，也想了起来。噢，我当时实在是太紧张了，我也忘了提醒你。小张歉意地说。

快走吧，唉，这次拖得时间也真是太长了，龙根一定早就着急了。江昊摇下车窗，焦急地向医院的方向望着。

小张一踩油门儿，吉普车冲向了水泥马路。

道旁的柳树成排地向后面闪着，那已经过去了多年的情景又闪回到江昊的脑海中……

深秋的北大荒到处都是一片紧张繁忙。

人们从汗水中终于获得了沉甸甸的收成，那心中的喜悦成了劳动中最好的动力。

天突然下起了雪。

江昊站在收割机的操作台上，眉头紧锁着，这雪来得真不是时候，哪怕是再等一天也好，这片大豆地就收完了。不行，绝不能让大雪把这片丰收的庄稼捂住，干，宁可今天晚上打夜班，也要把这片地收完。他一扳方向盘，收割机又驶向大雪茫茫的大豆地里。

同车的助手沈龙根是个上海知青，是杨柱死后才调到江昊这台车上的。沈龙根虽然比江昊大了几岁，可在机务方面，还是一口一个朝江昊喊着师傅，学得也很认真，很快上道儿了。这次秋收，他们俩的这个车组进度总是拔尖的，眼看着秋收战役就要结束了，偏偏老天不作脸，提前下起了大雪。

沈龙根听到江昊说要顶雪抢收，也振奋着精神坚守在自己的岗位上，不断地检查着收割机的各个部位运转情况。收割机发出巨大的轰响，在漫天大雪中坚强地挺进着。

由于雪大，沈龙根不时地摘下近视眼镜擦拭着。还摇头晃脑地说着，还挺有诗意的呢。北大荒真是性格鲜明的地方，夏天的火热、冬天的寒冷，都是那样棱角分明，不像阿拉上海，好容易盼着下了一场雪，落在地上就不见踪影了。

江昊笑着说，龙根大哥，还是北大荒好啊，城里除了楼房就是马路，抬头都望不出二百米，你看咱这北大荒，天高地阔，多敞亮啊。

是噢是噢，沈龙根操着上海口音说着，阿拉来到太阳农场都六七年了，开始还挺想家的，可现在回上海探亲没住上三天就想咱北大荒了。

哈哈，你已经成了咱北大荒人了。江昊爽朗地笑着说，沈大哥，我看你就真在这里扎根算了，我求老队长给你介绍个对象，成个家，在咱北大荒把小日子一过，不挺好的吗?

沈龙根不好意思地摆着手，那是以后的事，不过，江昊兄弟，北大荒的姑娘真是蛮不错哩。

天渐渐黑下来，剩下的大豆也越来越少了。江昊一估算，他这台收割机再有一个往返就差不多了。哼，我让你老天下雪，你也挡不了我把大豆抢回来。

正高兴地想着，突然后面的传送带出了问题。他本想过去亲自修好，站在一旁的沈龙根拿起钳子就往后面走，你是师傅，这点儿小毛病看你徒弟的吧，边走还边开着玩笑。

你要注意，千万别摔着。

故障很快排除了，沈龙根兴奋地喊了一声，修好了。就往回走，已经快走到驾驶台了，突然一脚踩空，仰面摔到了车下。

江昊赶紧下车去扶沈龙根，急切地问，怎么样，没事吧？

沈龙根吃力地往起爬，试了好几次都站不起来，知道这下摔得不轻，感到腰部被什么东西垫了一下，现在正剧烈地疼痛。就对江昊说，我的腰，对，这里，不知怎么搞的。

江昊用力地把他扶起来，一看地上正有一个碗大的石块，真是太不巧了。他把沈龙根的衣服撩起来一看，腰部已经破了，开始红肿起来。就说，你先休息吧，等拉粮车来你跟着回去，剩下的这点儿我自己来干。

不，我能坚持。沈龙根说着，咬着牙又登上了收割机。

当天晚上，大豆全部收完了。往回走的时候，沈龙根对江昊说，我的腰可能不太好，这腿也好像不听使唤了。

江昊把沈龙根直接送到了农场医院，医生检查的结果是，坐骨神经严重损伤，很有可能引起下肢瘫痪。

在这巨大的打击面前，沈龙根捂着脸呜呜地哭起来，江昊坐在床边也一劲儿地掉泪，还一遍遍地自责着，都怨我，如果我去修理，就不会有这事了，都怨我。

沈龙根止住了哭声，又反过来劝江昊，这怎么能怪你，是我自己踩空的。

为了治沈龙根的病，农场曾把他送到北京上海等大医院，但他还是无可挽回地瘫痪了。

为了这事，江昊好长时间都愁眉不展，总是觉得自己有推卸不了的责任。每天都去看看住在医院里的沈龙根，用自己的工资一次又一次地给沈龙根买水果买罐头。沈龙根感激地抓着他的手，兄弟呀，和你处了这一场，我值了。

后来沈龙根回上海养伤了，由于父母早逝，就住在哥嫂家中。

又过了好几年，江昊已经是太阳农场的场长了，借着到南方考察的机会，专门去上海看望沈龙根。

走进沈龙根住的小屋，江昊惊呆了，一股难闻的气味在屋子里弥漫着，光线昏暗的房间里，面容憔悴满脸长长胡须的沈龙根痛苦地躺在床上，一看江昊来了，抓住江昊的手就大哭起来。

沈龙根的哭诉就像刀子割着江昊的心。常言道，病长无孝子，更何况是都有工作在身的哥哥嫂子呢，时间一长，也不愿意侍候他了。他在床上拉屎尿尿，把整个屋子搞得臊臭难闻，有时好几天哥哥嫂嫂都不进他的小屋收拾一次，而是把一碗饭往床头一放，就赶紧捂着鼻子往外跑。

沈龙根拉着江昊的手，泪流满面地哭，兄弟啊，现在我生不如死，你快救救我吧。

江昊流着泪点着头，当天晚上就给农场医院打回长途电话，让医院马上派出医护人员到上海把沈龙根接回农场。

在江昊的安排下，医院腾出一个专门的房间安置沈龙根，每天有专门人员给他打扫卫生和送饭送菜。沈龙根感动地拉着江昊的手，兄弟呀，你就是我的救命恩人，太阳农场就是我的家。

江昊握着沈龙根的手，龙根大哥，你还有什么要求，只要农场能办到的，我们都尽量满足你。

沈龙根眼睛里噙满了泪水，兄弟呀，是你和农场救了我的命，又给我安排得这样好，我还有什么说的。说到这，沈龙根停了一下，如果有，那是对兄弟你，可我有点儿不好意思说。

江昊真诚地说，龙根大哥，你要把我当成兄弟，你就别见外，说吧。

话还没出口，沈龙根的眼泪就止不住了，我回到上海，原以为在自己家里总会强一些，可是……兄弟呀，我也就这样了，就像你当年说的，我真是要彻底在北大荒扎根了，我这把骨头将来也要埋在北大荒了，我已经没有亲人了，我是把你当成我最亲的人，也不用你做别的，你有时间的时候，隔个十天八天，哪怕是一个月，到我这儿来坐一坐，陪我下盘棋。

江昊含着泪笑了，大哥，我答应你，这样吧，我争取十天或者半个月来和你下一次棋，行吗?

沈龙根连连点着头，行，行，我知道你当场长的忙，如果太忙了，就别……

放心吧，大哥，我是场长，更是你兄弟。江昊含着泪说。

吉普车在医院门口停下了，江昊还在心里悔恨着，看看，真是忙蒙了，这次来下棋的时间整整往后拖了十来天。

太对不起大哥了，我来晚了。一进沈龙根的房间，江昊就一迭声地表示着歉意。

场长兄弟，你快别说了，平华都跟我说过了，这几天咱们场出了这么大的事，你累坏了吧，唉，哥哥又帮不上你什么忙。沈龙根说着，从床下摸出一个纸包，这是我平时积攒的一千元钱，现在场里缺钱，虽然这点儿钱微不足道，可这是我的一片心哪。

江昊上前拉住沈龙根的手，半晌说不出话。

江昊转过身来把桌子上的棋盘拿过来，来，我陪哥哥下盘棋。

沈龙根摆摆手，这次就免了，你这么忙，等你回来再说吧。说着，又从枕头下面拿出一个本，兄弟，前段时间我让人帮着我到书店买了几本关于水稻种植的书，我琢磨着试着把书上的内容编成了一个“百步水稻种植法”，也就是把水稻从整地选种到育秧插秧和防治病虫害一直到收获的全部过程分成好记的一百步，我也是瞎琢磨，不知能不能用上，我现在也把它交给你。

江昊惊喜地说，太好了，龙根大哥，你可帮助我们解决大问题了，很多水稻户因为文化水平太低，给他现成的书，他又看不懂，这回可好了，把整个过程都量化，分成一步一步的，让他们像看日历似的，知道每一天都干啥。这太好了，我交给水稻办，让他们再好好推敲一下，然后打印下发，送到每一个水稻户的手中。

这可是太好了，你可是给咱们太阳农场这轮太阳又增了光啊，龙根大哥，秋天大丰收时，我为你请功，发给你大奖。江昊站起身来，神情显得很兴奋，这是几天来都少有的。

什么功啊奖啊，农场对我这样好，把我的命交出来我都不会皱一下眉，这点儿事不值一提，沈龙根躺在床上也开心地乐。

崔世功第二天就去了蒋含琼住的别墅，虽然只相隔了短短的一夜，两个人一见面，就像是久别重逢的情人，又是抱又是亲。

方祥他们要给老爷子祝寿，我在家不太好。崔世功摸着小莉的脸，怎么样，我带你出去玩一玩？

太好了，太好了，小莉像燕子一样张开双臂搂住了崔世功的脖子，这一段时间我待得真是挺腻歪，正好出去散散心。

那你说咱们到哪儿去？崔世功征求着小莉的意见，自己也在心里盘算着，平时借着开会考察的机会，中国大陆已经走得差不多了，外国都去了好几次了，不知这个小莉想上哪儿去。

国内没啥意思，咱们就到国外吧。小莉沉思了一会儿说。

国外也得有个地方啊！

俄罗斯怎么样？

崔世功低着头想了一下，行，俄罗斯我也没去过，咱们去跑一圈。

方向确定了，小莉又拿出了自己的看家本事，开始查找地图和资料，然后确定最佳的旅游路线，到哪儿一站，玩什么，吃什么，买什么，她都在本子上一项一项地列着。

崔世功走过来，拍了拍她的肩膀，我的外事办主任，怎么样？你学的是英语，这次到老毛子的地盘上你就吃不开了吧？

小莉侧过脸来嫣然一笑，放心吧，我的大局长，到时候你看了我的表现，保证也会像老毛子那样竖起大拇指，喊我哈拉少。

崔世功有些不相信地摇了摇头。

蒋含琼不露声色，心里想：你等着瞧吧。

八月十五这天却没有月亮。不管怎么说，也使方祥有些扫兴，自己轰轰烈烈地准备了这么长时间的祝寿仪式，却赶上了个阴天。可他还是硬堆着笑脸，颠颠地跑到崔松年面前，哎呀，我的老寿星，您可真是福星高照哇，您看看，那么大的月亮都愣是嫉妒得用云彩挡住了脸。还有哇，不是有那句老话吗，八月十五云遮月，正月十五雪打灯，咱们明年准是个好年头，这都要托您老爷子的福哇。

虽然这奉迎话让人觉得有些肉麻，可崔老爷子还是挺愿意听，用手捋着那几根稀疏的山羊胡子，把脸活活地笑成了核桃皮。方祥啊，你可给我办了一件大好事，如果是世功在家，他也不会给我这样弄的，他要注意影响，这也好，他去开会了，和他没关系，我也是老垦荒，给我祝寿，你是怎么说的，对了，还有政治意义呢，是吧？

方祥来回不停地张罗着，忙得满头是汗，小小的院子里已经摆满了饭桌，一看天阴了，又赶紧到商店买来一大批遮阳伞，一个饭桌旁边插一把，远远地看去，小院里就像突然之间长出了一群巨大的狗尿苔。

客人们早就陆陆续续地来了，祝寿声、问好声，接连不断。

整个北江分局各农场的场长和书记多数都到场了，江昊临走的时候安排办公室也专门送来了一份贺礼。

司马亮领着小玲小芳也来了，两个打扮得花枝招展的女郎半是搀扶，半是簇拥，司马亮挺着圆圆的大肚子，迈着四方步来到崔松年面前，一连鞠了三个躬，眨巴着金鱼眼，高声说道，老寿星在上，侄儿这边有礼了。

坐在沙发上的崔松年赶紧起身，司马总经理，真是贵客，赶快里边请，老朽生日，蒙你大驾，实在不敢当啊。

看老爷子说的，我和世功就是多个脑袋差个姓的兄弟，你老爷子祝寿，我能不到场吗？看，这是我给你老人家专门订做的四两重的金牛。

要不是这几年崔世功当场长又当局长经常有来送礼的，司马亮突然地来这么一下子，非把崔松年乐得背过气去不可，现在好了，他觉得这是世功的情面，这个过码他们之间自然有，就乐颠颠地说，司马贤侄果然是人中豪杰，老朽这里就愧领了。

门口专门摆了一张桌子，上面放着一个用红纸订成的本子，所有来宾送来的礼金和礼品一律登记，那场面人们好像平时只有在电影里和电视里能看到。而这次也让很多人都开了眼界，送东西的人不多，多数是直接拿钱的。少则几千，多则上万。

天上突然下起了毛毛雨，毛毛雨的下面就是祝寿的宴席。音乐声大作，放着流行歌曲，酒至半酣的人们，互相说着话，而多是互相许愿，什么将来有事去找我，保证好使，什么哥们儿一去保证摆平，什么那有什么关系，我保证把它捕靠……

崔松年拿过礼单一看上面的统计数字，顿时吃了一惊，光是现金就有二十八万多元，还有各种高档礼品，合起来应该快到四十万了。

方祥，你过来，崔松年指了指礼单，你快看看，这是不是有些过了，世功要是知道了，不太好吧？

放心吧，老爷子，你又不是什么大官儿，这没有受贿之嫌。方祥比比画画地说着，你看，这满屋子满院子的人都是自觉自愿来的，又不是我们用绳子绑来的。祝寿接礼，天经地义。就请你老爷子把心稳稳当当地放在肚子里吧。

崔松年的山羊胡又抖了两下，还是有些不放心，小声地说，这么多钱，让人知道了怎么办呢？

方祥凑到崔松年的耳边，放心吧，谁也不知道，这是两厢情愿的事，谁会去说？天知，地知，你知，我知，对了，谁也不知。

第十二章

一路上，两个司机换着班开车，每一天的日程都几乎是一样的，夜里赶路，白天办事。车的座椅就成了江昊和两个司机流动的旅店。

一连几天都是这样度过的。

司机心疼地说，江场长，咱们还是找一个地方好好地休息一夜吧，看看你，又瘦了。

江昊幽默地说，咱们这多好哇，都省了宿费了。再说，家里正望眼欲穿地等着咱们，能把钱早贷出一天，咱们的面粉厂就能早投产一天，你们知道的，那可是三万双眼睛啊！

两个司机都感叹着，你这场长当得也太苦了。

我可没那样觉得，江昊依然笑着说，我都想好了，只要是对太阳农场的老百姓有好处，我江昊这一百多斤就是全都献出来，我也是感到满足的。你们可能以为我在故意唱高调，其实我心里真是这样想的，我不想别的，我想的多数都是那些为了开发建设咱们太阳农场而献身的人们。不信，你们有时间常到山坡的那排墓碑前去站一站，保证和我是一样的感受。

越野吉普车在月光下急速地行驶着，就像是一道闪电，在大地上闪动着。

出发前，江昊就在自己的心里形成了这样的思路，这次跑贷款，就按照先难后易的顺序走，既然文丽说纸条上的那个单位和熟人有很大把握，那我就最后去找他，让他为这笔贷款尽量保个底。

从太阳河边出发，日夜兼程地赶到北京。马不停蹄地奔忙之后，终于筹到了五十万元贷款，江昊一算，再有五十万就可以渡过这道难关了，实在解决不了五十万，三十万元也勉强能过去了。

快进省城了，他从口袋里掏出文丽写的那张纸条，上面写着要找的人的姓名、单位和电话号码。他马上用手机拨通了纸条上的那组阿拉伯数字，真还挺巧，正是要找的那位叫向明的人接的电话，江昊自报家门，说自己是按照文丽的介绍来找他的，对方非常热情地说，我就在单位等着你吧。

省烟草专卖局的大楼显得豪华而气派。

向明早就在门口等候着了，江昊心里觉得一热，文丽的这位熟人真是不错，居然到大门口等着我们，更何况人家还是一位厅局级干部呢。

江昊神情激动地表达着感谢之情，向明却摆着手说，文丽在电话里已经把你们的情况说得很详细了。对了，对你本人她还说了不少，虽然刚去几天，对你们农场她就有那么好那么深的印象，连我都想不到。向明摇着头，显出不可思议的表情，你看我都同她过了这么多年，她如此激动地要为一个地方办事，还是那样以命令的口气向我布置工作，这真还是第一次。

江昊心里一惊，啊，和文丽在一起过了这么多年？啊，面前这位向局长原来就是文丽的丈夫，怪不得呢，这个文丽也真是，她也不事先告诉我。

向明没有注意江昊的表情，继续说下去，我们单位虽然比较宽裕一些，但是这种单位之间的借贷还是第一次，说心里话，我也多多少少有些为难，怎么说呢，既然是文丽把话都说到了那个份儿上，我当然只能尽力了。

江昊坐在那里，没有多说什么，望着面前热情而健谈的这位向局长，他现在想得最多的却是文丽。他现在自己都无法解释这种心情，愣了一会儿，突然醒过神来，他朝向明笑了笑。非常感谢向局长在我们最困难的时候伸出友情之手，当然，我们对自己的还贷能力还是充满信心的，这笔款最多用上一年，最快可能在半年左右就能还上，我们要按照银行贷款的利率来计算利息。

向明开朗地说，你们也不必过于着急，既然是改建工程，现在市场竞争又如此激烈，还是把标准定得尽量高一些，这样将来生产的产品才更具竞争力。

江昊感激地点着头，本想马上办完贷款的手续往回赶，向明热情地挽留着，不管怎么说，你们来到省城，又是文丽的同事，从公从私，我都要尽尽地主之谊。再说，吃完饭我还要托你们给文丽捎去点儿东西。

在往回走的路上，江昊细细地品味着这半个下午在烟草专卖局所发生的整个过程，是这样的顺利、、这样的理想，一切都像瓜熟蒂落般地自然，互相之间几乎没有任何生疏感，可这一切，都是文丽一手创造出来的，这个文丽确实很有特点，递给我纸条的时候却不明说这是自己的丈夫，这个人，真是……

风尘仆仆的越野吉普车又奔驰在太阳河边，江昊一算，从出发那天开始，到把这一百万元贷款跑回来，正好是一周时间。司机小张笑着对江昊说，场长，咱们这次跑了一个星期，才在旅店里住了一个晚上。我们俩净跑夜路了，你可要给我们补夜班费呀。

江昊拍了拍他的肩膀，兴奋地说，补，补，等咱们优质的太阳牌面粉出厂时，每个人补两袋。

也正好是一个星期，崔世功带着蒋含琼跑了一圈俄罗斯。一路行程，海陆空都体验了。更让崔世功大开眼界和耳界的倒是身边的这个蒋含琼。平时没有听她说过一句俄语，可从踏上俄罗斯土地的第一天起，她口中的俄语说得比汉语要多得多，说汉语也基本是仅对崔世功一个人的，一个是和他交谈的时候，一个是给崔世功当翻译的时候。这一个星期崔世功基本上就按照蒋含琼设计的路线和方案不断向前移动着，没有了自己的意志，放弃了自己的想法，对蒋含琼言听计从。

常常出现这样的情景，俄罗斯那些高个子黄头发的男青年，围住这位漂亮标致又说着流利俄语的中国姑娘，热烈地交谈着，那情形就像是久别重逢的朋友。崔世功站在旁边心里有些不舒服，这种被冷落的滋味他还是第一次尝到，以前不管走到哪里，多数时候都是以他为中心，他就是天经地义的太阳，别人都是围绕着他旋转的行星。这回可好，很多时候自己只能远远地看着。

你们方才都说什么了，那么热闹。崔世功口气冷冷地问。

蒋含琼故意把那双秀美的眼睛眨了眨，卖着关子说，我们呢，说的可多了，那几个小伙子都说我长得美，还说他们很爱我，还问你是干什么的，是我什么人，我说是我先生。你方才没看见吗，他们摊着两手，又耸耸肩膀，感到很遗憾，要不他们就要吻我。

崔世功撇撇嘴，要吻就吻呗，你以为我会吃醋哇。

我也是这样说的，蒋含琼用手比画着，可人家俄国小伙子都说中国男人心眼儿小，受不了这个。说着，蒋含琼自己也乐了。

把崔世功乐得有些不好意思，好哇，你敢捉弄我，下次再出门，我就不带你了。

看看，人家没说错吧，蒋含琼走过来，用手指了指他的左前胸，这里面的心眼儿就是不大嘛。

说得崔世功也憋不住乐了，好，我就给你来个大的，一会儿给你办一个居住卡，我再给你找一个有钱的老毛子，把你嫁到这儿，你看怎么样？

那我才不干呢。我受不了老毛子身上的那股味儿。蒋含琼噘着小嘴说，再说，没有我在身边，你行吗？

有什么不行，你忘了，我是局长，崔世功也自我炫耀地说，我回家使个眼神，五分钟之内就美女如云。

大局长，这可离西伯利亚不远哪，你不怕那寒流皴了你的舌头？

蒋含琼毫不示弱地叫着号，你那个局长也只能是家里的章程，在这儿行吗？而我在这儿，根本不用五分钟，你信不信，我只要喊一嗓子，那些黄头发蓝眼睛的老毛子就会排成队。

好了好了，小姑奶奶，我服了你还不行吗？崔世功走过来搂着蒋含琼。

你不了解我的地方还多着呢，你以为司马老板给我年薪十万是挺高的呀？蒋含琼撇着嘴，告诉你吧，用广告词的那句话说，我这是物有所值。

崔世功抱着蒋含琼亲了又亲，嘴里还一连说着，值，值。

分局主管水利和工业的副局长宋必成带着新任水利局副局长陆有为等人来到太阳农场。

望着重新启动的面粉厂改造工程，陆有为心里有些不是滋味，眨巴着一双老鼠眼，背着手在那里来回走了好几趟，又凑到宋必成面前，悄声地说，其实，原来面粉厂就不错，江昊就是好大喜功，你看，投了好几百万，啥时候才能收回来呀？

宋必成不动声色地望了望建筑工地，嘴里没说什么。过了一会儿，他问陆有为，我听说银行的贷款不是停了吗？怎么这工程又干起来了呢？

听说他们在全场搞了集资，这些老百姓就是牵着不走打着倒退，陆有为不知是为啥生了这么大的气，说话时唾沫星子满嘴乱飞，平时叫苦连天地喊穷，人家一喊集资，可倒好，恨不得卖房子卖地给江昊掏钱。

宋必成微微地皱了一下眉，你也别把话说得那么难听，在这一点上你真得好好学一学人家江昊，你现在是站着说话不知腰疼，不信，你们俩现在就掉个个儿，你看老百姓能不能有现在这个劲头儿。

陆有为依然不服气，他江昊有什么了不起，就是刘备摔孩子——刁买人心。

这也是本事，你以为人心就是那么好买吗？宋必成说话时有些教训的口吻。

那是，那是。陆有为觉得有点儿没趣了，眼珠子一转，又凑到宋必成跟前，你知道吗，江昊连崔局长都看不起，他就更不会把你这副局长放在眼里了，怎么，你不信？你不信可以找别人问问，如果我说错了，我就是这个。说着用自己的手比画成了一个王八的形状。

宋必成瞪了他一眼，你别无中生有挑拨我们之间的关系，我和江昊这么多年来关系一直是不错的，我们都是一批起来的场长，各方面也都各有所长，当然，现在分工不同了，但我们也还是互相尊重的。

陆有为不吱声了，心里却想，你宋必成那点儿花花肠子当我不知道？其实你和崔世功最怕的就是江昊，只不过江昊总是一个劲儿地傻干，不像你们那样会搞阴谋诡计罢了，得了便宜，现在又装出满身高风亮节的样子，真是吃了孩子，又跑我跟前装起了大尾巴狼。

嘻嘻，宋局长，我可对你是非常尊敬的。陆有为给宋必成点上了一支烟，现在我又成了你手下的一个兵，从今往后，你指哪儿我打哪儿，保证不走样。

宋必成有些忍不住笑，老陆哇，论年龄，你比我还大好几岁，我听着你的话，怎么像给毛主席表忠心的味儿呢？

陆有为脸一红，开开玩笑，开开玩笑。不过，也是我的心里话，只不过表达得有点儿那个了……

方才江昊只陪了他们一小会儿，就留下工业科和水利科的两个科长，自己先去忙别的了。这时，管财务的副场长刘一新匆匆走过来，老远就喊，宋局长、陆局长，方才江场长有一件急事需要到市里去一趟，他让我转达歉意，并派我来好好陪陪你们。

陆有为撇撇嘴，话中有话地说，宋局长好长时间都不来一趟，有什么大不了的事非要这个时候去办？

是这样的，新搞来的贷款又出了一点儿岔子，他要亲自到市里去协调一下。刘一新耐心地解释着。

宋必成摆摆手，没事，没事，咱们也算家里人，没有什么挑的。方才我们把面粉厂的工程简单地看了一下，一会儿你再把预算的报告拿给我看看，下午咱们再去转转红旗水库。

陆有为马上接过来说，一个上午都把你累得够呛了，下午就好好休息一下吧，放松放松，明天上午咱们再去水库。

宋必成没有作声。

陆有为又赶紧说，宋局长这个人我是了解的，在当场长时就是这样，工作起来不顾一切，可休息的时候一定要玩好，我还知道他最大的爱好就是修长城。我看，刘场长，咱们下午就陪着宋局长玩玩吧。

刘一新赶紧点着头，行，行，下午我安排。

因为下午要打麻将，中午的酒就省了不少，但也喝得有些发潮。

虽然陆有为指天发誓了好几次，说自己再喝多了就是地上爬的，还是八条腿的，可一见了酒还是摇头晃脑的，左一个理由喝一杯，右一个借口干一杯。渐渐地，舌头又有些不在嘴里了，可脑子里还是明明白白的，临下桌时，专门把刘一新拉到旁边，非常费劲地说着，老刘，宋、宋局长，麻将虽然愿意玩，可他、他的技术是这个。说着伸出了小拇指，可，咱们不能让他输，反、反而还要让他赢，你、你明白吗？

刘一新眼睛睁得老大，那咋办呢，怎么才能让他赢呢？

你真是不开事儿，那还不容易？陆有为红头涨脸的，比画着，你有和的牌，也不要和，专、专门挑炮牌打。

刘一新像是听明白了，可又觉得没有全明白，就半张着嘴啊啊了两声，算是点头同意了。

借着酒兴，宋必成可以算是旗开得胜了，八圈麻将下来，随着他那满足的笑声，人民币像雪片般向他飞来，快吃晚饭了，另外几个人腰包里的钱也掏得差不多了，于是满意地说了声，暂时休战，晚饭之后接着操练。

刚刚当上财务副场长的刘一新，这方面的道道还摸不清呢，一个下午就从兜里掏出去两千多元，心里正愁着怎么向江场长交代呢，一听宋必成说晚上还要接着打，心里暗暗叫苦，不行，我得琢磨一个招儿，赶快离开，要不然，还不得把我这一年的工资输进去呀。

陆有为虽然醉得话都说不清楚了，可打起麻将来还是得心应手，几个人中他是收支平衡的。吃饭时他又悄悄地对刘一新说，别害怕，这种陪领导打麻将输的钱，公家是给报销的。什么？你不信，简直是呆子，你自己管财务，这点儿事你都摆不平，那你不是天底下最大的傻瓜吗？对，随便搞一张票子，一报销，完活儿。

刘一新眨巴了两下眼睛，像是小学生突然听懂了老师指点迷津一样。

吃完饭又把牌桌摆了上来，宋必成把刚才赢的钱掏出来认真地一张一张地数着，还边往手指上吐着口水，哼，战果不错，五千八百元，我这次来，定的目标是八千元，争取一万，凭我今天的手气差不多。

一听宋必成都下了指标，陆有为朝刘一新挤了挤眼，那意思是说，你兜里的钱还够不够，如果不够领导定的指标，赶紧去想辙。刘一新摸了摸自己的口袋，又用脚踢了踢旁边的水利科长，那位科长点了点头，刘一新也向陆有为点了一下头，完成任务差不多。

晚饭后的麻将打得更顺手，不到两个小时宋必成的指标就达到了。

像你们这样的水平是该交点儿学费了，宋必成把一叠钱揣进兜里，凭我这样的手，赢你们个万八千的，实在是小菜一碟。这次麻将培训班就先办到这里，你们把币子攒足一点儿，等我下次来的时候咱们再继续培训，继续操练。

刘一新心中暗暗叫苦，这培训费也太高了，一场麻将下来，都够供一个大学生了，这是什么事啊？再说，太阳农场现在正在缺钱，为了跑钱，江昊场长整整瘦了一圈，可我却在这里大把大把地把钱打了水漂儿。刘一新真想抽自己两个耳光。

一看麻将培训班的学员走光了，宋必成才突然想起一件事，快，老陆，把我带来的东西拿出来，文丽住在哪个房间？噢，108，好，不用你陪我去了，我自己去吧。

虽然在分局只和文丽见过一面，文丽却给宋必成留下了很深的印象。他这次来，其中一个重要目的就是要同文丽拉拉近乎，人长得又美，又是省城机关来的，这机会实在难得。宋必成临出门时，特意擦了擦脸，紧了紧领带，对着镜子，接了点儿自来水，往头发上拍了拍，让头发显得更顺溜一些。

文丽想了半天都没有想起他是谁，又不好意思直接问，就拐弯抹角地试探着，好在宋必成没有这个思想准备，大大咧咧地谈东谈西。这不是嘛，我这管工业和水利的副局长好长时间没来看看了，太阳农场面粉厂改建工程在全分局都是挂了号的，再说，红旗水库也是有相当规模的，我在当场长时，不少人就说我干的事就像我的名字一样，干就必成，其实有些过奖了，既要干，还要克服困难，那样才能成嘛。

文丽终于想起了这个在分局机关只是匆匆地见过一面的副局长宋必成。其实文丽是来到这里之后，从太阳农场的百姓口中才知道了这个人的一些情况。自己说得好听，而在老百姓的传言中，他可不是“干必成”，而真正是一个“送必成”，最开始是“送”队长，后来是“送”场长，一直到现在的“送”副局长，他这一步步升迁，都是一路送出来的。据说他还有句名言，送就大送狠送，不管是哪朝哪代，官不打送礼的，不送不成，送就必成。后来觉得自己的这套言论实在有点儿露骨，又和自己的名字完全谐音，觉得有点儿不好，就想改名字。可有人劝他，都这么大岁数了，再说，这里的人都接受了这个名字，你要一改还不乱套哇。他一想，也就是，改什么名字呢，用我的名字来揭示出一条放之四海而皆准的真理，有什么不好？

站在文丽面前云山雾罩地说了一通，直把文丽说得丈二和尚摸不着头脑，站在那里悄悄地想，这宋副局长亲自来看我，是啥意思呀？

宋必成口若悬河地说着，世功局长刚从外地回来，这几天实在是公务缠身，就委托我来看看你，你是省城来的领导，虽然在我们这里挂职当副书记，可在我们眼里你还是上级派来的，管好你的生活，是我们义不容辞的责任。太阳农场的条件就是这个样子，农场现在又面临着一些暂时的经济困难，不周不到之处还请文书记及时地提出来。对了，以后你如果不见外的话，就可以直接找我宋必成，远了不敢说，在北江这个地面上，我使个动静，还是会有反响的，用常说的那些话，就是好使。

文丽很有礼貌地说了声谢谢，这里条件已经不错了，农场对我照顾得也很周到。

宋必成把手里的那个箱子递过来，知道你一个人住在这里挺孤单，我专门给你买了一台步步高 VCD，晚上看看影碟，消遣消遣，这里的文化生活当然比不了你们城里了。

文丽站起来接过 VCD，感激地说着，真是不好意思，还让你费心，这样吧，先放在这里，我算借着用，等我走的时候再还给你们。

看你说的，这不是瞧不起我宋必成吗？小小礼物何足挂齿，宋必成显得很激动，我们的服务已经差得很远了，如果说不好意思，应该我们来说。说到这里，宋必成停了一下，把你派到太阳农场挂职，也是难为你呀。这个农场虽然在外面的知名度挺高，可实际困难也是不少，尤其是江昊这个人，让我怎么说呢，按说不应该背后议论人，可咱们都是领导，对一个同志也应该有一个清醒而公正的评价嘛，他这个同志呀，优点是不少，可不足的地方也很明显，总是有些抗上，再就是很多事情雷声大雨点稀，不够脚踏实地。怎么说呢，这也像打麻将，不能贪得太多，要一把一把地赢。

宋必成突然感到自己说走了嘴，赶紧纠正着，其实我打麻将的机会并不多，常常是为了工作才搞一些必要的应酬，为了这一点很多人都不理解呀，唉，我们为了工作为了事业，常常要牺牲个人休息时间去喝酒、去打麻将，有时真是很辛苦，可不少老百姓还不理解。

文丽一直在一旁不露声色地听着，她要听一听宋必成的戏匣里到底能唱出什么调儿。因为她已经朦朦胧胧地感觉到，这个分局的领导，尤其是崔世功，并不欣赏江昊，对江昊的工作并不是能够给予公正评价的，现在正好宋必成送上门来了，干脆就利用这个机会，帮着江昊摸一摸他们的底，必要时可能真会帮上江昊一把。

第十三章

那天文丽又去黎玉新家时，正赶上王雅芝在给黎玉新熬药。

黎玉新半躺在沙发上，一看文丽进来了，几次试图想坐起来，都失败了，文丽赶紧上前扶起他。

黎书记，你还是赶紧去北京治病吧。

再等等吧，农场资金正是紧张的时候。黎玉新又往起坐了坐，望着文丽接着说，这阵子也把你们忙坏了，我躺在这里帮不上什么忙。这些天我想了很多，总觉得自己为太阳农场做得太少。

文丽强装着笑脸，你做得已经够多了，再说，将来还有做的机会。

黎玉新笑了，可那微笑里有了一种苦涩的东西，你们也别瞒我了，我心里早就明白了，我还有为太阳农场继续做的机会吗?

有，有，文丽含着泪回答着。

你就别骗我了，黎玉新摆了摆手，人总是难免一死，我也想开了。我来到这里快三十年了，虽然贡献不大，可面对这片土地，我死的时候能闭上眼了，最起码我能有脸去见埋在红旗水库边上的那六位知青战友了。

看你说的，不会的。文丽实在不忍心再沿着这个话题谈下去，就故意说，那年修水库着火爆炸的事我好像听说一些，详细情况不知道，你当时也在场吗？等你休息好了，给我讲一讲。

黎玉新闭了一下双眼，再睁开的时候，文丽看见他的眼睛里正闪动着泪花。黎玉新说，那件事，在我心上是一块永远不能愈合的伤口，这么多年了，一想起来我的心里都在流血。

文丽一看他这样，赶紧说，先别谈这个了，你好好养病吧。

临走时，王雅芝出来送她，文丽突然想起了什么，就问王雅芝，你知道咱农场的医院能做 B 超或者彩超吗？

能啊，你问这个干什么？

是这样的，我原来有过肾病，后来治得差不多了，这次出来时大夫告诉我定期检查一下。文丽有些不好意思地说，可能是我这么多年也没干什么重活了，来到太阳农场才这几天，我就觉得腰有些疼，我想去检查一下。

那还不好办？咱们农场医院条件还是不错的，彩超机器也是刚进来的。王雅芝热情地介绍着，你还不知道吧，管彩超的大夫就是魏平华呀。

什么，魏平华？你说的就是江昊的爱人？

对，她那人可好了，你快去找她看看吧。

好，我一定去，我也正想认识认识她呢。

文丽刚走，江昊就进来了。

嫂子，你赶快准备一下吧，这一两天你们就动身，一进门，江昊就喊着王雅芝。

黎玉新在沙发上声音微弱地说，江昊啊，我还是再过一段时间吧，我这病早点儿去晚点儿去都差不多，要依着我，不去北京也罢。

这你就不用管了，我一切都安排好了。江昊望着黎玉新和王雅芝，这次我进京跑贷款时，去了一趟协和医院，把你的事情都安排好了。你们知道吗，我还看见了一个熟人，就是原来在咱们场下过乡，对了，就是二十八连的那个戴眼镜的成天捧着一本书的。

黎玉新眼睛一亮，是不是那个叫方华的？

是，你猜对了。你猜她现在干什么呢？

我只知道她被推荐上了大学，我回北京时也打听过她，可都不知道她的单位。

告诉你吧，她现在就是协和医院的副院长。江昊兴奋地说，这次我说你要去北京治病，她就很热情地让你住进她所在的医院，说一切事情她都包了。二十多年了，虽然当时互相之间都不熟悉，可一提起太阳农场几个字，就觉得格外亲。

是啊，那年我回北京探亲时，大家还专门到那家“北大荒餐馆”聚了一次呢。黎玉新说话的时候显得很兴奋，眼睛也是亮亮的。那天晚上我们一直玩到半夜，大家说呀唱啊，想起当年在太阳农场下乡的日子，他们都说那是一段感情最真挚的岁月，都说我没回北京也是不错的。

江昊说，这次在北京办事时，我还在那个餐馆门口路过呢，听说生意一直很火。

是啊，人总是愿意怀旧。黎玉新接着说，尤其是到了中年以后，总是常常想起年轻时候的事。那次我们就在那个餐馆，喝了很多酒，也唱了很多的歌，都是当年的老歌，连不会唱歌的人也都唱了起来，有《兵团战士胸有朝阳》，有《一生交给党安排》，有《大海航行靠舵手》，还有一段一段的毛主席语录歌……

说着说着，黎玉新情不自禁地哼起了一首歌。

江昊一看他的精神状态不错，心里也很高兴，从口袋里掏出一个信封交给王雅芝。

嫂子，这是两万元钱，你先拿着，我会陆续安排的。

江昊，你刚跑来贷款，现在，我怎么能……黎玉新喘着气，一边摆着手，一边说着。

这回你就听我一次吧，你是我的老大哥，我一直非常尊重你，可你的病如果再拖下去，我将来无法向上级领导和太阳农场的老百姓交代。江昊动情地说着。

黎玉新想说什么，张了张嘴，却没有说出来。

江昊说，你什么也不用说了，你的心思我明白，你放心去养病吧，咱们太阳农场会越发展越好的。别人不是说咱们农场就是一轮北方的太阳吗？这轮太阳里面也有你留下的光和热，它和三万人民的信念和热血汇聚在一起，就会在天地之间永远闪烁光芒。

黎玉新忍不住笑了，江昊啊，没想到你也有诗人的气质啊。

嘿嘿，江昊不好意思地乐了，跟了你这么多年，你那么博学，我多少还不学到一点儿呀？

江昊说到这里，又回过头来对王雅芝说，农场医院那边我都安排好了，由一个医生和一个护士陪你们进京，到北京后有什么事情随时同我联系，黎大哥的事就拜托了。

江昊兄弟啊，你怎么能说这种见外的话呢？你拜托谁呀，我不是你黎大哥的妻子吗？如果说拜托感谢的话，应该我说，你看，这多半年来，他的病越来越重，我也没能正常上班。王雅芝说话的时候也是眼泪汪汪的。

彩超室里整洁而安静，穿着白大褂的魏平华热情地接待着这位不相识的女患者。当她拿起彩超单的时候，一看上面的名字，一惊，啊，原来你就是文丽书记？

文丽点点头。

魏平华笑盈盈地说，江昊回家说起好几次，还专门说到你写条解决贷款的事，他可感激呢。

二十年前我就是咱们太阳农场的人，现在又回来挂职，为这里做点儿力所能及的，是应该的。文丽真诚地说着。

你原来也在这里待过？那咱们可能还见过面呢。魏平华惊喜地说。

可能吧，可那时全场知青就七八千，要认识一个人还真不容易呢。

是啊，光我们一个连队当时就好几百，哪儿的人都有，真是天南海北五湖四海。说到这，魏平华止住了，你看我这人，倒把正事忘了，来，你躺在床上，我现在就给你做。

好，再侧侧身，好，侧过来，对，平一些。魏平华检查得很细，还一边问着，你最近是不是感觉腰部有些发疼发木，这就对了，你的肾病真还得抓紧治，平时一定要多喝水，还有哇，心理调整也很关键，不管什么事情，别太上火，尤其咱们女人，别把那么多大事都放在自己肩膀上，那会吃不消的。

文丽感激地说，谢谢你，我会注意的。说到这里，她才想起今天来到医院的另一个目的，当然这个目的她在心里也并不是很清晰，不知什么原因，她就想看看江昊的爱人究竟是个什么样子，自己可能还会有意或者无意地想同她比一比。

魏平华显得很文静，同那身白色的工作服交融在一起的是一种女性特有的气质。虽然没有更深的了解，可文丽觉得，面前这个女人是属于典型东方式的那种贤妻良母，有这样的人照顾着江昊，江昊虽然在工作中苦一些累一些，在家庭生活里会得到补偿的。在文丽的生活经验中，她看到很多家庭由于男人和女人都很要强，最后两个人都忙得急急歪歪，进而争争吵吵。其实，世界上的很多事物都应该是相辅相成的，家庭关系也是如此。夫妻之间也应该是阴阳搭配互为补充的。如果一旦正常的格局被打破，两个争强好胜的人放在一个屋子里，时间一长非热闹不可。其实这里应该用到十多年前大家都经常讲的一句话，没有高低贵贱之分，只有工作分工不同。

文丽这样想着时，自己也悄悄乐了。

听说黎书记的初恋是从两穗烤玉米开始的，你和江昊的恋爱也挺有意思吧，如果可能的话，你也跟我说说。

魏平华脸红了一下，有什么好说的？都是些过去的事了。

那有什么关系，你说说吧。文丽只好假模假式地亮出了最后一招儿，这次我来太阳农场挂职，厅里领导还给了我一个任务，就是考察一下领导干部的工作和家庭情况。

魏平华小声地问，那也包括恋爱吗？

文丽使劲地憋住笑，那当然，我们看一个人就要全面地看历史地看，恋爱、婚姻、家庭，这是一个人生活中不可缺少的三要素，而生活又直接关系到事业，所以，这是一个重要内容。

那……那……我说了，你可别笑我呀。魏平华早就信以为真了，觉得不说不行。又看看今天患者也不多，就说，那我就简单地说一说吧。

你方才说黎书记的初恋是从两穗玉米开始的吧，我和江昊是从两碗饺子开始的。魏平华声音不大地做了开场白。

接着，她就谈到了同江昊的相识，到北江粮库送粮时，看见江昊把两碗饺子送给了一个要饭的孩子，她便产生好感，渐渐地到爱慕。后来由于一个意外的打击，就是指导员要给江昊介绍一个团首长的女儿，江昊割舍不了对自己的感情，就拒绝了，于是就被撤销了统计员的职务，回到机车上当工人。江昊一点儿怨言都没有，又苦苦地干了十多年，后来带头搞家庭农场，搞出了经验，受到当时老场长的赏识，提他当了队长，用了三年的工夫，把一个最落后的生产队干成了全垦区的状元队，再后来就当了副场长、场长。

文丽静静地听着，魏平华讲得很细，讲到动情处还擦着眼泪。

文丽的心不止一次地热了起来。这次来之前，自己对江昊当年做出的选择还真是不能理解，听了魏平华的讲述，她好像更深地认识了江昊。现在有多少人想方设法不择手段地巴结权贵，想使自己跻身于上流社会；而江昊为了自己真挚的情感，受了那么多的屈，吃了那么多的苦，但好人毕竟有好报，这个叫魏平华的女人没有辜负江昊的情义。这也是命运的安排吧，这次来到太阳农场，能够在江昊最难的时候用自己的努力帮他一把，即使自己一年后离开这片土地，自己的心也会多少安稳一些。

月光像水一样在大街小巷流淌着。

夜已经很深了，只有主街道上的路灯和那几家歌舞厅门口的霓虹灯还在闪烁着。

一辆三轮车沿着洒满月光的街道缓缓地行进着，黎玉新在车上坐着，王雅芝在后面推着。

一晃在这里待了快三十年，人生真像是一场梦啊！黎玉新深深地感叹着。

在北大荒这一场梦你就做了快三十年，为了这场梦，你放弃了返城的机会。北京，那可是咱们的首都啊。王雅芝抬起头来问黎玉新，玉新，你告诉我一句心里话，你后悔吗？

你呀，我都跟你说过多少遍了，在北大荒我从来没有后悔过。黎玉新回过头来，望着王雅芝，我觉得一个人最主要的幸福不在于他是在繁华的大城市，还是在边远的小山村，主要是活一口气，活一种精神。

黎玉新停了一下，指了指街道两旁的楼房，雅芝，你看看，我们刚下乡的时候，这地方，不就是几排简陋的土房吗？还有，这路，这你是知道的，那时候一下雨，有时鞋陷进泥里都找不到。这三十年，好几代人在这里拼哪干哪，总算是变了样。一个人在群体当中总是渺小的，总觉得是微不足道的，可正是这些合在一起就成了社会的动力。我常常琢磨这样一件事，对了，就像文学书上写的，那个叫比喻。你看咱们太阳农场，这十几万亩土地呈现出一个圆形，北面太阳河，南面月亮湖，东面是星星河，西面是红旗水库，四面环水，中间是个圆圆的太阳农场。太阳是圆的，咱们太阳农场也是圆的，如果打比方的话，咱们太阳农场的这轮太阳，就是千万双手托起来的。你知道吗，我最近常想，托起这太阳的千百万双手中，有我的一双手，我感到很自豪。雅芝，这是我的心里话。

王雅芝一边推着车子，一边静静地听着。转眼就是快三十年了，那时她就觉得这个文质彬彬的黎玉新很有内秀，这么多年他对这片土地也像对自己一样，是那样真诚而专一，能和这样的人携手走过荒原上的一段风雨春秋，我王雅芝也知足了。可惜，他现在正应该是干事业的好岁数，却得了这样的病……

王雅芝抹了一下眼泪，江昊走后，她把进京的东西都准备好了，黎玉新也没有再阻拦，只是向她提出了一个要求，在晚上夜深人静的时候，用车子推着他，再在太阳镇的大街小巷走一遍。

她望着自己的丈夫，含着泪点点头。

三轮车吱扭吱扭地响着，那轮下半月的月亮已经残缺了不少，可还是倔强地向大地散发着银色的光芒。

第二天早晨，文丽就接到王雅芝的电话，说黎玉新想在临走的时候到水库去看一看，如果文丽有时间的话，也想让她去。

文丽满口答应，我去。

初秋的太阳还很热烈，远远近近的田野里飘来阵阵芳香。

红旗水库的大坝紧连着完达山的余脉，那两个山头的名字也显得怪怪的，一个叫望乡，一个叫恋土。

黎玉新被王雅芝搀扶着，走得很慢，对文丽说，你知道那两座山的名字是谁起的吗？你肯定不知道，就是我们连的那个知青，当时我们都叫他诗人。平时大家劳动休息时都打打扑克，唱唱歌什么的，他却拿着个本子写呀写的，后来我们到这儿修水库，他就把这两个山头命了名，说这两座山正代表着我们知青的心情，就是站在边疆望家乡，心里又留恋着北大荒的这片热土。对了，小伙子叫方阳。一会儿你就看到了。

在大坝的一头，几个人在那座叫恋土的小山坡前停下来。

你们看，就是这里，黎玉新用手指了指山坡下那一字排开的墓碑。

文丽突然想起来了，就问黎玉新，这几名烈士是不是那年春节时为抢救国家财产牺牲的？

是啊，他们六个人都是我们排的战士。黎玉新站在墓碑前，那年过春节正是中苏边界非常紧张的时候，我们排有十几个人自告奋勇地留下来，没有回家探亲。那天是腊月二十八，我和另一个知青到团部给大家采购年货，可等我回来时，看到的，唉，真是太惨了，我这一辈子很少为什么事情这么伤心过，可那一次，我……

王雅芝的语调也是沉沉的，可不是，我就看见他哭过好多回，后来都过去好几年了，他还常常在梦里喊着这几个人的名字，一边喊一边哭着。

文丽一个一个地看着墓碑上的名字，仿佛那名字就是一个个活生生的生命，此刻又站到自己的面前：王超、董明华、葛冰、方阳、任永久、冯志涛。

听说他们是救火牺牲的？文丽指了指墓碑，又把手里的一把刚采的野花放在了墓碑前。

是啊，那天风很大，突然一个工棚子因为烧炉子着了火，留在这里的十几个人都奋不顾身地冲进去往出搬油桶搬炸药，如果不把那些炸药搬出来，这座几千人修了两三年的大坝就要飞上天。那是多么危险哪，当时的年轻人真是纯哪，脑子里根本不想别的，就是发疯似的往外搬往外抢，最后，只剩下了一桶汽油和两箱炸药，可火越来越大，就……

黎玉新擦了擦眼泪，当场他们六个人就都牺牲了，另外的也都负了伤，等我回来时，当时我都傻了，坐在雪地上半天都站不起来。

王雅芝在一旁接着说，是啊，从那时开始，他有半个多月眼睛都是直直的，不说一句话，如果说，也翻来覆去地说都怨我，都怨我。

黎玉新用手指了指那两个紧挨着的墓碑，这个王超和董明华，是和我坐一趟车来的。我们从小学到中学都是一个班的，他们俩牺牲的时候，正在热恋之中，我现在还记得，王超临死的时候穿的那件红格毛衣，就是董明华亲手为他织的。唉，多好的年华，多好的人哪，可惜……

说到这里，黎玉新侧过脸问文丽，这回你明白了，我为什么不回城，为什么不愿意离开太阳农场了吧？我觉得，在这里，不管做出什么，和他们相比，我都感觉是不够的，做得是不好的。我当时是他们的排长，虽然事情发生后没有任何一个人指责过我，可越是这样，我越觉得我有不可推卸的责任。

事情都过去这么多年了，黎书记，你也该想开一些了。文丽劝解着。

是啊，这几年太阳农场发生了这么大的变化，他们要活着，不管是继续留在农场，还是回城做其他工作，听了都会高兴的。走过了那段岁月，感受了用生命去浇灌这片土地的时光，才更加感到什么是热爱。其实，这个词语时常挂在我们的嘴边上，可当我们真正从心里发出这样呼喊的时候，我们就感到这个字眼儿是沉甸甸的。

望着黎玉新那充满泪水的眼睛，文丽似乎更清晰地感觉到了黎玉新为什么要在这个时候来到水库边上。

天空显得开阔多了，云朵也更加洁白，风从水面上吹过来，墓碑前的野花和小草不停地摇动着。

临走的时候，黎玉新让王雅芝扶着自己，在每一块墓碑前都深深地鞠了三个躬，走出好远了，他还一遍又一遍地回头。

第十四章

昨天江昊曾经提议要举行一个送别仪式，却被黎玉新拒绝了。

第二天，黎玉新和王雅芝特意起了个大早，他们怕走晚了被更多的人知道，那种送别的场面实在是不忍心经历，更何况太阳农场正在经历着空前的困难，从干部到群众都为抗灾自救而夜以继日地苦干着。

干吗非要那么多人知道呢？只要你能陪我上路，我就心满意足了。黎玉新动情地对王雅芝说着。

我也是这样想，王雅芝临出屋时又把家里的一切用目光轻轻地抚摸了一遍。

他们刚要出门时，江昊、文丽等几名场领导来了。

我不是说了吗，今天你们就不要送了。黎玉新说。

我们怎么能不来呢？我们就代表太阳农场的老百姓送送你吧。嫂子，到了北京，有什么事咱们及时联系，另外方华也会尽量关照你们的。

不会有什么事的，你们放心吧。

当两台吉普车就要开出太阳镇的时候，黎玉新看见前面站了一大群人，把路堵个严严实实。

车越来越近，黎玉新等人终于看清了，那是从连队特意赶来送他的人。路旁边还停着好几台胶轮车和手扶拖拉机。那一张张熟悉的面孔，瞬间让他想起了三十年的岁月，就像发生在昨天。

当年的老队长，当年的老房东，还有自己开拖拉机时手把手教自己的老师傅……

车子挨近了人群。人们还在伫立着。

王雅芝扶着黎玉新下了车，黎玉新的步履有些蹒跚。

黎书记呀，我们本想到你家里去，后来大家说，还是在这里等你吧。老队长王左林挤到前面对黎玉新说。

现在正是秋收最忙的时候，这不是耽误大家时间吗？

没什么，我们马上就赶回去，地里的庄稼不会耽误的。人们都异口同声地说着。

几乎每一个人手里都拿了一份礼物，多数是鸡蛋和水果，从车前一直摆出好远。

黎玉新的眼睛潮湿了，嘴里一个劲儿地说，谢谢，谢谢大家。他擦了擦眼泪，对送行的人群说，大家的心意我领了，可这么多的东西我怎么拿呀？

一位老大娘拢了拢头上被风吹乱的白发，对黎玉新说，孩子，你在咱北大荒干了快三十年了，大娘知道你是北京大城市的，那里啥都有，可大娘这筐水果是从自己家树上摘的，你一定要带上。

人们也都争先恐后地说着，让黎玉新把自己送的礼物带上。

望着这种场面，文丽也非常感动，她觉得这片土地是深情的，这里的老百姓是纯朴的，有了这样的真情，就是在事业中吃了再多的苦，心里也是甜的。她又望了望黎玉新那为难的样子，突然想出了一个办法，就对黎玉新说，大家的盛情都不好推辞，你看这样行不行，把大家送的礼物，每一个筐里拿出一个带上，这样双方在感情上都能接受。

黎玉新点着头，好，就这么办。

司机拿着两个筐，从人群中的每一个筐里拿出一个鸡蛋或者一个水果，整整装了一筐鸡蛋、一筐水果。

黎玉新和王雅芝捧着水果和鸡蛋，含着泪给送别的人群鞠着躬。

吉普车已经开出好远，黎玉新回头看时，送别的人群还站在秋风中。

已经当上了分局水利局副局长的陆有为，悄悄开着车来到太阳农场六队李子德家。

自从那次陆有为在红旗水库喝酒误事，李子德也被江昊叫去好一顿批评，并让他写出深刻检查，检查之后，看他的行动。当时李子德心里就愤愤地想，他陆有为喝酒误事，怎么能让我替他背黑锅呢？再说，他是副场长，来到我们队，主动朝我要酒喝，我不给他喝行吗？现在倒整了我一身不是，这哪里有公道。他就这样在心里别着劲儿，嘴上却连声地答应着，回到家里趴在桌子上写了半夜，把检查材料写成好几页稿纸，交给江昊之后，还点头哈腰地对江昊说，江场长，我的检查你看一看，如果还不够深刻我再重写。江昊说，书面上的检查，不管怎么写都只是一种形式，最主要的是要通过行动来证明。李子德连连点着头，放心吧场长，今年秋收我保证干出个样来。

李子德刚从地里回来，歪在沙发上，想养养神。

子德呀，怎么样，你在江昊那里过关了吗？陆有为一进门就大呼小叫。李子德睁开眼睛，一看是陆有为来了，就不冷不热地说，我是搭着酒遭着罪，你挪挪屁股又当局长了，遭罪的还不是我一个人？

陆有为说，你也不要太悲观，再说，咱们兄弟之间的感情，喝点儿酒联络联络加深加深，这有什么错？他江昊简直是不懂人情，依仗着自己是场长。

李子德说，那有什么办法，人家现在就是场长，在人家手下，不听喝行吗？

陆有为转了转眼珠，凑到李子德面前，咱们可以不让他当场长，或者说，让他这场长当得憋屈，让他不像现在这么滋润。

李子德一下坐直了，怎么，你又想出什么歪点子了？

陆有为诡秘地笑了笑，什么歪点子，这叫韬略。

李子德说，快收起你的韬略吧，我要信你的话，临死连裤子都穿不上。

陆有为说，这回你瞧好吧。

李子德想了想说，你把你的馊巴主意亮出来我瞧瞧。

陆有为趴在李子德的耳朵上嘀咕了几句。

那能行吗？如果露馅了，我可是吃不了得兜着走了。李子德连连地摇着头。

陆有为说，亏你还是个男人，这叫量小非君子，无毒不丈夫。咱不给他来一下狠的，他总得骑在咱们头上。

那，那，我不也完了吗？李子德抬起脸问陆有为。

放心吧，你的事由我保底，陆有为给李子德壮着胆，你想想，江昊到时候自身都难保，他还顾得了你吗？

也是这个理，可我还是有些担心。李子德不放心地说，到时候我的事你可不能撒手不管，把我晾在半路上，让我前不着村后不着店。

陆有为把自己的胸脯啪啪地拍了两下，你看你，怎么连我也不信了，咱们是多少年的兄弟了，我能把你卖了吗？再说，我这也是给你创造机会，出出心中的恶气，你如果不同意那就算了。

他这欲擒故纵的一招儿还真是挺灵，李子德眨巴着一双小眼睛，想了想，咧开大嘴，点了点头，行，就这么办，你等我的电话。

马悦华给崔世功一连打了好几次电话，今天崔世功总算答应回来了。

一晃崔世功有半个多月没有到她这里来了，她觉得挺纳闷，一问分局办公室，说崔局长最近也没有出远门。马悦华心里就有点儿忐忑不安了，心里想，这么多年来一直担心的事，可能就要发生了。

他崔世功也不可能是从一而终的主儿，对我指天指地地发誓，那都是骗人的。可现在我手里还没有什么证据，今天回来我看看他究竟是什么样，是近来工作忙顾不上，还真是另有新欢了，这种事他瞒不了我，我马悦华也不是好惹的。

放下电话，她就开始梳洗打扮，又换上崔世功平时最愿意看的衣服，让保姆赶紧去买了几样好菜。

崔世功显得不冷不热，简单地敷衍之后，一屁股坐在沙发上，也不像以前那样，眼珠子跟着马悦华转了。

从一进门马悦华就感觉到了崔世功的变化，女人的心很细，尤其在这方面，即使是非常微小的变化，她也能感觉到。在她同崔世功接吻的时候，就觉得崔世功不像以前那样热烈而缠绵了，只是像应付了事一般，不得不走一个过场，这种变化使马悦华心里一下子冷了。

但她不甘心，都这么多年了，崔世功一直围着自己转，我也把他侍候得舒舒服服，我对自己的本事还是有自信的，我就不信还有什么女人能超过我，崔世功曾经说过，在女人味这方面，我是最优秀的。

可都半个月没见面了，他这次回来怎么这样冷淡呢？这种事情我还不好逼得太急，急则生变，我要慢慢地察言观色，然后再用话套他，不愁他不上钩。

其实崔世功在心里也并不想对马悦华怎么冷淡，他觉得马悦华这么多年来对自己真是不错，说是全身心地爱着自己，这话一点儿都不夸张。可不知怎的，自从有了小莉之后，他再想起马悦华时，心里便没有了以前的那种激动，而当和小莉在一起的时候，就总觉得看不够玩不够爱不够。这个蒋含琼也确实像魔鬼那样厉害，把他的魂魄几乎都勾走了。这不仅是在床上使他忘记了一切，而在平时，蒋含琼的谈吐、学识、才华，都不知要胜过马悦华多少倍。我崔世功虽然也是走南闯北的人物，在北江这个地面上也算是要风得风要雨得雨的人，可在这个蒋小姐面前，自己都觉得土气，说话和办事都显出一种高粱花子的味道。这样的女人不仅使人销魂，更使人长进。

具体的事情马悦华还一无所知，可从一进门就越来越感觉到了这一点，不管她怎样使尽全身的解数，对崔世功如何百般抚爱千种温情，都不能让崔世功像往常那样激动不已。

以前每次做爱，都要折腾一两个小时，而这回，还没到十分钟，崔世功就躺到一边去了。

马悦华扯过一件衣服，披在身上，从床上坐起来。世功，你跟我说实话吧。

崔世功躺在那里，睁开眼睛，说什么实话？

马悦华说，你自己知道。

崔世功睁了睁眼睛，又闭上了，你让我想一想。

有什么可想的，都是现成的，你就说吧，马悦华抹着眼泪，抽泣着说，这么多年了，我都对你咋样，你不应该欺骗我。

崔世功也从床上坐起来，搂过马悦华，别哭了，我现在就告诉你，可我在告诉你之前，我要说一个前提，这就是，只要你不主动离开我，我会永远对得起你。但是……

别但是了，那后面的话我知道，你们男人哪，就是那个德行，心毒着呢。马悦华狠狠地说。

那好，我就告诉你吧。崔世功就从头把同小莉的情况说了一遍，然后缓了一口气，望了一眼身边眼睛直勾勾看墙的马悦华说，我都告诉你了，你说怎么办吧？

怎么能我说呢，这是你的事。马悦华说。

那好，这是我的事，我就说。崔世功望着马悦华，我方才都说了前提，这也算我答应你的条件，但是我也有一个条件，那就是大家都和平共处。

什么叫和平共处？马悦华眼睛里含着怒气。

和平共处就是，咱们之间都要相安无事。崔世功接着说下去，以后无论是我回这里，还是我到小莉那里，都是正常的，谁也不要哭闹。

马悦华半天没有作声，抬起头来对崔世功说，既然到了这一步，这个条件我可以答应你，但你不能老也不回来，把我冷在这里，如果是那样，我可是不容的。

怎么会呢，不会的。崔世功连连地否认着。

自从黎玉新走后，江昊觉得心里就像失去了一座可以依靠的大山。以前不管多苦多累，一想起黎玉新和自己肩并着肩心贴着心地站在一起，心里就踏实多了。现在黎玉新走了，而一想起那病，觉得他再回来的希望几乎也没有了，自己心里的这个靠山也算是彻底失去了。唉，工作上苦点儿累点儿，都能咬牙挺过去，而在负重前进的时候，缺少能够互相交心的同路人，那种孤独才是难以忍受的。

在这个班子中，真还是有些青黄不接呢。有两个是新进班子的，很多事情还不熟悉，工作配合起来还不能达到非常默契的程度。今后，有了大事，我该找谁去商量呢？

江昊这几天更是马不停蹄地奔忙着，尤其是被水淹的几个连队，水撤之后，还要负责把老百姓安顿好，组织生产自救，把水中的庄稼尽量抢出一些以减少损失。冲倒房子的住户，越冬是最大的问题，在没有新的建房资金的情况下，只能先搬到砖房的住户家去，再把连队的办公室等公房腾出来，总算安置下来。看来这些没房的住户，只有明年开春之后再帮他们解决了。被水淹没的庄稼有一半是绝产了，另一半还能收回一部分。受灾面积占全场百分之十左右，以丰收的百分之九十，来补上这百分之十的损失，看来今年全场粮食总产量，搞好了，可以保证去年的水平。

江昊兴奋地想着。

文丽这几天也很忙，除了要跑连队的秋收指挥和管理，黎玉新走后，她把全场的党务工作也接了过来，上千名党员，基层支部就有四五十个，她一时还觉得不知从哪里做起。好在黎玉新这些年打的基础较好，基层支部建设也都搞得不错，标准化党支部达到百分之八十以上了。这些都是有利的条件。现在，在文丽的感觉中，觉得自己已经是太阳农场的人了，那种挂职锻炼一年之后就要打道回府的想法已经越来越淡，如今，自己的喜怒哀乐都和这片土地上的兴衰沉浮连在了一起。

这种情感不是她故意追求的，而是自然而然产生的。

自从那天和魏平华谈话之后，她更深地理解了江昊，而当年的那种怨恨也随着这种理解变得烟消云散，她觉得江昊的行为是令人敬重的，这才是一个有情有义的男人。

虽然来到这里时间不长，她觉得这里也和其他单位一样，相互钩心斗角也是普遍存在的。把事业能干得轰轰烈烈成绩卓著的江昊，在这方面就显得往往不够成熟了，总是以自己的善良之心去推测别人，对别人的明枪暗箭很少提防。从分局到农场，文丽似乎都感觉到了这一点，她也在为江昊担心。

那个魏平华真是不错，凭着文丽的直觉，她觉得江昊和她生活得一定很幸福。可江昊毕竟是一个干事业的男人，除了生活中体贴入微之外，像江昊这样的人，还应该有政治上的保护，这些是魏平华所力不从心的。那谁能担负起这样的职责呢？黎玉新走之前可以承担，现在他到北京治病了，这个任务应该由自己担负起来，无论从公从私，都该这样做。从公，自己是挂职的党委副书记。从私，从私怎么说呢，好像没有什么特殊的理由。

文丽这样想着时，自己也觉得不好意思了，脸突然一红。

第十五章

分局给各农场下达的完成水稻收割时间是十月十日，也就是在这个时间之前，必须把站着的水稻统统割倒，绝不能拖过这个时间。当时，还私下里传言，不放倒水稻，到时候就把直接责任者放倒，也就是大伙都常说的那两个字——拿下。

如火如荼的秋收生产全面展开了。

农业科的电话不停地响着，各连队收割的进度不断传到这里。科长有时焦急地对着话筒喊，你们怎么搞的，赶快多上人，什么？职工不够？职工不够就到劳务市场去雇人，什么？水稻户不愿意？不愿意也不行，这是上头的死命令。

江昊这些日子更忙了，全场几十个连队，他都要去，有的还要去不止一遍。班子的人手本来就少，还要分出人去抓面粉厂改造工程，自己每天也到工地去看一看，现在已经在安装调试了，如果不出现问题的话，再有十天左右就可以试产了。

他扳着指头计算着，面粉厂投产，水稻割完，其他大田作物也要开始陆续收割，这一个月是最忙的，当然，拼过这个月，今年就算拿下来了。

晚上回来，躺在沙发上就不想动了。魏平华走过来为他轻轻地揉着背，心疼得直掉眼泪。

看把你累的，我又帮不上忙。

江昊笑笑说，没什么，今年的事都赶在了一起，是忙了一些，可我挺得住。对了，这几天我实在是顾不过来了，你明天给北京协和医院的方华打个电话，问问她黎书记的情况。

魏平华点点头。

晚饭后，文丽来了。魏平华像见到老熟人一样，热情地接待着。

我今天来，一是想看看你的家，二是我有一个不成熟的想法，想跟你说说，也不知道对不对。

江昊说，有什么你就说吧，黎书记走了，尤其在党务工作方面你就是独当一面了，只要是对工作和我本人有好处的，我就请你知无不言吧。

我好像有一种不是很明确的担心。

江昊问，你担心什么？

文丽说，当然，我这担心最好是多余的。我是说，好像有什么事情，你最好防着一点儿，具体什么事，是哪方面的我也说不出来，这可能是我的一种感觉吧。

江昊笑笑，这就怪了，难道你有特异功能？

文丽也笑了，我有什么特异功能，这么多年了，我好像有一种习惯，愿意用已知的去设想一些未知的。

那你已知什么了，江昊还是笑着问。

文丽扳着指头说，第一，你在太阳农场威信这么高，成绩这么大，这对老百姓是天大的好事，可对你本人就不一定了。第二，因为第一个原因，你在有些领导人的眼中就是功高震主的，你虽然不会有那个心思，可人家可能会把你当成危险对手。第三，你处理问题的时候，尤其是处理人的时候，只讲原则，不讲情面，得罪人就是难免的，君子可以防，而小人则是防不胜防。

啊，原来你说的是这个，谢谢你的提醒。江昊真诚地说，这些有时我也想过，可我还是相信那句邪不压正的话，我就不信，搞歪的邪的能把人间的正气给压住。

你说的这是从宏观上讲，从社会的大趋势上讲，文丽认真地说，而在某一个局部上，小人得志，阴谋家得逞也不是不可能的。

江昊说，那我们不能因噎废食吧？

那当然，我也是想提醒你注意一下，文丽站起身来，最好我的这个提醒是多余的，那样对谁都有好处。就像那首歌唱的，好人总该一生平安。

江昊也站起身来，虽然这是客气话，可我还是要说谢谢。

方祥回到家里，主动对周云说，月亮湖今年收成不会太差，这也是我方祥有命，接场长才半年，就要享受胜利果实了。

看把你美的，谁都知道，是人家崔世功打的基础。

方祥毫不示弱地说，他打的基础，他打基础时我也是主要参与者。再说，现官不如现管。现在我是场长，在月亮湖我说了算，我是这里的大老板。我也抬了这么多年的轿子，现在也该轮到别人抬抬我了。

周云撇着嘴，看你那小人得志的样子，抬你，你也配坐轿？

方祥咧开嘴一乐，告诉你吧，我不仅配坐轿，还要坐八抬大轿，你等着瞧，准有人主动来抬轿，还要鸣锣开道呢。

周云不屑地说，那我就把眼皮支起来等着瞧。哎，你说了半天，我才想起来，你让我瞧啥呀？

你忘了，崔老爷子的七十大寿，人家一下子接了三四十万。

那你眼气得了吗？周云瞪圆了眼睛说，人家是局长的老太爷，你是啥？

我是场长。方祥竖起大拇指，往自己的鼻梁上指了指，月亮湖几十个连队，谁敢不听我的？

那你想怎么办？

方祥说，别的招儿我也没想出来，咱们就来一个照葫芦画瓢。

周云吃了一惊，怎么，你想给自己祝一把寿？

方祥说，那怎么行呢，那不太露骨了吗？我是想让你过一次生日。

净瞎扯，我生日不是在四月份都过完了吗？周云认真地说。

你真是木头脑袋，方祥笑着教训道：那时我不还是副场长吗，谁来给你过生日送礼？现在不同了，你是场长夫人，看看他哪个队长敢不来，我就把他拿下。

周云想了想，那……那……你想把我的生日安排在啥时候呢？

就定在十一月上旬吧，秋收也进行得差不多了，按照农村的习惯，叫算盘一响换队长，我往出放放风，说到年底要调整基层班子。咱们再巧妙地把你生日的日子传出去，还说准备找一些亲朋好友祝贺一下，你想，他只要还想当队长，就不敢不来。

那人家才能给拿多少哇？你能比得了人家崔老爷子吗？

那当然比不了，可我算了，每个队长至少三到五千，咱们收他个十五万到二十万不成问题，方祥信心十足地说。

周云伸出一根指头，亲昵地点着方祥的额头说，看把你能的。

这种亲切的动作，方祥好长时间都没有感受到了，乐得他咧开嘴嘿嘿地傻笑了几声。

刘一新终于吭吭哧哧地把那天陪宋必成打麻将的事向江昊汇报了，江昊紧皱着眉头，半天才说话。

你知道咱们农场现在的经济状况吗？

刘一新回答说，我是管财务的副场长，当然知道了。

江昊说，既然你心里明明白白，为什么还要那样干？

刘一新说，陆有为说这是惯例，哪里都是这样，我以为、我以为咱们也得这样陪着领导。

江昊猛地一拍桌子，在别处是惯例，在太阳农场，这惯例就是行不通的。你简直是没有长心哪，农场老百姓都把家里买米买菜的钱拿出来投到了面粉厂改建工程上，你却大把大把地输在麻将桌上。我看先这样办，你的票子不能报销，你有钱就输你自己的，这事等以后再研究。

刘一新哭丧着脸，当时是你让我陪他们的，现在，却让我自己负担。

我让你陪，是陪他们简单地吃吃饭或者娱乐娱乐，并没有说让你到麻将桌上故意输给领导那么多钱，这同行贿受贿有什么区别？

人家都是这样办的，咱们也不好破规矩呀，再说，咱们的红旗水库明年还要搞投资，那个预算还得分局拨款，宋必成是专管水利的副局长，咱们得罪了他，将来事情也不好办哪。其实我这一切还不是为了太阳农场？刘一新有些委屈地说着。

好了，你不要再说了。江昊摆摆手，对你这种做法，必须给你一个教训，尤其你还是主管财务的领导，这个口子不能开。

刘一新怏怏地嘟哝了一句什么，江昊也没有听清。

蒋含琼听见门铃声，以为是崔世功回来了，就噔噔地跑下小楼，心里还在想着，你不是有钥匙吗，还按什么门铃？

打开门一看，愣住了，眼前站着一个三十多岁打扮入时的女人。

还没等蒋含琼开口，那个女人就自我介绍说，你是蒋小姐吧？我叫马悦华。

蒋含琼一惊，张开的嘴半天没有合拢。这是她没有想到的，对于马悦华的情况，崔世功曾经跟她讲过，有些细节还讲得很细。崔世功是把马悦华当成了一种纯生活中的那种伴侣或者情人，说她如何照顾自己，如何体贴入微，如何善解人意。但崔世功讲的时候，语气中也含着明显的遗憾，觉得马悦华还缺少必要的文化层次。按照现代社会的要求，还是属于那种拿不到大面上的女人。崔世功一边给蒋含琼讲着，一边比较着，在学识和才华上她不能同你相比，当然，这也是她自身条件的限制，她人也是很聪明的，如果要上大学的话，也不会比你差多少。

哎呀，原来是悦华姐呀。蒋含琼马上缓过神来，满脸堆笑地亲切喊着。快，里边请，我正想找个机会去拜访你呢。

来之前马悦华也曾做过激烈的思想斗争，来还是不来？最后还是下决心来了，虽然崔世功跟她也说了，可说得太概括太简单了。从崔世功的表情中，马悦华感觉到了自己地位的动摇，如果同崔世功硬犟下去，就完全有分手的可能，这个事实马悦华是无法接受的。

已经七八年时间了，崔世功这还是第一次。凭着她女人细微的感觉，她觉得崔世功这次对这位姓蒋的小姐真是动了真情，昨天晚上她就明明白白地验证了这一点。崔世功躺在那里呼呼睡着了，马悦华却好长时间眼睛盯着墙壁无法入睡。她原来对自己还是满有信心的，甚至常常为自己的魅力而骄傲，没想到正在自己春风得意的时候，半路上杀出个蒋小姐，可这又是千真万确的事实，怎么办，不能这样一味地等，我要采取行动，首先我要摸摸底，知己知彼，方能有取胜的可能。

门一开，她其实已经惊得半傻了，在这个瞬间里，她就像真正的井底之蛙见到了一片无比辽阔的天空。

虽然她很快镇静下来，但不得不从心里承认，自己已经不是这位蒋小姐的对手了，这差距太悬殊了。这种差距当然并不单单是年龄上的，更是一种精神上的、心理上的。

往屋里走的时候，马悦华仔细地打量着蒋含琼，从相貌到身材都是自己无法比的，就更不用说从气质到谈吐了。从来没有感觉到自己的自信心这样被动摇过。在同崔世功这么长时间的交往中，她始终有着一种骄傲公主或者第一夫人的优越心理。觉得自己站在女人堆里，始终是鹤立鸡群的，没有人可以成为自己的对手，现在可好，还没有交锋，自己已经败下阵来。

悦华姐。蒋含琼甜甜地喊着。

马悦华心里一惊，其实自己精神的防线早已经崩溃了，而两个人都心明如镜，没有想到这个蒋小姐还这样热情地喊着自己。

马悦华站在那里，眼睛都有些不够使了。这别墅当中的设施实在是太先进了、太现代了。大厅中央就放着一架卧式钢琴，蒋含琼款款地走上去，打开琴盖，摆好琴谱。然后对马悦华说，这钢琴是司马亮老总送来的，悦华姐，你来弹一曲吧。

很自然的邀请，使马悦华心里感到既难受又难堪，这个小姑娘想故意出我的洋相，没安好心，其实你不用跟我比了，我已经甘拜下风了。

不，不，我弹得不好，还是你先弹一曲吧。马悦华红着脸推辞着。

蒋含琼在钢琴前面坐下来，舒展着手臂开始弹奏起来，悠扬的琴声就像从她的手指间流淌出来似的，动听极了。

马悦华站在那里，听也不是，不听也不是。

一曲终了，蒋含琼站起身来，走过来搂住马悦华的肩膀，对马悦华说，你今天来的目的我能猜到，你不好意思说，是不是？那我就先说，行吗？

这又是一个没想到，马悦华不得不从心里佩服这个比自己小十来岁的人。

马悦华不置可否地哦哦了两声。

蒋含琼沿着自己的思路说下去，第一，你来想看看我究竟是个什么样的人。第二，按照你的想法，在有可能的情况下，和我进行谈判。

蒋含琼每一句都像射中靶心的箭。

马悦华脸上有些不自然，可还是点了点头。

蒋含琼接着说下去，第一个目的你已经基本达到了，我这个人的外表你都看见了，现在我再给你提供一点儿补充材料，我毕业于北京外语学院，英语学士学位。精通三门外语，也就是说除了我学的英语之外，我还可以进行俄语和日语的对话和翻译。除此之外，还专门学过公关和文秘。对了，就是这些，一年前司马亮总经理聘任我，现在又是崔世功的外事办主任，如果把这种关系说得含蓄一些，我现在还兼做他的生活秘书。

马悦华早被这种伶牙俐齿的连珠炮给打得有些发晕了，这哪是向我补充材料呀，这分明是向我显示自己的优势嘛。

蒋含琼望了马悦华一眼，接着说，你的第二个目的，我现在也可以给你交交底，我从现在以至将来都没有想过，也不可能同你争什么，一切都在崔世功自己。当然，我对他的感情，怎么说呢，这个比例不太好说，如果真要说的话，那就是一半是我喜欢他这个人，一半是为我自己，还有一点最重要，我不能陪他很长时间，我还有自己的追求，我不想依附在任何一个男人的身上。有一点不知道崔世功跟你说了没有，我现在住在这里，其实也是工作，或者说也是一种职业，你知道吗，我现在的年薪是十万元，对了，这可不是崔世功给的，而是司马亮。

马悦华被蒋含琼说得早就有些目瞪口呆了，来之前还觉得自己的思想准备很充分，可从进屋到现在，自己几乎是一枪没放就缴械投降了。听了方才蒋含琼说的这么一堆，更是使她感到惊奇和自悲。看看人家，这才是一个女人样，有骨气。可自己同人家根本无法比，看来自己还是挺幸运的，这个蒋小姐不会在这里待起来不走，她不说这是种职业吗，但愿她早点儿调动工作。

蒋含琼一看马悦华一声不响地站在那里，知道自己的话奏效了。虽然开始没有思想准备，可当马悦华出现在自己面前之后，她就在脑子里飞快地转开了。我要凭着自己的实力从精神上彻底击败你，让你知道如果想在我这里胡搅蛮缠争风吃醋是不会有好下场的。这样我就能掌握主动权，然后按照我的安排，先给你吃上定心丸，最起码不能让你特别敌视我。

蒋含琼嘴角上挂着笑，但马悦华根本看不出来那笑的真正含义。

方才我说的，其实也是在回答着你的第二个目的，悦华姐，你明白了吗？蒋含琼走过来拉着马悦华的手。

马悦华像补课的小学生，含含糊糊地答着，懂了，懂了。

蒋含琼说，其实我还可以把话说得更明白一些，就像崔世功给咱们三个人所制定的那四字方针一样，和平共处。这样对咱们都有好处。我呢，尽量在事业上和精神上帮助他。你呢，尽量在生活上体贴他，咱们俩也算互相补充。如果像其他平常女人那样小心眼儿，闹将起来，对谁也没有好处，你说呢，悦华姐？

话语里明明闪动着刀光剑影，可从那小嘴里说出来，却是一种春风荡漾的语气。到现在，马悦华真正地感到了自己只有招架之功没有还手之力了，看来和这位蒋小姐签订“城下之盟”才是明智之举。

其实马悦华一点儿也不糊涂，既然人家都把底牌主动地亮给了我，不管是真是假，我也多少要拿出一点儿诚意呀。于是笑盈盈地说，含琼妹呀，咱们就按照你说的办，咱们俩呢，以后就像亲姐妹那样相处，咱们不还是为了一个目标吗，让世功有一个好身体，有个好心情，把事业干得更大更好。

临走时，马悦华把声音放得很低，妹子呀，世功每天工作都很忙，你要多劝他注意身体，你们……你们别太那个了，你这么聪明的妹子，我不说你也明白了。

看姐姐说的，放心吧，我会的，还有哇，我尽力劝世功多回你那里几次。蒋含琼嘴上这么说，心里却想，真有意思，这腔调好像在哪个电视剧里听过，正宫娘娘在劝得宠的妃子，不要让皇帝太沉迷酒色。其实，人家崔世功根本不用别人劝，他是先爱江山后爱美人，从我看见崔世功的第一眼起，我就断定他不会为了美人而丢了江山。

在北江市这家新建的保龄球场，司马亮带着打扮得光彩照人的小玲和小芳，特意请来了崔世功，他们刚从市里那家最豪华的酒店出来。

席间，司马亮瞪着那双色眯眯的金鱼眼问崔世功，怎么样？这一阵子感觉如何？

崔世功嘴里嚼着对虾，故意装着不明白，你说的什么呢？

看看，这老弟装糊涂不是？司马亮抬起胖手指了指崔世功。

你老兄总是没个正形，你不都说了吗？自己想食前言吗？

哪里哪里，只是随便开个玩笑。司马亮依旧摇头晃脑地说着，为了你老弟，哥哥我真是忍痛割爱呀。你没听有句老话吗，叫宁吃仙桃一口，不吃烂杏一筐，那小莉算上仙桃了吧？

崔世功点着头，算，当然算。

今天你没把她带来，是不是不放心我呀？司马亮故意开着玩笑，你怕我把她再要回去？

那才不是呢，在这种公开的场合，我不想让人看出来。

司马亮抬起一只胖手，望着上面那颗巨大的钻石戒指，你这个官儿呀，还真不容易当呢。总得给自己准备很多假面具，是不是呀？你别摇头，你摇头也改变不了这个事实。比如，你在上级领导面前要戴一张有笑容的，不管你当时高兴不高兴。回到家里，你要戴一张是好父亲好丈夫那种表情的，不管你对这个家庭是不是真爱。在你自己的机关里，你还要戴……

崔世功端着酒杯听着，这司马亮真是看得挺准，就像他能看见自己怎么想的一样。这小子眼睛够毒的，和这样的人搞在一起，绝不能太深，那样，弄不好都会把自己葬送的。

司马亮又打了一个满分，望着球道上所有的瓶都倒下了，发出清脆悦耳的声音，就高兴地搓了搓手，又对那两个女郎说，小玲、小芳，你们俩先打一局，我和崔局长到那边谈点儿事。

在离吧台最远的那张小桌前坐下来，司马亮把手一举打了一个响指，让小姐送过来两杯XO。

老弟呀，咱们谈点儿正事吧。司马亮端起酒杯浅浅地呷了一口。

其实崔世功心里早就猜了个八九不离十，却故意没有说话，等着司马亮的下文。

司马亮故意摆出一种公事公办的架势，兄弟呀，我们丰达食品公司是开发区最大的外资企业，咱们当初也是签有协议的，还有，当初你还口头答应过我条件。

崔世功故意装着都忘了，是吗？我都答应什么条件了，我怎么不记得了？

你呀，方才我没说错吧，把假面具又用在我的身上了。

一看瞒不过去了，崔世功无声地笑了一下。

咱们当初谈好了，当然，那条件是不能写到任何协议上的。那就是，你尽量创造条件，以低于国家收购价和市场价的价格为我收购原料，还要以政策来加以保护。这中间，有你个人的百分之十。

司马亮把声音压得极低：这一点你放心，不会出现任何差错，我都替你想好了，我直接把钱以你儿子崔晓天的名义存在香港银行，别说是反贪局检察院，就是神仙来了，也没有办法，这叫连天地都不知的绝招。

崔世功没有直接回答行还是不行，而是问，你想收多少？

司马亮伸出两个指头，十万吨大豆，十万吨水稻。

崔世功皱了一下眉，这么多呀，恐怕有难度。

老弟，你的底我还不知道吗，你们一个局几百万亩土地，咱们这点儿事有一两个农场就够了。

崔世功还是为难地说，现在不同于以前了，现在是市场经济，再说，国家收购价在那里明摆着，信息传播得又这样快，老百姓都是唬不了的。

你别蒙我了，你心里的道道我能不知道吗？司马亮伸出手比画着，又指了指崔世功，你想方设法弄到局长这个宝座，为的啥？你们不是老说着那句话吗，有权不使过期作废，铁打的衙门流水的官，趁着机会能捞就捞，等你下台了，想捞也没机会了。

可这要运作好，绝不能让下面鼓包。崔世功端起酒杯沉思着。

我的局长兄弟，其实，只需要你打一个红头文件，咱们来一个公事公办，只要你保证我的这两个十万吨，大豆每公斤压低一角钱，水稻每公斤压低五分钱，我就能多赚一千五百万元，而你，神不知鬼不觉，就有一百五十万元入账。

崔世功把酒杯里剩下的一点儿 XO 晃了两下，一口干下去，这事情不小，我还得好好想想。

司马亮拍拍他的肩膀，老弟，你还记得那句歌词吧？

崔世功一愣，什么歌词？

司马亮说，想好了你再做。

第十六章

分局农业处每一天都打电话催要水稻收割的进度，整个北江分局各个农场都争先恐后地收割，农场领导都瞪大眼睛盯着最后期限的倒计时，扳着指头计算着自己农场收割的面积进行了多少，还有几天能够完成。

用红头文件定下来的最后期限就像一块烧红了的铁，把人心都烤得灼热起来。

江昊又是好几天没回家了，他一连跑了几个连队，亲自布置，组织人力。对那几个水稻面积过大，收割机械和人力都有些不足的连队，他又亲自从地方组织来几百名打短工的农民。

远远望去，橙黄色的稻田里，人头攒动，正像那句老话说的，三春不如一秋忙。

人们每一天都挥汗如雨地在地里要干上十几个小时。

大片大片的水稻被割倒了，打成了捆，码成了行。

紧接着，拖拉机和旋耕机就跟上来，按照农场的计划，要在上冻之前，达到百分之九十的耕地实现黑色越冬。

江昊带着文丽又去了几个比较边远的连队，看看那里的进度还算不错，就放心地往回走。

江场长，方才咱们看的那几个过水的连队，虽然减产了，还能收回那么多粮食，真是奇迹呀。文丽望着江昊赞叹地说。

江昊一只手把着方向盘，一只手向车窗外指了指，其实这应该感谢这几年的水利工程，由于沟渠能够完善地配套，这次炸坝分洪，被水淹的那几个连队才能够在短短的一个星期之内把水排除干净，要是没有现在这样的水利工程，别说是一个星期，就是一个月恐怕也有积水的地方。那庄稼就更不用说了，基本都得绝产。看来真还是磨刀不误砍柴工啊。

文丽点点头接着说，看来搞农业生产也要有一个长远的规划，它不仅是一年四季的事情，有时还是十年二十年的事。这种周期虽然长了一些，可一旦把这种基础打好，土地的抗灾能力也就增强了。

江昊笑笑说，真看不出来，来到农场才几天，说出的话就有专家的味道了。

文丽脸一红，看你说的，我怎么能称得起专家呀，这还不是你们干出来的，我走马看花地跑了一圈，这十多年的变化真是巨大呀。

江昊说，你再过十年，再来看看，那变化更会使你大吃一惊的。

文丽点点头，我相信。

崔世功亲自主持了分局有关部门参加的会议，专门制定了今年收购原粮的政策。其中重要的一项就是要保证丰达食品公司的两个十万吨。

会上的气氛显得很沉闷，几个处长都面面相觑地不吱声。

崔世功望了一下在场的人，显得有些不快。我们当初招商引资时就制定了有关政策。我们共产党人办事最讲认真、最讲信用，对群众我们要取信于民，对外资企业也是要以信为本。小而言之，关系到我们北江分局开放政策的落实；大而言之，直接涉及国家改革开放大政方针的实施。我觉得，我们现在应该从这样的高度上来认识问题。

一看会场上更加默不作声了，于永德只好发言了。其实他知道这几个处长对这个特殊的政策是有些想不通的，这是明摆着的，以牺牲农场和群众的利益来维护港商的利益，这种做法老百姓早就深恶痛绝了，都背后里骂。对这种怨言和牢骚，于永德虽然不能完全认同，可觉得这些评论还是有一定道理的。我们搞开放，打开国门，迎接世界经济的八面来风，并不等于说要把老百姓的利益牺牲掉，恰恰相反，我们改革开放的最主要的目的就是要增强国力，让千千万万的老百姓都过上丰衣足食的好日子。现在崔世功为丰达食品公司所制定的收购这两个十万吨原料的政策，其实就等于从北江分局老百姓的身上活活地拿走一千五百万元。

我觉得这种做法应该好好研究一下，当初我们招商引资时并没有答应现在这种条件，更何况现在是市场经济，如果不按照国家收购价，而是要强行地压低价格，老百姓将难以接受。我们多数人都是在北江这块土地上长大的，就是知青，也在这里干了快三十年了。大家都知道，从春种到秋收，一冬带八夏，老百姓容易吗？他们苦熬苦干，为的啥？

另外几个处长一看书记讲话了，都小声地附和着。是啊，是啊。这个问题是得慎重一些。

崔世功一看会场上的风头有些不对，就板起了面孔。我们仔细研究是必要的，但前提必须明确，这就是局部利益一定要服从全局的利益。尤其我们分局经济开发区刚刚建立，现在正是筑巢引凤的时候，而丰达食品公司在其中所起的作用和影响都是十分关键的。对这一点省委汪副书记也都专门做出了指示，其实，开始时我也有想法，现在我想通了，和全省改革开放的大局相比，我们分局只是一个局部。这道理我不讲大家也能清楚。

搬出汪副书记这块金字招牌，果然把在场的人都镇住了。于永德皱了皱眉头，语气中也显得有些无奈，既然是省委领导的决定，我们作为下级就只有服从了，但是，我保留个人的意见。

整个决议就这样勉勉强强地通过了。

回到别墅的时候，天已经黑了。

一看崔世功的脸还阴沉着，蒋含琼不知发生了什么事，就走上前来搂住崔世功的脖子，娇声地问，我的大局长，怎么了？

没什么。崔世功摇了摇头。

我才不信呢，我从外事办回来时，远远地就听见你们会议室里你说话的声音很高，但是没有听清是什么。

这种闲事以后你少管，崔世功皱着眉头往楼上走。

我怎么能不管呢，从公从私有些情况我都应该知道一些，否则你让我怎么工作呀？蒋含琼故意把工作两个字说得很重。

崔世功回过头来笑了一下，有些工作你是做不了的，连我心里也没有底，现在有些事情已经是骑虎难下了，就像那句话说的，上贼船容易下贼船难。

你说的什么呀，又是老虎又是贼船的？

崔世功伸出手在蒋含琼那细嫩的脸上摸了一下，这些跟你说了也没用，你还是管好你自己的事吧。

每天崔世功下班回来，第一件事就是上楼同蒋含琼做爱。

冲完了澡，上床之后，崔世功还是有些打不起精神。

蒋含琼用尽了很多办法，都没有让他真正高兴起来。于是就坐起身来，轻轻地叹了一口气，你们男人哪，有时真是难以捉摸，有了事，装在心里不倒出来，也让人家蒙在鼓里。

崔世功有些不耐烦，好了好了，我先睡一会儿，吃饭时你喊我。

江昊从地里回来之后，也没有顾得上回家，就到办公室给北京挂电话。

还没有说上三句话，电话那头的王雅芝就哭了，说黎玉新的病情又加重了，现在每天都疼痛难忍，医生只好给他打杜冷丁。

江昊耐心地劝解着，嫂子，黎书记是很坚强的人，在这个时候，你要尽量多给他一些精神上的安慰，如果有可能的话，你再问问他对农场还有什么嘱托或者是要求。

江昊说这些话的时候，语调也很低沉。

那边的王雅芝早就泣不成声了。

过了好一会儿，王雅芝才抽泣着说，方华在这里很关照我们，每一天都来看看，还特意安排最好的医生做玉新的主治医生。可他们已经告诉我了，现在唯一能做的就是减轻他的痛苦。江昊，你没看见，我每天陪着他，真是比我长那病还要难受，他一疼起来，每次都满头是汗，使劲儿地用嘴咬着被子，我让他喊几声他也不肯。

江昊说，还缺什么，你尽管说，等忙完了这阵子，我亲自去北京看他。

王雅芝说，玉新常念叨农场，说现在正是最忙的时候，自己躺在这里，什么事都推给了你们。

江昊又再三再四地安慰王雅芝，让她千万要挺住，这边再安排医院去医护人员帮助护理和照顾生活。

王雅芝说，不用了，这边医院非常正规，从治疗到护理都是封闭式的，连我这家属都只能在探视的时间才能到病房去。玉新说了，他想还是回农场去，最起码，每时每刻都能有亲人守在身边。

司马亮显然不是第一次走进省委汪副书记家的这幢小楼了。连门卫都认识他了，热情地打电话请示汪副书记，然后笑脸盈盈地对司马亮说，今天正好是周末，汪副书记请你上楼去。

司马亮是在北京开会时认识汪副书记的，当时都住在京西宾馆，司马亮作为港商在会议期间举行的记者招待会上露了一次面，并通过记者招待会，宣称自己作为炎黄子孙要报效祖国云云。当天晚上，汪副书记就到房间拜访他，使司马亮感到受宠若惊，经过交谈，司马亮觉得到那里投资很有发展前景，再后来司马亮又认识了崔世功，就这样，促成了到北江市的投资建厂。

在以后的交往中，司马亮也慢慢地摸透了这位汪副书记的脾气，对他的兴趣和爱好都了如指掌。于是每次见面时总是给他带来国外的或者是港台的名贵礼物。开始时，汪副书记还很有礼貌地推辞着，到后来就习以为常了，就像见面需要握手那样自然而然了。

汪副书记在客厅里等着司马亮，司马亮紧走了几步，紧紧地握住汪副书记的手，汪书记，近来一向可好？

好，好，谢谢你还惦记着我。汪副书记满头白发，但脸色非常红润。

我最近又回香港去了一趟，路过广州时，专门请国画大家王然画了一幅《大漠风烟图》，今天我给您带来了。司马亮说着，就让随同一起来的小玲和小芳把那幅一米多宽两米多长的巨幅国画展开。

好，真是太好了，汪副书记用手托着下巴，在国画前来回走着，两只眼睛放着光，不愧是名家手笔，真是气度非凡哪。

司马亮把金鱼眼一眯，汪副书记，我今天来，就是要给您送这幅画的，我还要马上赶回北江去，秋收收粮马上就开始了，按照您的指示，崔世功已经制定了优惠政策，扶持我们丰达公司。当然了，没有您的亲切关怀和热情培养，丰达公司便不会在大陆上立住脚跟并很快发展起来。

哪里，改革开放是我们的国策，你的报国之心得以展示，我们非常欢迎。汪副书记用手轻轻地抚摸着那幅国画，回过头来问司马亮，你在买这幅画的时候花了许多的钱吧？

和艺术相比，任何金钱都显得黯然失色。司马亮摇头晃脑地说着，您是艺术鉴赏家和收藏家，真正的艺术品在您这里才是真金，所以我要把这幅国画送给您。

那怎么行呢？我这不是夺人所爱吗？汪副书记客气地推辞着。

区区一幅国画，不值一提，您虽是一位大领导，但我倒觉得更是平易近人的前辈。再说这真正的艺术品，如果不放在您的手里我还真是不放心呢，这也是宝马良驹遇见了真正的伯乐。司马亮说着，站起身来告辞。

汪副书记起身相送，走到门口时，还一再嘱咐司马亮，有什么事尽管给我打电话，替我给崔世功带个好，让他好好干，小伙子还很年轻，事业上还是有前途有发展的。

车已经开出了省城，小玲突然问了一句，老总，方才送给汪副书记的那幅国画，您买的时候花了多少钱？

司马亮把身子仰在靠背上，闭着眼睛没有吱声。

距离全分局割倒水稻的最后期限只剩下一天了。

分局农业处专门管统计进度的干部正把一张张统计表打印出来，兴奋地对农业处长说，到今天早晨为止，已经有五个农场胜利告捷了。

农业处长眼睛一亮，高兴地问，都哪五个农场？

有太阳农场、月亮湖农场、柳林农场、西河农场，还有北江农场。统计员兴奋地回答着。按照昨天报来的进度，到今天下午还有三个农场能完成任务。

处长兴奋地扳着手指，这样，今年按期割倒水稻的目的就会胜利实现了，真是太好了。

这时电话铃声响了，统计员拿起电话听了一会儿，脸色顿时有些变了，什么？你说太阳农场还有水稻没有割倒，在六队，你是谁？喂，请回答。还有多少？好几百亩。

那位统计员还想问下去，对方已经挂了电话。

处长，方才那个电话是揭发太阳农场虚报进度的，说他们那里还有好几百亩水稻没有割倒。对了，那个人说，在六队，这怎么可能呢？可那个人又说得有鼻子有眼，还说，如果我们不管，他就把电话直接打给崔局长。

处长也站在那里呆住了，想了半天，才说，既然这样，我们只好把情况向局长汇报了，是真是假，由局长亲自安排，如果咱们把这个情况压住，咱们会吃不了兜着走的。

接通了崔世功的电话，崔世功很生气，当即指示电视局派出一名记者，带着录像机火速赶往太阳农场六队，把没有割倒的水稻录下来，让农业处也跟着去两个人，仔细地检查太阳农场其他连队还有没有这种情况。

处长放下电话，擦了擦头上的汗，长长地出了一口气，哎呀，要真是这样，江昊可要麻烦了。

眼看着就要到最后的期限了，方祥一看月亮湖还有好几万亩水稻还直挺挺地长在地里，顿时急成了热锅上的蚂蚁，把几个生产队长叫到跟前一顿臭骂。你们都是干什么吃的，进度怎么就上不去，不是跟你们说过了吗，要不惜一切代价，人机齐上阵，现在可倒好，你们队长不当了，我也跟着受罪。赶快，就是夜里不睡觉，也要把水稻给我放倒。

那几个队长带着哭叽叽的声调说，场长啊，我们也在抓紧，可有的农户思想就是不通，往后就这么拖着，我们也采取了措施。可还有啊，这几年水稻面积不断扩大，人力机力全都上去了，还是有些力不从心。现在别说是两夜不睡觉，就是再给我五天，也不一定收完哪。

什么？五天，我还给你五年呢。方祥眼睛都红了，告诉你们，不管采取什么办法，赶快把水稻放倒，要不然，就按照规定办，撤你们的职。

队长小声地嘟哝着，别说撤我的职，就是要我的命，任务我也完不成了。

方祥也渐渐冷静下来，是啊，全场还有好几万亩，而时间只剩下不到两天，生产科却把完成的消息已经报到了分局，不报也不行啊，人家那么多农场都报了，月亮湖如果拖尾巴，那崔局长还不得把我吃了？现在可怎么办呢？

这时，一个队长往前凑了凑，方场长，咱们求援吧。

求援？方祥盯着他，现在这种时候，上哪儿去求援？

去太阳农场啊，我都看了，星星河西岸的，人家水稻都割倒了，听说也把完成的消息上报了分局，人家那进度才是实打实的。

方祥狠狠地瞪了他一眼，又想了一下，现在也只好这么办了。好了，现在我给江昊打电话，让他尽量多抽些机械和人力来支援我们。记住，你们这几个连队，回去赶紧把地头地边的都给我放倒，最起码，检查团来的时候，不能让他们看见地头地边还有站着的水稻。

放心吧场长，这种活儿我们会干明白的。几个队长出门的时候，脸上又有了喜色。

在同江昊电话接通之后不到两个小时，太阳农场的二十台收割机和五百名职工越过星星河到月亮湖农场帮助抢收尚未割完的水稻……

崔世功气得把桌子一拍，好哇，江昊，在这种时候你还在弄虚作假，根本不把分局的决定放在眼里，为了图虚名图先进不惜谎报进度，这绝对是不能容忍的。

他在地上来回走着，方才他看完了电视台记者刚从太阳农场六队拍回来的录像带，又问了一下其他连队的情况。农业处长介绍说，太阳农场除了六队这一小块靠在水库边的稻田地之外，全场其他连队都已经收割完毕。

崔世功的火气还是没消，我不管是一块还是几块，就是还有一亩水稻站着，就说明他们报上来的进度是假的。

他在心里想着，江昊啊江昊，这回你可撞到我的枪口上了。这么多年来，你也算闯过了大风大浪的人，可这回，小河沟也要让你翻船了。说心里话，拿你开刀，我还真是有些不忍，可也没有办法，在很多方面，很多时候，你都超过我的威望，分局机关的很多干部不管在什么时候都总是愿给你们太阳农场评功摆好，而谈起月亮湖的时候，那表情是啥意思我能看不出来吗?

真是老天助我，太阳农场三十多万亩水稻，就单单剩下了那么一小块，就像是故意留的，我才不管呢，现在人证物证都有了，我可不能客气了。

他拿起电话告诉办公室主任，马上通知分局机关各处室主要领导，明天早晨七点钟在机关大楼门口集合。还有，马上通知各农场书记和场长，还有主管水稻生产的副场长，明天早晨八点钟准时赶到太阳农场，要在那里和月亮湖农场召开现场会。

放下电话，崔世功背着手在地上又走了两圈，想着明天现场会该怎样安排，尤其是对太阳农场虚报进度该怎样处理。

当江昊把支援月亮湖农场的收割机和职工都派出去之后，觉得总算是松了一口气。

从今年收割水稻的进度上看，太阳农场机械力量确实发挥了骨干作用。不仅快，质量也好。看来这种投入是非常值得的。今年秋天如果产量真达到了预期的目标，明年再有计划地购进一批，在水利工程上再加大一步。这样，也是为将来水稻面积的扩大，经济效益的提高，积攒了后劲。常言道，没有远虑，必有近忧。农业投入和回报的周期虽然较长，但还是像那句老话说的，种瓜得瓜，种豆得豆。

天已经渐渐黑了，办公楼里下班的铃声已经响过了很久。江昊还坐在那里，又拿起笔，准备给北京的方华写一封信。

文丽推门进来，怎么还不回家?

江昊说，我正想写一封信。

文丽说，看来今年太阳农场的收成还是不错的，就是受灾的连队，老百姓的情绪也很高涨，真是没想到啊。以前，我曾跟着一些工作组到农村去过，如果和咱们农场的职工相比，这种高山洼地就显出来了。

江昊笑了一下，你原来在这里待过，这一点你也清楚，咱们的很多传统做法，到现在还是半军事化的。比如从每一个生产环节，到秋收的收割和交粮，红头文件在这里还是最高指示，还能变成全场上下的一致行动，在这一点上，地方是比不了的。

是啊，这种人的素质，就是最好的生产力。这阵子，我也常想这个问题，农垦的事业这些年为什么发展得这样快，克服了那么多困难，给国家做出了那么大贡献。

江昊问，你想出答案了吗?

文丽回答，想是想了，不一定全面，我觉得农垦人由于特殊的生产和生活环境的影响，以及几代人在这里共同奋斗，又汇聚了城市的文明，所以这里的人都有着一种吃苦耐劳胸怀宽广的品格，还有在特殊的困难面前所表现出来的临危不惧和坚忍不拔。

还有一点，那就是在特殊的情况下，还要忍辱负重。江昊补充着。

第十七章

秋霜过后，太阳河畔的完达山麓愈加显出缤纷的色彩，红红的枫叶就像燃烧的火焰，把秋的神韵捧给了这片沉醉的黑土地。

太阳河也变得深邃起来，洁白的云朵倒映在水里，每一层波浪里都有一片幽远的天空。

太阳农场这一夜睡得好香，枕着缕缕稻香。

江昊依旧起得很早，他到附近的几个连队又转了一圈，然后把车停在了机关大楼的门口。这时，他看见许多小车都陆续地开过来，都是分局各个农场的领导，于是就问，你们干什么来了？

怎么，你还不知道？今天不是到你们农场开现场会吗？来人都这样回答着。

江昊有些纳闷，不可能啊，到这里开现场会，怎么没有通知呢？

车越来越多，过了一会儿，分局的两台大客车也赶来了，各处室的领导从车上走下来。

崔世功阴沉着脸，带着宋必成等几个副局长。一下车就对江昊说，今天在你们这里开现场会，你赶快去通知在家的场领导都来参加，我们就不进去了，现在就赶往六队。

江昊一下子愣住了，这是怎么回事？到六队开什么现场会？

一看这阵势，江昊也没有追问，把在家的几位场领导也带上，跟着这支庞大的车队，向六队进发。

前面带路的车是分局农业处的，到六队的境内后，也没有直接到连队去，而是直奔水库边上的那片水田。

拐了好几个弯，又绕过了一个小小的丘陵，才看到一片水稻还没有收割。江昊心里一下子就明白了。

看看所有的人都下了车，宋必成就用高音喇叭呼叫着，现在大家都集中一下，到这边来，对，就是这片没有放倒的稻田地。

各农场的领导都你望望我，我望望你。

崔世功登上一处较高的田埂，拿过高音喇叭，对着参会的人开始讲话。今天，我们把大家召集来，在太阳农场六队召开一次收割水稻的现场会。水稻收割完成的报表分局是昨天收到的，但是，大家现在看见了，这里居然还有一片没有放倒的水稻，按照时间要求，今天是最后的期限。但是，这不是最重要的，最重要的是，这里面有一个弄虚作假的问题，不管剩下的面积多少，哪怕是一亩，也不能虚报假报，我们共产党人讲究的就是实事求是。

讲到这里，崔世功又望了一下在场的人，接着说，当然，太阳农场始终是咱们分局的先进农场，很多工作都是走在前头的。但是，越是先进就越应该严格要求自己，处处谦虚谨慎，总不能因为先进，犯了错误我们也不批评吧？以前太阳农场都是上台领奖状戴红花的，现在，你们也往前站一站，看看你们自己所做的工作。

人群中一阵唏嘘，江昊等几位农场领导又往前靠了靠，人们几乎都不好意思看他们这时的表情。

一阵秋风吹着江昊那有些散乱的头发，江昊用手拢了拢，又往前站了站，管生产的副场长有些吃不住劲了，就扯了一下江昊的袖子，然后自己站到了前面。

崔世功接着说，我们在这里召开现场会的目的，就是要给大家敲响警钟。我们既然制定了方案，形成了决议，就应该坚决地贯彻执行，不能在执行中打折扣，更不能弄虚作假，欺骗上级，因为我们要对事业负责，对人民高度负责。

分局电视台的记者扛着录像机不停地录着像，几台照相机也闪动着。

从江昊的表情里，看不出悲，也看不出喜。

文丽也站在那里，今天来参加会的大多数人她都不认识，当然，这些人也不认识她。她现在和江昊都并排站在前面，对她自己来说，倒没有怎样难堪怎样接受不了的感觉，只是在心里为江昊叫着苦喊着冤。她明明看见昨天江昊亲自安排机械和人力去月亮湖农场支援，月亮湖农场来的人也说，即使这样，也还得三四天时间才能把站着的水稻割倒。这是怎么回事呢？太阳农场的三十万亩水稻都割倒了，这里却剩下了不到二百亩，连全场的千分之一都不到，却被分局抓住了，又大张旗鼓地召开现场会。作为分局领导，这样做也太过分了。

崔世功又站在那里讲了半天，什么考虑到太阳农场这么多年工作始终不错，这次所犯的错误虽然性质非常严重，但是在处理上我们还是要尽量给予考虑的。六队队长必须撤掉，农场要向分局写出深刻检讨。为了使全分局各农场都引以为戒，我们要进行通报批评，并取消今年太阳农场参加评选先进的资格。

现场会的第二阶段，就是所有的人马上去参观星星河东岸的月亮湖农场。

长长的车队越过星星河大坝，跟着月亮湖农场方祥的车，一连走了几个连队，车上的人看见路两旁的水稻都已经割倒，车队到达月亮湖场部的时候，又在会议室进行了现场会的总结。

崔世功在总结中高度评价了月亮湖农场在秋收工作中的出色表现，说他们为全局做出了表率，在工作中能够实事求是，把工作做到实处。

接着，又对分局机关的各处室领导训了一通话，你们这次都看到了吧，谁好谁坏这不是一目了然吗？平时，总是凭自己的印象出发，这是不行的。我们的根据就是客观实际，今天，让你们也来看一看，目的就是让大家引起重视，对一个农场、一个单位，或者一个人，主要是看现实表现。当然，过去的成绩我们也不能抹杀，但是那只能说明过去，而不能说明现在，更不能代表将来。

几个处长都互相看看，崔世功的话虽然没有明说，可那意思谁都听得出来。在平时，许多处室总是说太阳农场如何如何好，工作如何如何主动，现在，崔世功所讲的就是对着这个来的。

现场会之后，陆有为特意开着车又跑了一趟六队，见到李子德时，正看见李子德在那里哭丧着脸，两只手捧着那颗像南瓜一样的脑袋在发愁呢。

一见陆有为来了，李子德就忽地站起身来，咧开大嘴，指着陆有为大声地说，你干的好事，你出的好主意，这下可好，我的队长撸了，人家江昊的场长还照样当着。你说该怎么办吧？

陆有为伸出一只指头在嘴上吹着，嘘！你不要命了，小点儿声。然后望了望周围，一看没有人，又接着说，你放心吧，你的事包在我身上，江昊虽然场长没有给拿掉，可这么一下子，也够他受的。你想想，这么多年了，从当队长时，就是披红挂绿地当先进，啥时候挨过这样的批评啊？江昊的性格我知道，你别看他表面上没什么，他心里肯定着急得想自杀。

陆有为故意夸大其词，接着又给李子德吃宽心丸，你放心，过几天我运作一下，把你调到水利局当个科长什么的，还不比你当个小队长有前途吗？

李子德咧了咧嘴，像是在笑，又像是在哭。安排我当科长？怕你没那么大的权力。但是，这个事儿是你一手操办的，你如果撒手不管，可别怨我翻脸不认人，我要好不了，你也别想好。

陆有为的脸一下子急成了猴屁股，连连地摆着手，你可千万不能那样，你是亲爹还不行吗？你得给我点儿时间，让我安排安排。

李子德还是不依不饶地，这时间可不能太长，这次我都把人丢大了，你再不能给我一个很好的安排，那我不是罗锅张跟头两头不着地了吗？

临走时陆有为还是劝着李子德，要放心，别着急。

现场会结束后，方祥把崔世功和宋必成等分局领导留在了月亮湖农场，说要趁此机会好好汇报一下工作。

酒到半酣时，方祥往崔世功的身边凑了凑，小声地说，江昊这小子，为了沽名钓誉，简直是不择手段。

崔世功愣了一下神，盯着方祥说，你指的是什么事？

方祥说，他自己水稻没有割完，还瞎吹，说假话骗你们。这边呢，又派出车和人来支援我们。

多少台车多少个人？崔世功警觉地问。

方祥伸出两个指头，接着又变成了五个指头：二十台收割机、五百个工人。

崔世功端起酒杯沉思了一下，又皱了皱眉，说了声，怪事。手一扬，把酒干了下去。

方祥脸通红的，还要说下去，崔世功不耐烦地摆了摆手，算了，你现在给我说真话，月亮湖还有多少水稻没放倒？

方祥手里端着的酒被惊得洒出了一半，稳了稳神说，今天现场会你不是都领着大伙看到了吗？全放倒了。

崔世功眼睛紧盯着他，你要敢跟我叫号，咱们现在开车就走，如果还有站着的水稻，我要你的脑袋。

一看瞒不下去了，方祥支支吾吾地说，其实，其实也没有剩下多少，最多还有一两万亩吧。

一两万亩还不算多？崔世功气得手也有些发抖了，嘴里却说着，你呀，真是不给我长脸，人家就剩下那么一小块百八十亩，却把人家搞了个狼狈不堪，你这里却剩下一两万亩，我却表扬了你们，这事情如果露出去，你让我的面子往哪儿放？

这是绝对不会的，你放心吧，这事情谁都不会知道。

你在唬小孩子吧？江昊派来的二十台收割机、五百个工人，那些嘴你能封住吗？

这回方祥没有嗑了，那……那……怎么办呢？

怎么办？赶快收拾残局吧，告诉你，再给你明天一天时间，月亮湖如果再有一棵水稻站着，我就唯你是问。

江昊接到崔世功的电话时已经是晚上八点多钟了，说他正从月亮湖农场往太阳农场赶，要找江昊谈谈。

一见面，崔世功就非常客气地握着江昊的手，今天的事我也是没办法，还请你多多理解。这也算是挥泪斩马谡吧。

江昊摆摆手，这没什么，不管怎么说我们毕竟还有一块水稻没有割倒，我们又报告了完成任务的消息，说我们弄虚作假也不算冤枉。

崔世功半天没有吱声，端起水杯喝了一口，既然是分局做了规定，还请你能够积极地配合，通报还是要发，我们不能朝令夕改呀，那样还如何取信于民？我在批评太阳农场时，其实也很痛心，可人家把情况报到我这里，我作为分局领导，就要主持个公道哇。

崔局长，你说的意思我懂。江昊平时很少称呼他局长，因为崔世功总是客气地推辞。

咱们都是一起起步的农场场长，这个位置可能是我也可能是你，从某种程度上讲，咱们各有优势，如果调你到分局当副局长，说心里话我都觉得屈才，要当，也应该是局长，最起码和我应该是拉平的。江昊心里当然明白，他的这些客气有一多半是假的，有一少半的成分是要笼络江昊。

当天晚上崔世功就住在了太阳农场的招待所里，到晚上九点半播送的北江新闻节目中，经过剪辑的今天现场会的录像片也播放出来。

在另一个房间里，文丽也在看着电视，她气得不行，几次想拿起电话找分局于永德书记，想了想，还是把电话放下来。但是她心里还是有些不甘，等明天我专门去了解了解到月亮湖支援的人，看看月亮湖到底有多少没有割倒，如果说虚报，他们要比太阳农场虚得更多，假得更厉害。

第二天，整整一天文丽都没有看见江昊的身影。

快到下午的时候，魏平华打电话来，说昨天晚上江昊半夜才回家，一直折腾到天亮也没有睡觉，今天一大早就出来了，中午也没有回家，问文丽知不知道江昊去了哪里。

文丽拿着话筒对着魏平华说，你别着急，不会有事的，虽然和江场长认识时间并不长，可我觉得他会挺得住的。

电话里魏平华声音很低沉，很酸楚，江昊就是这么一个人，什么苦什么累都愿意一个人担着，从来不像人家到处去说，到处去讲。我也知道这件事他受了很大的委屈，以前工作中苦也好累也好，那都是表面的，这次他累的苦的是心哪，我真怕……

文丽耐心地安慰着，没事儿，可能是到哪个连队去了，我再找一找，等有了消息我马上通知你。

文丽放下电话，马上又拨电话，一连找了几个连队，终于打听到了，江昊早晨曾亲自开车去过他们那里。于是文丽又一个连队一个连队地接着问下去，一直问到十五队的时候，队里的人说江昊在他们那里吃的中午饭，然后就走了，自己开着车，说要回场部，怎么现在还没有到吗?

文丽一看表，已经是下午四点多钟了，她顿时紧张起来，别不是真的出了什么事吧？对了，是哪本书上写到的，表面上最刚强的人，内心有时最脆弱。

她赶紧放下电话就去找魏平华，她怕在电话里一句半句又说不清楚，让魏平华干着急。

见了面，文丽说明了情况，焦急地说，按照时间，他早该回来了，到哪儿去了呢？

魏平华一下子捂着脸哭了起来，嘴里还说着，昨天晚上我在家里一看那电视，就觉得江昊可能受不了，这么多年，从参加工作到现在，还没有受过这样的批评呢。再说，又是大会，又是新闻，他可是一个要脸面的人，不管多苦多累他都没有皱过眉，可这……也太……

平华，别着急，你再仔细想一想，他还有可能到哪里去？文丽一边安慰着魏平华，一边提醒着，比如，他心情最不好的时候，都常到哪里去……

噢，我想起来了，可能他去了那里。魏平华擦了擦眼泪，站起来拉住文丽的手就往外走，快，咱们赶快去看看，可能在那里。

夕阳照在那片芳草丛生的山坡上，山坡下停着那辆熟悉的吉普车，魏平华远远地就望见了，兴奋地对文丽说，他果然到这里来了，你看那不是吗？

江昊在一个普通的墓碑前伫立着，看样子他已经来了好长时间了。

一看魏平华和文丽走过来，江昊对她们笑笑，你们怎么也来了？

魏平华脸一红，是……是文书记找你，又找不到，挺着急，就问我，我猜你可能来了这里。

文丽走到墓碑前，看见上面写着六个字：江原烈士之墓。

还没等文丽说话，江昊就指了指墓碑，这是我父亲，是在一九六一年陷进沼泽地，当时我才五岁。

沉默了好一会儿，江昊又对文丽和魏平华说，那时虽然我还很小，可父亲死的时候我都亲眼看见了，这件事我连平华都没有细讲过，是我实在不忍心讲。我每到最难的时候，都来到父亲的坟前坐一会儿，就感到心上的压力小多了。你们知道吗，我父亲死的时候，人都陷进了沼泽地，可他的双手，还、还举着一个筐。

什么？一个筐，一个什么筐？文丽着急地问。

一般的人都想不到，也猜不出来，要是放在今天可能都无法理解，可父亲当时就那么做了。我每次来到父亲这里时，想得最多的也是这一点，父亲临死的时候是怎么想的，一晃三十多年都过去了，我也没有得到一个最明确的答案。可我每次在这里坐过一会儿之后，都好像又和父亲交谈了一次，之后我便觉得天更高地更阔。于是，什么压力委屈也就不在话下了，因为和父亲当时相比，我所做的一切都太轻太小了。

文丽听了江昊的话，语调也有些低沉。让你说过去的事，尤其是父亲的死，你一定很难受，可现在，你不是说你一直在找答案吗？今天你在这儿也给我们俩讲一讲，让我们也听一听，然后咱们一起想一想那个答案。

江昊抬起头望了望那轮如血的夕阳，又望了望那座芳草后面的墓碑，沉思了一会儿说，好吧。

第十八章

天气闷热极了，这在北大荒的夏天是少有的。

江原望了望田野上晒得都有些打蔫儿的庄稼，心里就像着了火。

从去年到现在，人们的脸上都是一样的充满着饥饿的菜色。他这个当连队司务长的，可是更苦了。全连在大食堂吃饭的单身职工还有六七十人，都是些年轻的小伙子，饭量都很大，再加上在地里每天十几个小时的劳动，都累得东倒西歪，回来就嗷嗷地喊饿。可他有什么办法呢？连队的粮食越来越少，从每天的七两，降到了现在的三两。三两粮食，还不够一个小伙子吃个半饱。可眼下正是铲二遍地的关键时刻，连长都急红了眼，看着越来越减员的劳动力，一个劲儿地朝江原发火，你这是怎么搞的？干这么重的活，也不把伙食调剂好。

江原心里清楚，连长这也是没有办法，他不把火发出来，憋在心里更难受。连里的情况连长能不知道吗？于是江原也不加解释，只是很勉强地笑了笑，一边答应着，我尽量想办法。

可办法在哪里呢？没有粮食谁都做不出饭，这道理连三岁的孩子都懂得。

和老战友王左林一样，江原扛着上尉的肩章来到这片荒原的时候，正是三年前的这个季节。

肩膀都磨掉了几层皮，才把一片一片的草甸子开成了庄稼地。

从沂蒙山区走出来的他，从小就是苦出身，苦哇累呀早就成了生活中的家常便饭。十八岁就参加了抗美援朝，在上甘岭的坑道里，他领着一排人坚守了整整一个多月。当战斗胜利的时候，他们脸上的胡子都长得老长。强烈的阳光刺得他们眼睛都睁不开，因为在潮湿阴暗的坑道里待得时间太长了。军队授衔时，他已经当上了连长。作为上尉军官的他，兴奋地把自己穿上尉服的照片寄到了家里，他想，那倚门而望的老母亲一定会高兴得掉下泪来。

后来他所在的部队集体转移到北大荒。他把家也搬到了太阳河畔。如今家里已经有了三个孩子，五岁的江昊，还有江昊的一个三岁的妹妹和一岁的弟弟。

这几天，江原的心里都在流血。

那天要不是抢救及时，江昊就会中毒身亡了。

孩子饿得受不了，就自己拿着一个小筐到地里去挖野菜。也不知道哪种菜是有毒的，哪种菜是没毒的。实在饿极了，就把挖的野菜吃了一些。回到家里就喊肚子疼，嘴里也开始冒着白沫子。江原赶紧抱着他往场部医院跑，经过抢救才算脱离了危险。

当时江昊的妈妈已经哭成了泪人，怀里抱着江昊最小的弟弟，硬是跑了好几里地，追着江原赶到医院。

旁边的人都同情地望着孩子，当他们听说孩子的父亲是连队专门管伙食的司务长，都摇着头赞叹着。这孩子这么可怜，当司务长的爸爸也真是，从食堂的锅底下省出一口，也不至于把孩子饿成这样啊！

江原蹲在地上，两手捂着脸默不作声。

连队食堂的炊事员早就叫苦不迭了，说这个饭没法做了，每天那点儿米还不够塞牙缝的，再说又没有菜。

江原只好耐着性子安慰大家，粮食现在就这么多，还要把夏锄生产搞好，不能荒了一亩地。团里还来了命令，绝不能饿倒一个人。

这可真是难办了，现在全连已经有好几十个职工身体浮肿了。

再这样下去，可就麻烦了。

回到家里，江原更上火。

小江昊看见邻居家的小孩用鸟夹子打鸟，也磨着爸爸给他做一个。他也学着别人的样儿，把鸟夹子支好，再用土轻轻地埋在树丛里，然后趴到旁边去悄悄地看。等啊，等啊，足足等了有一个上午，夹子突然翻了，他欢呼着跑上去，果然夹住了一只鸟。

孩子举着那只鸟老远就喊，妈妈，快把这只鸟炖汤喝吧，你喝了汤，就有奶了，弟弟就不哭了。

妈妈一把把江昊搂在怀里，泪水滴了江昊满脸。傻孩子，这一只鸟够干啥的？还是你用火烧了和妹妹吃吧。

不，要不，我烧好了，你喂弟弟吃吧。

望着那只鸟，妈妈不停地掉着眼泪。

小江昊依然每天都拿着那个鸟夹子出去打鸟，不知怎的，鸟也好像少了起来，有时一天也打不到一只。

可小江昊还是每天到树林里去，一边打鸟，一边挖野菜。只是从那次中毒之后，他再也不敢偷偷吃野菜了，每次都把野菜拿回来给妈妈看，让妈妈教他，哪种野菜能吃，哪种野菜不能吃。

夏锄生产越来越紧张了，几场雨过后，草和苗都在疯长着。

连长好几天都没有刮胡子了，消瘦的脸显得更加难看。

那天他把江原叫到办公室，苦着脸跟江原商量，怎么办？现在正是青黄不接的时候，要米没米，要菜没菜，职工们的体力已经不断下降，再要拖下去，我看这生产任务就要完不成了。

江原低着头，他心里比连长还着急。这些天，他就一直在心里盘算着，这么大个连队，这么多职工，这样下去，不仅生产任务完不成，弄不好，还会饿死人的。可自己有什么办法呢？

他抬起头望望连长，现在我也没有什么好办法，粮食越来越少，上级又不给拨粮。

连长把眼睛一瞪，上级？上级到哪里弄粮去？你知道吗，这两年自然灾害，又加上苏联逼债，全国都在闹饥荒，有的地方都饿死人了，听说连毛主席都好几个月不吃一口肉。

江原想了想，对连长说，原来在山东老家时，青黄不接饿得受不了时，村里人就把玉米瓤子和榆树皮晒干了磨成面吃，可那东西实在难吃呀，吃得大人孩子都拉不下屎。

连长眼睛一亮，拉不下屎也比死人强啊，哎，咱们场院里不是还有一堆玉米瓤子吗？你领几个人把它磨一磨，最起码，也能做一个补充啊。对了，你再尽量调剂一下，好好做做，你如果把玉米瓤子也能做出窝头的味，我给你请大功。

江原笑了，我可没那么大本事。

江原回到家里，望着日渐消瘦的爱人和那还不满周岁的饿得日夜啼哭的小儿子，很是心酸。就对江昊说，明天你也到连队去领点儿玉米瓤子磨成的面吧，回来和野菜放在一起煮着吃。

小江昊懂事地点点头，又举起手里的鸟夹子，爸爸，我有时一天能打到两只鸟呢，等我明天把面拿回来，放上野菜，再把我打的鸟放在里面煮，那一定是非常好喝的面汤啊。

小江昊眼睛亮亮的，还一门儿咽着口水说。

江原用手摸着儿子的头，没有作声，眼睛里却闪动着泪光。

爱人赶紧背过脸去，把已经没有奶水的干瘪的奶头塞在怀里孩子的口中，由于吸不出奶水，没过一会儿，孩子又大哭起来。

江原在地上走了两圈，又叹了两声气，说，小昊，赶快跟我去吧，顺便我再把昨天挖到的一些野菜的名字教教你，你记住了，挖的时候可千万不能搞错。

在连部场院，几个人正在那里挑选和清洗着玉米瓤子。

炊事班长急匆匆地跑到江原面前，玉米瓤子做成的汤和干粮才吃了两天，不少人就已经拉不下屎了，捂着肚子嗷嗷地叫，你说可怎么办吧，有人还骂咱们，说咱们把他们害了。

江原皱了皱眉，咱们有什么法呀，我也好几天没有大便了。

望着炊事班长一步一回头地走远了，江原自言自语地说，看来是得抓紧想个办法了。

雨后的原野终于又变得苍翠欲滴了。

今年春旱的时间实在是太长了，地里原来也是干干的，小苗紧贴着地皮，怎么也长不高。

现在可好了，得到了雨水的灌溉，小苗长得飞快。

甸子里的野菜也渐渐多了起来，不管怎么说，总比没有吃的强。

江原每天把工作安排停当之后，就拿起一个筐，亲自到草甸子上去挖野菜。

从小就吃惯了野菜的他，对各种野菜都非常熟悉，什么能吃，什么不能吃他都一清二楚。他每天都能挖回不少野菜，掺在玉米瓤磨成的面中。炊事班长也对他说，司务长你可真有本事呀，这么多种我都没有见过的野菜，你也敢挖回来。

江原笑笑，很多野菜我小时候都吃过，还有一些，我也试过。其实他说的这个试过，就是在没有把握的情况下，自己亲口尝一尝。当然，这只能是偷偷的，如果让家里人知道了，说什么也不会同意的。

那天他又到一片新的草甸子上去挖野菜，这里是他从来没有到过的。

大片的荒草连着星星点点的水域，塔头墩子一个挨着一个。他挖着挖着，突然从旁边的草丛里飞起了一只大鸟，他一看，啊，原来是一只野鸭子。

野鸭子！他惊喜地喊了一声。

他在小时候就见过这东西，来北大荒开荒的时候也常常见。望着野鸭子渐渐飞远了，心里想，如果现在自己手里有一支猎枪就好了，把它打下来，可以让全连喝一顿肉汤了。

他一边想着，一边向前走着，寻找着野菜。

突然，他在方才野鸭子飞起来的地方看见了一个用草做成的圆形的窝，里面有一堆野鸭蛋。

他高兴得几乎要大喊起来，真是太好了，这回可以给大家改善伙食了。

当天中午，扛着锄头一身疲惫的职工们回到连队，当喝到用野鸭蛋做成的蛋花汤时，从连长到职工都热烈欢呼起来，那气氛就像是过年。

连长拉着江原的手，行啊，老江，你可真有两下子呀，在这种时候还能让大家喝上蛋汤，你太了不起了。

江原憨厚地笑笑，是我挖野菜时撞上的，如果带猎枪就更好了。

连长咧着嘴，这就不错，这就不错。你这一顿蛋汤，比我开三次动员会还管用呢。

一连三天，每一天都能或多或少地捡到一些野鸭蛋，有时能捡到一窝，有时是两窝三窝。

江原望着无边无际的草甸子，心里高兴啊。

这下子连队有救了，只要再咬着牙坚持一段时间，上级就会送来粮食。

看来野菜里放些野鸭蛋，真是美味佳肴啊，看看大家那个高兴的劲儿吧。

今天是第四天了，附近的地方已经找得差不多了。江原想，我这回干脆就往远了走一走，多捡回一些，让大伙好好改善一下。如果有可能的话，给自己的孩子们再带回两个去，对，自己的那份不吃了，给孩子们尝尝。

太阳就像喷着火，江原已经走得满身是汗了。

他抬头望了望前面，依然是无边无际，回头望望自己的连队，只看见一个小黑点。

草甸子上的草越来越密，越来越高，地上的水也越来越多了。

江原细心地寻找着。

果然功夫不负苦心人，不到两个小时，他居然找到了三窝野鸭蛋，他细细地数了一遍，整整是三十八个。

他又抬起头向远处望了望，心想，我都走出这么远了，干脆多找一些。

前面的水洼子越来越多了，他就找了一根木棍子一点一点地向前探着路，还用心记着走过的路上的一些特征，准备回来的时候再沿着这条路走。因为他知道，在这样的沼泽地里，很多地方是很深的，上面是漂垡，底下就是泥浆，人如果陷进去可就完了。

看看太阳已经到了正午，江原就坐在一个塔头墩子上，想休息一会儿。

一个上午下来，这战果真是太辉煌了，整整找了六窝野鸭蛋，一共是七十六个。他在心里盘算着，这些蛋，最少可以吃三天了，这三天的伙食问题就算解决了。

自己早就饿得前胸贴后背了，身上也一直冒着虚汗。得赶快回去，家里在等着呢，他抬头望望刺眼的太阳。

往起一站时，眼前觉得直冒金星，身体也一打晃，手里的蛋筐也随着晃了一下，他赶紧站稳。一看筐里的野鸭蛋，坏了，有一个已经被碰破了。唉，都怪自己不小心。

他把那个被碰破的野鸭蛋拿起来放在鼻子上闻了闻，真香啊，他下意识地咽了一下口水，又把那个野鸭蛋放回了筐里。

整整一筐野鸭蛋，他就像抱一个金元宝似的，哼着小曲，顺着来的路线往回走。

这时，从东面正飘来大朵大朵的黑云，不好，要下雨。

江原加快了脚步。

草甸子上也起风了。

一个上午出了不知多少身汗，现在每走一步都很艰难。他放下筐，想趴在水泡子里喝一口水，可一看那水面上都是发红的，还浮动着一些小虫子。

实在还是忍不住了，他用手拿过一个苇子，用手掐了掐，做成了一个吸管，把它插在水里，喝了起来。

喝了水，身上也有了一点儿劲。他又拿起蛋筐继续往前走。

怎么搞的，这是来时的路吗？

江原望了望周围那几乎是千篇一律的水泡子，努力地寻找着自己来时的路线。

可到哪里去找呢，江原摇了摇头。只好自己一边试探着，一边往回走了。

走着走着，脚下突然像踩空了一样，忽地往下沉了下去。

不好，我踩上漂垡了。江原在心里叫了起来。

脚在下面的泥浆里努力地蹬了几下，无济于事，不仅没有使身体上升，反而继续下沉。

两只手举着蛋筐，总是使不上劲儿。

不行，我不能扔掉手里的野鸭蛋。

江原双手举着蛋筐，挣扎着想往前走。可怎么也走不动，身体还在继续往下沉，马上就要齐腰深了。他努力地晃了几晃，只是靠近自己身体的地方的泥浆，出现了一些涟漪，旁边的地方还依然如故。

他依旧奋力地举着蛋筐。

江原的身子还在下沉，泥水漫过了胸口。

头顶上的那些乌云早就散开了，火辣辣的太阳又悬到了头顶。四周静极了，静得只剩下自己的呼吸声。

救命啊，救命啊！江原奋力地喊了几声，草甸子上依旧寂静无声，空空旷旷的，没有一点儿回音。

江原失望了，怎么办？我就这样完了吗？不行，我要赶回去，连队的食堂里正发愁呢，再说家里，妻子和三个孩子正盼着自己回家呢。

可这野鸭蛋我说什么也不能丢。

他又使尽全身的力气把头顶上的那筐野鸭蛋又往起举了举。可不知怎么，上面越是使劲，下面沉得越快。泥浆马上就到嘴里了，他想喊，喊不出声。

他又望了望头顶上的那片天空，依旧是湛蓝湛蓝的。这时，他只觉得那可怕的寂静就像是一只无法抵抗的大手正掐住自己的脖子。

江原终于陷进了泥浆里，眼前变得一片漆黑，脚下还像悬在半空当中，不行，我还要往起举一举，头顶的蛋筐又往上面动了动。

泥浆终于淹没了江原的头顶。

第二天早晨，太阳刚刚升起来的时候，人们终于在草甸子上找到了他。

当时人们只是看到，太阳从星星河东面升起来，照在那个双手托举的蛋筐上，一个长长的剪影投映在夏日的荒原上。

人们把他从泥浆里拉上来的时候，他的两只手还高高地举过头顶。

人们看到那满满的一筐野鸭蛋中，有一个已经打破了，被一团茸茸的草垫着，放在了筐的中央。

第十九章

最后一抹夕阳也落进了太阳河里。

文丽和魏平华早已是泪流满面了，江昊自己也擦着眼泪，接着说下去。父亲死后，母亲带着我们度过了那段最艰难的时光。在我的记忆里，一直到我上小学以后，母亲几乎从来没有开心地笑过。虽然连队给了我们很多照顾，可日子还是过得很苦。怕住在山东老家的爷爷奶奶知道爸爸的消息，妈妈就让别人一封又一封地以爸爸的口气给爷爷奶奶写信。后来，听说爷爷奶奶身体越来越不好，身边又没有人照顾，来信让爸爸回去看看他们。

一看要瞒不住了，妈妈就让我回山东去照顾爷爷和奶奶，当时我正上小学四年级。我回到沂蒙山老家，向爷爷奶奶说，爸爸工作实在太忙，脱不开身。爷爷奶奶也追问我好几次，但是一直到他们死，我也没有把爸爸牺牲在沼泽地的消息告诉他们。给爷爷奶奶送终后，我就回到了太阳农场，对了，那时还叫兵团。

江昊终于讲完了那段不堪回首的岁月里发生的故事。

三个人沉默了许久，然后站起身来，默默地向家里走去。这时，场区已经亮起了闪烁的灯光。那灯光很好看，从远处望去，就像散落在荒野中的群星，又像是亲人们企盼的眼睛。

夜已经很深了，江昊和魏平华还没有睡意。

魏平华伏在江昊的怀中，她还沉浸在那个悲痛的故事里，小声地对江昊说，这么多年了，你还是第一次给我讲爸爸的事。真是太惨了，他那时还很年轻吧？

是啊，比咱们还年轻，才二十九岁。江昊感伤地说着。

又过了一会儿，魏平华仰起脸对江昊说，不知怎么的，从我第一次看见文丽时，我就有一种说不出的感觉，朦朦胧胧的，不是很清晰，这几天我就琢磨，她说二十多年前在这里待过，你想想，二十多年前不正是兵团时期吗？

江昊说，是啊。可那有什么关系呢？

魏平华说，你忘了，指导员给你介绍的那个对象，还是团首长的女儿，好像也姓文吧？

江昊也突然一惊，对呀，是姓文，叫文涛。

魏平华说，那你见过她吗？

江昊说，没见过。或者说，当时可能见过，却没有对上号，不知道哪个是。

魏平华又说，你看这事儿，真还是挺巧，一个时间，又都姓文，别不是那个文涛的妹妹吧？

哪会那么巧？江昊嘴里虽然否认着，可心里也在想，说不定真还有这种可能呢，找个机会我得试探一下。

好了，你也别太难过了，你不是说了吗，在爸爸的坟头坐一会儿，想想爸爸在临死的时候还用双手举着装野鸭蛋的筐，现在自己心里的苦也好难也好，都会像云彩一样飘到很远的地方。

江昊笑了一下，其实我心里早就想开了，正像你说的，现在比那时不知要强过多少倍，工作中遇到点儿麻烦，受到点儿挫折，根本不算什么事，你看那太阳河，还不是曲曲折折吗？

江昊突然提高了音调，人哪，怎么能是这样呢？

魏平华睁大眼睛，问，你说的什么呀？

我说的就是陆有为和李子德呗。你知道吗，那片没有割倒的水稻，就是他们两个合谋故意留下的，目的就是想出我的丑，想把我这个场长给拿下来。江昊说。

魏平华这回可是实实在在地吃了一惊，甚至都不敢相信自己所听到的话，这怎么可能呢？这话是谁跟你说的？

是六队队部看屋的高大爷告诉我的，对，就是我跟你讲过的那个高大爷，和爸爸一起转业来北大荒的，当年都参加过抗美援朝。

那你怎么还不赶快告诉分局领导？

高大爷说了，他给分局领导也打了电话，还给于永德书记写了一封信呢。

那太好了，这回你该得到解脱了。活该，陆有为这样的小人该得到报应了。魏平华咬了咬牙说。

好了，最起码，我的心里也安了。当时我就纳闷，因为这是从来没有发生过的，可当时我拿不出证据。江昊伸手把床头灯闭了，好了，今天晚上我可以睡个安稳觉了。

于永德把一封信递给了崔世功，你看看吧，这是我昨天收到的，真是没想到哇。

崔世功打开信，还没看到一半，就气得骂了起来，他妈的，陆有为这小子也太不地道了，这种小人我居然还给他安排了工作。

你当时不是说看在他大舅哥的面上吗？于永德说。

崔世功怒气未消地说，郝景春是咱们得罪不起的人，当时我也没有办法。但是没有想到这个人的歹毒，居然来了这么一手，现在可好，让咱们也出了个大丑，这多被动啊！这样的人非好好整整不可。

于永德轻轻地摆了一下手，先把事情落实一下，如果核实之后，事情没有什么出入，咱们必须严肃处理。

崔世功用拳头砸了一下桌子，对，不能饶了他，免掉他水利局的副局长，还让他回太阳农场，什么当科长，一撸到底，就让他当工人。

于永德显得很平静，在咱们做出决定之前，你是不是再跟郝景春通个气儿。

行，我给他打个电话。崔世功还是气呼呼的，他这个大舅子知道了他干了这么丢人的事，恐怕也不会再帮他了。

于永德微微一笑，那咱们不就省得投鼠忌器了吗？

走出于永德的办公室，崔世功心里还是憋着火，这个陆有为呀，真是小人的伎俩，怎么能这样干呢？简直是小儿科。这回可好，偷鸡不成，倒搭一把米，把自己的老窝也给端了。本来是想给江昊背后捅刀子，现在事情败露了，连我崔世功脸上也无光了。大张旗鼓地跑到人家太阳农场开现场会，把人家差一点儿踩到泥里，而事情却是自己新任命的水利局副局长搞的鬼，我这分局局长不是瞎了眼吗？这事如果往上追的话，也怨他妈的郝景春，不是他小子逼我，我能那么痛快地就给陆有为安排工作吗？现在搞得我也很被动。我可不能替他背这种黑锅，对了，狠狠地整治一下这个小子，一是给江昊出出气，二也是为自己挽回一点儿面子。

拨通了郝景春的电话，把陆有为的事简单地说了一遍。

郝景春在那边早就吃不住劲了，也骂了起来，这小子简直不是个人，简直是一头蠢猪。好了，你也做到仁至义尽了，我呢，也是心到佛知了。你怎么处理他，我都没说的，对，狠狠地整他，这回我可不管他了。

放下电话，崔世功冷笑了一下。果然不出所料，他郝景春也是个要脸面的人，这回我可要拿陆有为开刀了，再也不会忌讳什么了。

他又把电话打到了组织部。

不到两分钟，组织部长就来到了他的办公室。

我同于书记都商量了，你们先找陆有为谈一下，如果事实没有出入，就起草一个处理决定，免去他水利局副局长的职务，让他回到太阳农场另行分配工作，对了，在党纪上也要给予一定的处分，是警告还是记过，你们商量着办吧。

组织部长得令而去，崔世功才算稍稍地松了一口气。

这些天也真是够烦的，月亮湖的方祥实在是无能，现场会都在他那里开过三天了，昨天还有人来讲，说个别地块的水稻还是站着的。真是一泡狗屎扶不上墙。我还要叮嘱他一下，水稻收完了，马上就开始收购了，这个环节更是关键，弄不好会出大娄子的。自己在那里当场长时，哪一年不是费了九牛二虎之力？

周云的生日仪式还是如期地举行了。

当天晚上，等客人们散去之后，方祥和周云就凑到灯下开始数钱。一共是十二万元，周云很满足地欢笑着，方祥却觉得有些不是滋味，嘴里也骂骂咧咧的，这帮小队长，也都是一些势利眼，他崔松年不就是局长的老爹吗？我差什么？我最起码还是现管吧？你把那名单递给我，我看看都拿了多少。

他一个一个地看着名单，每一个名字的后面，都有一串阿拉伯数字，最少是三千，多数是五千，几个个别关系铁的，拿了八千到一万。

他仔细地又数了一遍，怎么？三十二个生产队，到了三十一个队长，周云，你给我看看到底是谁没来。

周云拿过礼单，查了半天，抬起头来对他说，我看了两遍，好像都没有看到二队李强的名字。

方祥一把扯过礼单，用眼睛又急急忙忙地扫了两遍，是没有他，这小子也真是胆肥了，必须拿下。

听说他这几年工作可干得不错呀，在二队群众基础也不错，听说那里的老百姓对他的呼声挺高呢。周云提醒着他说。

方祥眼睛都气红了，我不管，这还了得，还把我这场长放在眼里吗？这个口子绝不能开，必须让他知道我的厉害。

方祥正气愤得不行，电话铃响了。

拿起一听，是二队李强打来的，还没等李强在那边再说话，这边的方祥就气呼呼地挖苦着，哎呀，是李队长啊，最近挺忙吧？到我这里喝口酒的工夫都没有了？

李强在那边解释着，场长啊，其实，我原来是打算去的，可刚要出门时，就被一件事给耽搁了，实在是走不开呀。

方祥对着话筒还是冷嘲热讽地说，是吗？莫不是我们二队的天塌了一块，需要你在那里顶起来？

李强说，场长，你就不要挖苦我了，这件事确实走不开呀。来我们队种水稻的一户人家，由于在管理时自己用错了农药，现在一收割时，知道自己要减产一多半，这不是，两口子就打了起来，互相埋怨着，最后那女的喝了农药，被送到医院抢救，现在才刚刚脱离了危险。

方祥拿着话筒，听李强这么一说，也觉得自己再要穷追猛打，也显得自己这场长太没有胸怀了。不过转念一想，李强也是个狗拿耗子，他自己用错了药，现在自己不想活了又喝了药，又不是你扯着耳朵灌的，你管这个干啥？他租地，你收租，这是天经地义的。

心里的火气虽然是消了不少，可嘴上的话还是有点儿原来的味儿。行啊，你干得不错，真是把农户当亲人，比我这场长还亲哪。还没等那边的李强说完，他在这边把电话就给挂了。

周云在旁边早就听明白了，看他放下了电话，就说，人家李强做得就是对嘛，在那种时候，再不管不顾的，那还是个领导吗？退一步说，就是一个邻居，也不能扔下不管吧？

方祥眼睛直直地看了周云半天，行啊，风格见长，没想到咱们家一不小心还诞生个观世音活雷锋。

去去去，少在我跟前说风凉话。周云指点着他，你过去照照镜子，还是场长呢，什么嘴脸？

方祥嬉皮笑脸的，管他什么嘴脸，他们都得喊我方场长。

十五队老队长王左林，正在家里接待几个特殊的客人，他们就是在月亮湖农场已经种了三年水稻的外来户。

这几个人当中的一个是王左林的远房亲戚，在此之前也没有见过，后来在无意中听说了，正好自己在月亮湖租的地也挨着星星河，今天把水稻割完了，就过来拜访从来没有见过面的亲戚。

也没有什么准备，一桌子简单的农家饭菜。

一瓶“北大荒”下肚之后，几个人的话都多了起来。他们问太阳农场对外来水稻户都是什么政策。

王左林一愣，怎么能说是太阳农场呢？全分局全总局的政策都差不多呀。

那位亲戚就把在月亮湖农场三年来种水稻的情况说了一遍。

还没有听完，王左林就气得把大手往桌子上一拍，这简直是是法西斯，对了，是他妈北霸天、黄世仁。

那几个人一看王左林发了这么大的火，都互相交换着眼色。

我们今天来，一是为了看看咱们这没有见过面的亲属，二呢，也想了解一下太阳农场对外来种水稻的政策。我们在月亮湖实在是待不下去了，辛辛苦苦地干了一年，到头来就混个吃饭的钱。人家当官儿的嘴大，说什么是什么，粮食还没有打完，人家就派民兵把路口给堵住了，就是一粒粮食也别想跑出去，只好按照农场给的价格卖。什么？国家有保护价？这我们也知道，可那是国家让粮库收粮的时候定的价格，可我们的粮食，别说是拉到粮库，就是拉出月亮湖农场也比登天还难哪。

王左林气呼呼地说，你们也真是，大活人就能让尿憋死？你们不会告吗？他月亮湖不讲理，这天底下就没有讲理的地方了？

唉，我们咋没告过呢？那位亲属端起酒杯又喝了一口，叹着气说，唉，我们一连写过好几封联名信，有的邮到了分局，有的邮到了市里，可没过一个月，你猜怎么着？人家农场领导把信拿到了手里，还在你面前摇晃着说，你们胆子也不小哇，到月亮湖种地，还敢起刺儿？现在我就把刺给你们往下掰一掰，你猜人家是怎么掰的？

唉，真是没处说理呀，原来只是狠命地压价，现在又加了一码，明明是一等的水稻，他偏偏说是二等的，二等的就降成三等的。唉，还不如不写信了，真是劁猪割耳朵——两头受苦呀……

王左林早就气得吃不下饭了，一个劲儿地干喝酒。

老伴走过来劝他，看看你，光喝闷酒有啥用？要出气，就帮着咱们亲属出出主意，唉，撇家舍业地到这么老远的地方来种地，真是不容易呀。

王左林低下头沉思着，又长长地出了一口气。这口气不能再这么不声不响地往下咽了，我给你们出个主意，你们看行不行？

大哥，你快说吧，你的主意保证错不了。

王左林又喝了一口酒，我看你们能不能这样办，今年如果他们还敢像往年那样，压低价格强收水稻，你们就多联系一些人去告状。不是写信，而是人去，对，去的人越多越好，告状的人再带上所有农户签字画押的联名信，先到省里告，省里告不赢，就到北京去告。放心吧，保证能告赢。要不你们就没有出头露日的那一天。

那、那状虽然能告赢，可不把农场得罪了吗？那以后还不更得报复我们呢。

怕啥，那么多人，他去报复谁？再说，实在不行，你们就到这边来种吧，太阳农场欢迎你们来。王左林豪爽地说。

那可太好了，这样我们就没有什么顾虑了。

你们早就该走这条路了，这叫官逼民反。王左林眼睛红红的，又端起了酒杯，来，咱们再干一杯，给你们壮壮行，你们这一步要是干好了，种水稻还是能发家的，准能过上好日子。

几个人互相看了看，都点了点头，对，就这么办。

第二十章

早晨一上班，刘一新就乐颠颠地跑进江昊的办公室。

江场长，报告你一个好消息，你听了一定高兴。

江昊说，你先别说，让我猜一猜。

刘一新眨着眼，摇了一下头，我看你猜不着。

江昊用手指了他一下，那咱们打赌，我要猜错了，输什么都行。

刘一新一拍手，好，如果你输了，找个机会咱们到北江市最高级的娱乐中心去玩一次。

江昊撇撇嘴，那太小气了，我如果输了，我让你到南方考察一次。

说话算数？刘一新故意砸了一句。

你别忘了，我是一场之长，哪有说了不算之理？

那好吧，你猜。刘一新满怀信心地等待着。

江昊故意不吱声，想了一会儿，突然说，如果我猜对了，你输什么呢？

你是大场长，有权有势的，可以随便许愿，我可不行，刘一新也故意开着玩笑，这样吧，我如果输了，我亲手给你做一顿面条。

哈哈，江昊用手指点着刘一新，你呀，上当了，不打自招，根本不用我猜，你自己都把答案告诉我了。

刘一新愣愣的，我没说什么呀，怎么是告诉你答案了呢？

江昊笑着说，你要向我说的就是咱们太阳牌面粉在市场上站稳了脚跟，打开了销路，效果很好，是不是？

哎呀，你真是神了，谁告诉你的？

这事情用不着谁告诉，那面粉一出来我心里就有数了。

你猜对了，场长，算我输了，而且心服口服。找个时间，就用咱的太阳牌面粉，给你做一顿面条。

江昊又笑了笑，你有那本事回家给你爱人做吧。虽然你输了，我还是按照你赢来奖励你，怎么样？

刘一新也乐了，你净跟我开玩笑，天底下哪有这样好的事？

江昊已经不笑了，认真地说，我说的是真的，但可不是让你到南方去玩，是让你去考察市场，带上咱们太阳牌面粉，去闯大市场，去进行大竞争，为咱们农场挣回大钱。

刘一新这才明白了，场长啊，还是你看得远，你这哪里是奖励我呀，分明是让我去攻碉堡啊。行，什么时候动身吧？

现在，马上。江昊干脆利落地说。

刘一新嘿嘿地笑着，其实你早就想好了，就等着我上套呢。昨天我一到北江市的经销点上，就把我高兴坏了。咱们的面往那儿一拉，不到两个小时，一车面就被抢光了。这才几天工夫啊，咱们太阳牌面粉就在北江市的老百姓中传开了，有人还给咱们的面粉编了一段顺口溜呢。我背给你听听：物美价又廉，要数太阳面；吃着最可口，看着都眼馋。你看看，这真是没想到哇。

江昊说，这一点我早就想到了，按照咱们的生产规模，必须去占领更广阔的市场。山东面粉不是打到咱们省了吗？你这次出去，也到山东设立几个经销点，和强手竞争，那才过瘾呢。

好，好，我马上动身。刘一新兴奋地说。

田野上的水稻都已经割倒码成了垛，不少地块已经翻了过来。

江昊又用几天时间，把全场各队跑了一遍，大豆收割也已经全面展开，再有一个星期左右，整个秋收工作就能全面告捷了。

他长长地松了一口气，望了望辽阔无边的田野，自言自语地说，这一年又算拼过来了。

回到办公室，水还没有顾得上喝，桌子上的电话就响了，是从大连打来的，那个在北京开会认识的朋友，在大连国际贸易公司工作。

朋友在电话中提醒他，现在已经得到准确的消息，由于这几年全国粮食连续大丰收，又有巨大数量的进口粮食，因此今年粮食市场可能要出现滑坡的趋向，粮食降价已成定局，甚至可能会降到人们难以接受的程度，你们要赶快研究对策呀。

放下电话，江昊半天都没有动。

这消息可实在是太突然了，虽然自己以前也曾想过这方面的事，可没有想到来得这样快，落差又这样大。这几年水稻种植面积成番论倍地扩大，产量也在不断上升，他曾想过，粮食价格，尤其是水稻的价格，不可能始终保持在八九角钱一斤，降价是早晚的事。

做了思想准备的他，还是难以接受这样的消息。这损失实在是太大了，对农户、对农场都是如此。

现在的问题，是要赶快想办法减少损失。江昊想。

他把办公室主任叫过来，你赶快通知在家的农场领导和各生产队书记和队长，下午到场部参加紧急会议。对了，尤其是连队的领导，一个都不能少，还要准时到会，这是死命令。

向办公室主任布置完之后，他又开始往北京上海的一些朋友那里打电话进行咨询，反馈回来的信息都是大同小异。

进一步证实了的消息，就像是一座山，压在了他的心头上。太阳农场的几十万亩土地，在这一年当中，三万太阳人花费了多少心血和汗水呀，才赢得了这样的收成，就连那几个因炸坝分洪而受灾的连队，收回来的粮食也远远地超过了预想，现在却传来这样的消息。今天是消息，明天就可能是事实。一定要想办法，尽力往前抢，争取主动，减少损失。

下午的紧急会议只开了半个小时，江昊在会上向大家报告了已经被多方面人士证实了的消息，又详细地分析了北江地区粮食市场的状况，最后向大家提出了六个字：快打，快运，快卖。

他激动地对大家说，现在真是到了争分夺秒的时候了，在很多地方很多人还不知道这个消息的时候，我们要领先一步，这一步可能就会使我们减少损失几百万甚至上千万。大家回去，以最快的速度做好群众的工作，让大家千万不要犹豫等待，那样会吃大亏的。

他又严肃地望了望在场的人，现在土地租给了个人，我们不能单靠行政命令，一定要耐心地说服群众，把道理一样一样地讲清楚，让老百姓接受之后变成他们自己的行动。

散会的时候，很多人都不说不笑的，都从心里感到了在这丰收的喜悦里正有一种意想不到的冰霜飘了进来。

往年到这个时候，粮贩子早就像鬼子进庄一样，偷偷摸摸地到农户家去侃价收粮了。而今年，还没有看见一个收粮的人来到农场。

江昊又到生产队看了一下，虽然消息已经传达到每一个农户，可个别人还是有侥幸心理，一个劲儿地说，不会吧，这粮价只能升，不会往下降吧？去年水稻卖到九角多钱一斤，现在市场价才七角多钱，一千斤就少卖二百多呀。

任你把嘴皮都磨薄了，个别人还是摇着头。

江昊也觉得这事不好办，好在大多数人都开始行动了。心里想，也只好这样了，个别人思想实在不通，也没有办法，等他真正吃了苦头的时候，才会明白的。

全场几十万亩水稻，打下的粮食就有十多万吨，这个数目是惊人的，而要把这些粮食都运出去，卖上个比较理想的价钱，对农场对个人都是一笔了不起的大账。

江昊马上又同北江市的运输公司联系，让他们准备一百台车，随时准备到太阳农场来运粮。

一切安排停当之后，他总算能够稍稍地平静了一下，就像是一次特殊的战役，在总攻之前得到片刻的宁静与休息。

月亮湖农场也开始催着农户打粮和交粮了，可他们不是像太阳农场这样，而是让农户们除了交完地租的粮食之外，把其他的粮食也要一律卖给农场，价格比市场价要降低一角钱。

农户们自然无法接受，就同连队和农场的干部又争又吵，可争吵也没有用，就是不卖不交，粮食也拉不出农场。

方祥亲自挂帅，指挥公安局的人日夜不停地在场区进行巡逻和盘查，各个路口都有民兵把守。看看月亮湖已经渐渐封冻了，又在湖边的沼泽地和湖上的冰面撒上了浑身是尖儿的铁蒺藜，不管怎么放，总有朝上的尖刺。老百姓在背后愤愤地骂，这简直是把我们当犯人看哪，这里不成大监狱了吗？

方祥把干部们召集在一起，抖了抖手中拿的分局下发的文件，大家不要管这些，咱们这里有尚方宝剑，而且还有省委领导的指示，怕什么？我们不能因为个别人的反对，就不进行改革开放吧？这是大主流、大趋势。绝不能因为极少数人的兴风作浪而影响我们的事业。正像崔局长说的，我们现在正在进行着前所未有的伟大事业，当然，也会遇到前所未有的困难。所以我们必须树立前所未有的决心和信念，去克服和战胜所有困难。你们听听，这概括得多么好，同志们，听见了吗？前所未有的。

他依旧振振有词地说着，我就不信，有上级的正确领导，有广大人民群众的支持，月亮湖干不出惊天动地的事情来。

接完王雅芝从北京打来的电话，江昊趴在桌子上，足足有半个小时都没有起来。

外面已经全黑了，天上飘起了雪花，江昊觉得好冷。

他拿起电话拨通了文丽，声音哽咽着说，明天……明天……咱们去北江接黎书记。

文丽在电话的另一头愣了一下，怎么，黎书记回来了？可马上文丽就从江昊的语调里听出了真实的内容，顿时自己的话语也变了调，是不是黎书记他……

是啊，王雅芝来电话说，黎书记临走的时候，再三嘱咐她，要把他带回太阳农场。

文丽也抽泣着，真想不到，这么快就……那火车是什么时间的？

正点是明天下午四点三十分进站。

放下电话还不到十分钟，文丽就赶到了江昊的办公室。

一看江昊的眼睛红红的，文丽也默默地坐到了他的对面，两个人好像都有很多话要讲，可又不知从哪里讲起。

两个人就这样沉默着，只有墙上的表在嘀嗒嘀嗒地响着。

你来到太阳农场好几个月了吧？还是江昊先问了文丽一句。

文丽回答，两个月零八天。唉，和黎书记在一起相处了只有一个月的时间，没想到一个月之后，就再也见不到他了。

江昊也深深地感慨着，是啊，多好的人哪，我说的不只是在事业中，在生活中，他也始终是我最敬重的老大哥。他当组织部长时，我还只是一个搞家庭农场的小队长，和他相识相处之后，真是学到了很多东西，做人的、做事的。

文丽拿过茶杯给江昊倒上了水，向他面前推了推，黎书记走了，你肩上的担子更重了，你也该好好保重自己呀。

我的身体没事儿，一想起黎书记，真恨不得把自己一劈两半，变成两个人，把黎书记的那份工作也干了。江昊认真地说着。

文丽突然转变了话题，我来到太阳农场也两个多月了，通过相处，你看我这个人怎么样，不，我表达得不够准确，我是说，你从农场领导的角度，对我有什么样的评价？

江昊抬起头，定定地望了文丽一会儿，心里有些纳闷，可还是回答着文丽提出的问题，对你的评价不错，这不仅是我个人的，也是其他同志的，甚至也包括你接触过的老百姓。

文丽笑一笑，你说得太笼统，不错，什么是不错，一点儿具体的内容都没有。

要说具体内容有很多很多，江昊一边说着，一边扳着指头，比如，你虽然是省里来的干部，却没有架子，经常深入到连队老百姓家去，很多工作你都亲自去干。虽然这么多年始终在城里，可转移群众的时候，还有秋收的时候，你不都是一身水一身泥的和我们滚在一起吗？还有一点，也很重要，你才刚来几天呢，就为太阳农场解决了一个大难题，甚至把自己家里的人都发动起来了，帮我们解决了五十万元贷款，这些还不够吗？

文丽脸一红，这算什么呀，我所做的这点儿工作，说心里话，和黎书记相比，和你相比，实在不好意思说出口。文丽说到这里停了一下，又拿过桌子上的一本杂志翻了两下，说心里话，来到太阳农场这两个月，比我上两年大学学到的东西还要多呀，它改变了我很多东西，尤其接触了像你和黎书记这样的人，我好像就站到了一面镜子前，看清了自己身上原来没有看清的东西。

江昊也显得挺激动，你干吗把我也扯到里边呢，我是喝着太阳河水长大的，这里是我的家，是我的生命，我做什么都是应该的。

还没等江昊说完，文丽就抢了一句，怎么，你做的是应该的，别人做的就是分外的？

江昊涨红着脸，不，不，我说的不是这个意思，我是说，这么多年，我总觉得为这里做的还太少。

做的太少就继续做嘛，文丽故意抢白着他，再说，热爱太阳农场的人很多很多，包括我本人。怎么，告诉你，我原来也喝过太阳河的水，甚至还差点儿……对了，当年，也就是兵团时期，你听说过一个叫文涛的人吗？

江昊一下子怔住了，文丽的问话是他一点儿思想准备都没有的，原来一直想找个机会试探一下，现在文丽倒是捷足先登了。啊，啊，好像是听说过。

文丽笑了笑，怎么是好像呢？我听说，不是要把那个文涛介绍给你吗？

江昊感到尴尬了，是，好像是，有那么回事，可是，唉，你让我怎么说呢？

算了，看把你急的，我也不问了。文丽站起身来，事情我都知道了，我相信，所有的人都会理解你，也会理解你的选择。

江昊也站起来，红着脸，当时，我也真是没有别的办法。

别说了，方才我不说了吗，理解万岁吧。文丽走到门口，又回过头来，你知道吗，听说当年的那个文涛，后来改名了。

江昊赶紧问，改名了？改了什么名？

文丽挤了挤眼睛，我不说，你想一想就能猜到。

火车进站时，江昊等人已经在站台上站了有半个多小时了，当王雅芝捧着黎玉新的骨灰盒走下车时，他们赶紧走上前去。

王雅芝憔悴了许多，左臂上缠着黑纱。见到江昊等人的时候，眼泪又扑簌簌地落下来。

两名机关干部举着一副巨大的挽联，旁边摆着黎玉新的照片和几个花圈。

往日人头攒动脚步匆匆的站台，此刻也显得庄严肃穆起来。

王雅芝走到江昊面前，声音哽咽着，谢谢大家，谢谢你们来到这里接我们。

江昊握着王雅芝的手，嫂子，你要保重，玉新大哥永远是咱们太阳农场的人。

这是你玉新大哥写给你的。王雅芝递给江昊一个信封。

江昊打开信封，里面是一封黎玉新亲笔写的信。从那字迹上，江昊就看出黎玉新在写这封信的时候，一定很艰难，仿佛能看出每一笔都很吃力。

江昊并转太阳农场全体同志：

你们好，让我最后一次问候你们。

来到北京住院也快一个月了，这几天我感觉不好，医生从昨天开始每天都要给我用四五次止疼药。他们虽然没有告诉我，可我知道，留给我的时间不多了，想最后看一眼咱们太阳农场也是办不到了。我已经跟雅芝说了，我死后就把我的骨灰带回太阳农场，就埋在恋土山那几个知青的墓旁吧。当年我们是一起来到北大荒的，现在也和他们一起来守着这片黑土地吧。

我生命中将近三分之二的时间是在太阳农场度过的，不管当年是风暴也好，是洪流也好，或者说是热潮也行，我来到了这片神奇的黑土地上，于是，它就确定了我生命的走向。在这里我更深刻而具体地懂得了劳动的真正含义。我们这一代人，在伟大的劳动中，在北大荒的风雪中，增强了信念，磨炼了意志。我们的成长都离不开那里的风霜雨雪。

如果没有到北大荒下乡，或者说，大返城时我也回到北京，我的生活可能就是另一番景象，可能会比在北大荒优越得多。但是我不后悔我的选择，恰恰相反，我庆幸自己当年的决定。

在北大荒我找到了事业和真爱，我作为一个普普通通的人，我感到非常满足和幸福。能把自己的喜怒哀乐同广阔无边田野里的春种秋收连在一起，我觉得自己的生命非常充实。在生活中我找到了真正的爱情，这爱情更给了我生活的勇气和力量。在平平凡凡的工作中，我更懂得了生活在北大荒这片土地上的人民那种精神和品格。

我从心里觉得，我就是太阳河边的一棵树、一棵草，我的生命和一切都属于那里。

我现在感到很乐观，虽然难忍的疼痛时时在折磨我，凶恶的死神步步逼近我，可我心里非常坦然，我无怨无悔更是无憾无愧地走过了自己的一生。

太阳农场是一块宝地，不论是对人的事业还是生活。我真羡慕你们哪，还能继续参与那片土地上的耕耘和收获。

就让我远远地看着你们，深深地祝福你们吧。

最后的握手与祝愿。

黎玉新

写于北京协和医院

第二十一章

在短短的十天里，太阳农场就把水稻运出卖了八万吨。

这些天，从连队到场部，送粮运粮卖粮，成了压倒一切的中心任务，就像明天所有的市场大门都要关闭一样，人们争分夺秒地抢运着。虽然个别人还在观望着等待着，可一看绝大多数人都行动起来了，也被裹挟进来了。

已经下过了两场雪，路上开始结冰。

瑟瑟的寒风像鞭子一样抽打着送粮的车队。

很多人一天都睡不上几个小时，虽然卖粮的价格比去年平均要低两角多钱，可江昊断言，价格还要降低，赶快往出卖，晚一天，经济损失就加大一分。

十天时间把整个秋天的果实全都变成了现金，虽然价格不很理想，但因为产量很高，也多少有些弥补。人们的脸上都洋溢着实实在在的喜悦。

终于告一段落了，全场都同时松了一口气。

这时有人说，看看，弄不好咱们可能是瞎忙一场呢。

还有人说，将来价格要是涨上来，咱们可就吃大亏了。

江昊也听见了这样的议论，只是笑一笑。

文丽故意将他的军，大场长，你就不怕决策失误吗？

怎么不怕？江昊坦诚地说，任何东西没有经过事实验证的时候，都不会打百分之百的保票。绝对的话我从来不敢说，当然，这次卖粮是有很大风险的。对了，我本人并没有太大的功；如果错了，我可就成千古罪人了。老百姓种点儿粮食不容易，如果因为我的失误使他们没有卖上好价钱，我就是搬石头砸天也找不到地方呀。

哪能呢？别说得那么吓人。文丽笑着说。老百姓也是通情达理的，他们能不知道你为他们好吗？

但愿如此吧，可个别人总还是有的。江昊接着说，这个问题我不止一次地想过，我不能因为我江昊一个人的荣辱而置全场几万人民的利益于不顾。谁让我是场长呢？

文丽深深地点着头，这就是你说的，有时还要忍辱负重吧？

江昊说，是啊，尤其是当很多人不理解的时候，这种思想准备更是要有。

这一阵子方祥也忙坏了，尽管工作已经加大到最大的力度，全场光参加收粮和把守路口的干部及民兵就达到了三百多人，可他还是觉得有些顾此失彼，焦头烂额。

听说今年还是按照老皇历办事，而且价格压得比往年还要低，很多农户都在背后狠狠地骂，骂农场，骂收粮的干部。后来，他们觉得光骂也解决不了问题，就采用磨洋工的办法。

一看打粮的进度一慢再慢，很多人家都找出各种理由和借口，说机器坏了，说人手不够。

方祥更着急了，又回机关召开大会，发动更多的机关干部到连队去催粮，还带上公检法，真是全副武装了。可农户才不买这个账呢，照样在那里泡蘑菇。

最后方祥想出了一个绝招，公布最后日期，让所有的农户在限期内必须完成，过期不交粮的，取消第二年租种土地的资格，并把所有抵押金和草荒费全部扣除。

他妈的，这一招也太毒了，这不是把我们往绝路上逼吗？农户们又骂了起来。

可有的人对这些早就司空见惯了，摇着头说，唉，人在屋檐下，不得不低头。在月亮湖种地，保证饿不死你，可你要发家，要靠劳动致富，也比登天还难哪。

农户们骂归骂，说归说，一看实在拖不下去了，又含着泪开始打水稻交粮食。

周云又把孙超群约到家里，两个人亲热了一番之后，孙超群还是显得很紧张。

不用怕，他已经上开发区了。

孙超群很惊奇地问，他上开发区干什么？

周云说，这不是吗，溜须不顾命，昨天晚上在家念叨着，要给崔世功拍一部电视剧，听说拍电视剧费用很高，今天一大早就去找司马亮拉赞助去了。

孙超群说，方祥这小子就是会来事儿，而且他总是在这方面有一种超前意识，总是能把事情办到点子上。你想想，崔局长这么年轻，事业正是上升的趋势，现在讲究的就是这个，把影响造出去，让上上下下都知道你的政绩，到时候提拔那不是顺理成章了吗？

周云伸出二拇指点了一下孙超群的鼻子，行啊，你的本事也见长啊，这方面你也挺有悟性啊！

光有悟性顶屁用，没有用的地方还不是白扯。

谁说没有？周云摇头晃脑的，我的悟性就是能把别人的本事让他找到发挥的地方，你信不信？

孙超群半信半疑地说，怎么？你也有悟性，说出来我听听。

周云故意坐直了一些，又伸手揪了揪孙超群的耳朵，你把耳朵竖起来听我说，他方祥不是要给崔世功抬轿子吗，你就给方祥吹喇叭。

孙超群说，怎么，你是让我也给方祥拍一部电视剧？

周云哈哈笑了起来，说你木头脑袋还不服，就知道电视剧，不还有别的方式吗？

孙超群顿时像小学生一样，那你说还有什么方式？

方式多着呢，周云扳着手指说，比如你到报社找记者给月亮湖写几篇稿，再找个作家什么的给方祥写一篇报告文学。

孙超群两手一摊，你可真会开玩笑，我一个成天顺垄沟找豆包的小队长怎么能认识记者和作家呢？就连报社的大门朝哪边开我也不知道哇。

周云有些哭笑不得，她指点着他，你呀，真是井里的蛤蟆——没见过大天。你还不知道吗，只要有钱，什么作家呀、记者呀，都会来，都会给你写。

是、是这样吗？孙超群像被点化了一般，可还是有点儿不放心。哎呀，要请他们来，那得花多少钱呢？

这事情我问过，几千元就差不多，如果写得稍微长一些，你准备一万元撑死了。

那、那这个数还能够接受，孙超群盯着周云，你说这事我办不办？

周云嗔怪地望着他，你不傻不痴的，怎么这么不开事儿呢？那怎么不办呢，又不是掏你的腰包。再说，这事儿如果你办好，我再跟方祥说说，把你调到场部当科长，弄好了说不定还能当上副场长呢。那样，咱们不更方便了吗？傻子，就是为了我，你也应该努努力呀。

孙超群点点头，又抱住周云亲了亲，行，我马上就着手办。

哈哈，是哪阵风把方大场长吹到我们公司来了？司马亮咧开大嘴，伸出双手紧紧地拉着方祥的手热情地欢迎着。

其实，在此之前，他们之间只是一般的认识，因为几乎所有的事情都是直接同崔世功联系的，又由崔世功一个人拍板决定，而当时的方祥虽然是个副场长，那地位也不过就是一个大秘书一般。现在不同了，司马亮想，虽然方祥能力不行，可毕竟是一场之长，有些事情虽然有崔世功保着驾，可还是要通过方祥来办的。

对于司马亮的热情欢迎，方祥显得有些受宠若惊，搓着两只手，在屋里一个劲儿地向四周望着。

司马亮喊来那两个打扮得像鲜花一样的小玲和小芳，快，给方场长沏茶，对，就沏我刚从南方带回来的那包龙井茶。一阵寒暄之后，开始进入正题。

司马亮眨着那双金鱼眼，琢磨着今天方祥的来意。其实，今天他就是不来，我也正想打电话请他来呢。管局红头文件都下发了这么长时间，收粮的进度却进展得不够理想。到现在，大豆和水稻还差将近一半没有收上来。这样下去，我可就要多花好几百万。不行，我得把方祥摆平，让他为我卖命。

看着方祥有话要说的样子，司马亮就故意在旁边静静地等着，心里想，我让你先说，你说的事情如果是有求于我，那可就更好办了，我就可以更好地控制你了。

司马老总，我今天是无事不登三宝殿哪，方祥乐呵呵地对司马亮说，我是向你求援来了。

看你说的，咱们兄弟之间，怎么能谈求字呢，那不是太见外了吗？司马亮很大度地说。

方祥端起茶杯喝了一口，既然司马兄这么仗义，那我就不客气了。是这样的，我有一个想法，崔局长是从月亮湖农场起步的，或者说他的很多政绩都是在月亮湖干出来的，我想以他本人为生活原型搞一部电视剧，因为电视剧投资比较大，所以嘛，我今天是向你来拉赞助的。

哈哈，司马亮爽朗地笑起来，这还不好办吗？要宣传崔局长，这个赞助我出了。再说，你宣传崔局长的政绩，肯定离不开经济开发区，我可能也是这剧中的一个人物呢，你说是吧？

方祥连连地点头，那是，那是，你老兄肯定也是剧中的一个重要人物，你也是代表一个方面嘛。

司马亮又问方祥，你准备搞多大规模的，也就是说你想拍几集电视剧？

我初步想了一下，搞两集太少，就搞四集吧，方祥伸出四个手指，我还咨询了电视台，这四集电视剧最少要投资六十万。

司马亮爽快地说，我出五十万，剩下的你补齐，怎么样？

方祥站起身来，走过去拉住司马亮的手，哎呀，司马兄，你可帮了我大忙了，我原想咱们一家一半，你真是太仗义了，太够意思了，行，我服了。

司马亮摆了摆那只胖手，看你说到哪里去了，只要是咱兄弟的事，我是两肋插刀，义不容辞啊。

一看目的达到了，方祥起身要告辞。

那可不行，你今天说什么也不能走，我还有事要和你探讨。司马亮走过来拉住方祥，方才的事情我可是二话没说呀，现在轮到我求你了，你老弟不会拒绝吧？

方祥说，看你说的，大哥真要是有事求我，对我可是难得的机会。

司马亮回身走到办公桌前，拉开抽屉，拿出一个精美的长方形小盒，递给方祥，这是我从香港买的高级女士雷达金表，你看看，当时你也不通知我一声，弟妹过生日怎么不告诉我呢？好了，这次补上。

方祥激动地摆着双手，看看，你这不是太客气了吗，原来我是想，你这么忙，又是家属过生日，不好意思惊动大驾呀。

说到底，你还是没有把我当成自己的兄弟。司马亮指点着他，这样吧，我今天要惩罚你一下。

方祥一愣，马上又说，行，任凭大哥惩罚。

哈哈，司马亮拍着方祥的肩膀，我惩罚你的方法，很简单，就是要关你一天禁闭。对了，从现在开始，我陪着你蹲禁闭，怎么样，哥哥够意思吧？

方祥还想说什么，司马亮不容分说地扯着他，快走吧，有话一会儿再说。回过头来又喊着小玲和小芳，走，咱们回小楼去，好好陪着方场长乐一乐。

虽然司马亮的公司也来过几次了，可这座小楼方祥还是第一次走进来。就像刘姥姥第一次走进大观园，左也看右也看，就像眼睛不够用似的，小玲和小芳跟在后面偷偷地抿着嘴乐，司马亮摆着手制止着。

方祥一迭声地赞叹着，哎呀老兄，你这里可真是人间仙境啊，这太漂亮了。

司马亮走过来，兄弟呀，咱们男人干事业为了啥，我的人生哲学就是两个字——享受……

第二十二章

月亮湖农场的年终报表一连报了两次都没有通过。

第一次被打回来时，方祥就觉得有些纳闷，财务科的人只是说分局领导不同意这样报，让他们回来再算算，不要留后手，不要打埋伏。他就让财务科的人又连夜把账目核算了一遍，到天亮时，把第一次报的一千九百万元的赢利数字提高到了两千一百万元。这加上的二百万元，都等于是苦思冥想制造出来的。

第二次再被打回来的时候，方祥真有些发蒙了，他又不敢直接去问崔世功，想了半天，终于想出了一个办法，对，我得去摸摸领导的底数。

在分局计财处，处长指着方祥半真半假地开着玩笑，你个方祥啊，是真不懂呢，还是故意装傻?

方祥连连地摇头，我真是不太清楚，赢利的数字已经是最大的限度了，实在是不能再加了。可还是没有通过，这不是，我就来请教你来了。

这点儿事儿你还不明白?计财处长凑到他面前，指手画脚地点拨着，你想想，月亮湖农场是崔局长起家的地方，更何况，上半年他还在那里当场长。

方祥也瞪大了眼睛，认真地说，我正是把这个因素考虑了进去，才报了那么多，要不然……

处长拍着他的肩膀，我说老弟呀，当领导的要懂政治，月亮湖农场的赢利数字，已经不单单是经济问题了，最重要的是政治问题，你懂吗？

方祥似懂非懂地点点头，紧接着又摇了摇头。

计财处长说，我就实话跟你说了吧，月亮湖在北江分局的赢利不管实际情况如何，都必须是第一位的。你想想，太阳农场报上来的数字是两千一百五十万，你们呢，第一次一千九百万，第二次还是没有追上太阳农场，你想想，这能通过吗？炸坝分洪，淹了太阳农场四个连队，大家都是知道的。到年底你月亮湖却仍然干不过太阳农场，你让崔局长的面子往哪儿放？

那、那这数字还要改呀？看来只能改到比太阳农场高才行了。方祥有些为难地说着。

计财处长趴在方祥的耳边小声地说，我是专门搞这方面工作的，按说不该说这种话，可那两句老话你还是知道的吧？干活不由东，累死也无功。既然领导是那样想的，你还怕什么？

方祥点点头，像是下了决心，谢谢你，我今年也是头一年当场长，这方面的事还没有经历过，亏你点拨了我，好，我马上回去让计财科的人再好好算算，对了，正像你说的，除了经济账，还要算出一笔无形的政治账。

计财处长哈哈地笑起来，行，进步很快。

方祥急匆匆地赶回农场，又吩咐计财科的几个人再重新把账算一遍，而且这次直接下了明确的指标。告诉那几个人，你们不管怎么算，最后的数字必须超过两千一百五十万元。

那几个人面面相觑了一会儿，一看场长都这样发话了，就不约而同地点了点头。放心吧，场长，我们就参照这个数字算，一定要超过它。

方祥笑了笑，才算放心了。

就在月亮湖农场刚刚交完粮食的第三天，就传来粮库拒收的消息。

这就像十冬腊月炸响了一阵惊雷一样，农户们都彻底地被惊呆了，原来眼前仅存的那点儿希望之光也在一瞬间熄灭了。

国家粮库不收了，市场上的粮贩子又不来，农场把好一点儿的粮食也都收走了，剩下的堆在那里。

很多农户都是抬着高利贷来到农场种植水稻的。

盼星星盼月亮，汗珠子掉在地上摔成了八瓣，就等着到秋天把粮食卖出去，还外债，过生活。这下可好，道路全被堵死了，这不是要人的命吗？

分布在荒野上的小房子，在寒风中瑟瑟发抖。

所有的笑声都没有了，在呼呼的北风中只传来人们无奈的叹息声。

原来还扳着指头计算着自己家打下粮食之后，一定是一个不错的好年景，可农场强行压价收粮之后，那心就顿时凉了半截，现在，粮又卖不出去了，别说是明年的生产，连回家过年的钱也没有了。

女人们抱着孩子痛哭起来，男人们蹲在稻堆旁叹着气。

终于又有消息传来，说国家颁布了收购粮食的保护价，最高的可以卖到每斤七角钱左右。

这下可乐坏了农户们，虽然价格是低了一些，可毕竟能卖出去呀。

那天江昊到北江市去办事，走到粮库大门口的时候，就看见送粮的车队排出去有好几里长。

他把车停下，走到一辆车前，驾驶室里坐着一位老大爷，江昊上前去问，你们是哪个农场的？

你不用多问了，到现在才来卖粮的多数是月亮湖的。老大爷气愤地说，农场可把我们坑苦了，现在我连死的心都有了。

江昊说，现在粮库不是在收粮吗？

老大爷说，是在收，可你看看，我已经用了整整五天的时间才送进去一车粮，那个难哪，就别提了。好好的稻子，按照正常的标准，不是一等的，也至少是二等的，可拉进去，人家就说够三等，甚至是等外的，问你卖不卖，不卖就拉走。我都在这外面等了三四天了，租车费都花了好几百元，能不卖吗？只好咬着牙卖吧，你看看，我这一车，又等了两天两夜了。

老大爷已经说不下去了。

江昊安慰着老人，想开一些，看看能不能有别的办法呢？

老大爷擦了擦眼泪，有哇，你看看，就是那伙人。

江昊顺着老大爷指的方向一看，在粮库的大门口站着四五个穿皮大衣手里拿着老板包的人。就问，他们是什么人呢？

什么人？还不是专门吃老百姓粮食的大耗子。老大爷愤愤地说，他们专门在这等着，看谁等得受不了了，就过来问你，能不能把粮食卖给他们。

江昊问，把粮食卖给他们有什么不好吗？

老大爷说，唉，谁会无利起早呢？他们在那里就是想趁火打劫呢。你知道要卖给他们才多少钱一斤吗？最多是这个数，老大爷边说边伸出一只手比画了一下。

什么，才五角？

可不是，再去掉杂质，除去车费，这一车水稻平均也就是四角钱一斤。

江昊气愤地说，这也太不像话了，那他们收了就能卖出去吗？

唉，老大爷叹了一口气，人家是什么人呢，都是有来头的，都是有根有蔓的。他们转手就能从另一个门把车开进去，一斤最少挣一角钱，转眼之间就是一千多元钱哪。

江昊跺着脚，那你们怎么不去告哇？

老大爷摇摇头，我们上哪儿去告哇，再说，很多当官儿的都是得了好处的，谁还管你老百姓的死活呀。

江昊回到车上，一路上，都皱着眉。

被撤了职的陆有为硬着头皮又到大舅子家，想求郝景春再帮他说说情，还没等他开口，就被郝景春劈头盖脸地一顿臭骂。

灰溜溜地从大舅子家出来的陆有为，觉得这下子可是没辙了。回家跟妻子商量，妻子也不理他了，一边哭着，一边骂他是个没长心肝的坏东西。这回可好，让你去坏人家，倒把自己坏得无路可走了吧？

真成了老鼠过街人人喊打了。陆有为在屋子里跺了跺脚，哼，我就不信，凭着我，混不出个人样来。可冷静一想，现在都五十多岁了，又没有特殊的本事，我靠什么去混呢？唉，现在看来，我还得去找找江昊。把人家坏成那样，差一点儿没把场长给免了，现在还哪有脸去呀？可不去也没有别的路可走哇，唉，想开一点儿吧，别说是我呀，就是韩信当年不也是受过胯下之辱吗？江昊这小子心慈面善，我好好去求求他，或许能给我一个出路。

见了面就痛哭流涕地要打自己的嘴巴。江昊说，你都这么大人了，不要来这一套，有事你就说吧。

我真是对不起你呀，江场长，陆有为一边擦着眼泪，一边说着，我喝酒误事，你撤我的职，其实是为我好，可我真是坏了良心，又和李子德合伙坏你，真是不该呀，我的肠子都悔青了。

江昊说，你能知道错知道后悔就好，原来撤你的职也是为了给你一个教训。当时你不仅没有接受这样的教训，反而产生了更大的抵触情绪，又以那样卑鄙的手段进行报复，按说这是不能原谅的。可你现在也知道自己错了，又这么痛心，我看这样吧，这段时间你先好好反省一下，等过段时间，党委再研究一下你的问题，再做出妥善的安排。

刚刚止住了哭声的陆有为，听了江昊的话，这回真的哭了起来。

刘一新从南方打来电话，兴奋地向江昊报告着喜讯，太阳牌面粉在北京上海等几个大城市试销后，效果非常好。不少粮店都纷纷找上门来，要做经销商，同意太阳面粉在他们那里设立经销点。到山东，效果也非常好，把有些当地的面粉也给比下去了，老百姓都说太阳牌面粉是实打实的，一点儿不掺假。

放下电话，江昊兴奋地来回走了好几圈。

这下可好了，太阳农场终于有自己的产品打到大市场上去了。如果真能在全国的重点市场站稳脚跟，那将是何等乐观的前景啊。对，光靠面粉一样还不行，再依靠身边的原料，搞一个大型的稻米加工企业，还有乳品等，都以太阳来做统一的品牌，把几种产品的优势攥成一个有力的拳头，打到全国市场去。如果走这一步，就要成立企业集团，以集团的优势来牵动起整个企业的运转，真正使太阳农场变成一个农工贸一体化产供销一条龙的企业。这样，才是太阳农场真正的前途。

边想边把自己的思路写了下来。

江昊越写越兴奋，整整两个小时，便把组建太阳企业集团的初步方案写完了。

他把两只手叉起来托在后脑勺上，伸了一个懒腰，兴奋地想着，如果自己刚才设想的这个方案真是搞成功了，用不了多长时间，太阳企业集团就会在全国产生一定的影响，以自己货真价实的名牌产品占领国内市场，然后积蓄力量，再打入国际市场。

等文丽走进他办公室时，他把方案兴奋地递给文丽看，你快给看看，这是我刚才简单列的几条，如果这条路子可行的话，咱们再专门召开会议好好地研究一下。

文丽把方案的草稿飞快地看了一遍，又惊喜地看了江昊一眼，赞叹着，真是时势造英雄啊。这个方案有眼光，有创建。我觉得如果好好修改修改，能具备很强的操作性，发展前景也是相当可观的。我还有一点儿不成熟的意见，在资金问题上，能否实行股份制。现在中国的股票市场已经走上健康发展的轨道，如果运作好了，能使太阳集团发行的股票上市，用社会的资金来壮大企业的力量，推动企业的发展，那前景将是更可观的。

江昊兴奋地一拍大腿，对呀，这才是我们努力的方向，好，就这么干。

崔世功接到方祥电话的时候，还没等方祥把话说完，只听到月亮湖有五十多人拿着联名信到省里告状了，已经上了火车，就暴跳如雷地对着话筒喊，你真是捅了大娄子了，现在你一分钟都不要停，赶快带人去把他们追回来。

方祥在电话里吭吭哧哧地说，他们是去告状，恐怕追上他们，也不会轻易回来的。

崔世功大喊，你的脑袋是木头哇？他们为啥告状？不管他们提出什么条件，你都要答应。

方祥小声地嘟哝着，那就得把钱退给他们，好几百万呢。

崔世功说，现在都什么时候了，还钱钱钱的，别说好几百万，就是好几千万也要答应他们。你听着，如果你追不回来，让他们真是跑到了省里，看我怎么整治你。

把电话往桌子上一扔，崔世功还在呼呼地喘着粗气。

拿起手机，又拨通了火车站。火车站说，开往省城的客车已经发车半个多小时了，是一趟普通的慢车。

总算是松了一口气，幸亏是慢车，两个小时就能追上了。

车厢里的人很多，连过道上都挤满了人，这几天这趟车都是这样挤，而上车的又多是到农场来种地和打工的，收完了粮，该回家猫冬过年了。

车厢里充斥着汗臭味烟味和粗野的谈笑声孩子的哭叫声。

列车员皱了皱眉，把扫帚一扔，躲到乘务室嗑瓜子去了。

在第八号车厢，月亮湖的人整整占了半节车厢，还有两个妇女抱着孩子，衣衫褴褛、蓬头垢面的。

领头的是一位五十岁左右的高个子男人，因为在农村当过几年大队长，平时水稻户们还是习惯地喊他大队长，他也不推辞，就乐呵呵地答应着。

“大队长”站起来，高声地喊了一遍，月亮湖来的听着，大家要统一行动，谁也不许中途下车，咱们要干就干到底，非讨个公道不可。咱们走的时候不都商量好了吗？咱们这五十多个人，代表的是全场五百多户，宁可每一户拿出一千斤稻子，就是告到北京去，也要整出个甜酸。

来的人都大声地附和着，放心吧，大队长，咱们有理走遍天下，不会害怕的，谁要是半路拉松套，回去咱们大伙收拾他。

大队长满意地坐下了，又和身边的几个人开始商量，到省城后，如果递联名信，找领导人谈话，哪几个人打头阵最合适。

见站就停的客车惹起旅客们一阵阵怒骂，这他妈是什么车呀，是站就停，在没有站的地方也乱停。

另一些人叹着气，这事谁管得了呀，干什么吃什么，你没看那列车员吗，问你起没起票，要是没有票，你给他几元钱，到时候他就把你送出站。

火车开出来有两个多小时了。

在一个小站停下之后，刚刚开动的时候，有人就惊叫了一声，不好，那不是方场长吗？

果然，方祥领着七八个人已经走到了这节车厢。

参加告状的月亮湖农场的农户们，一看场长上车了，有的赶紧低下了头，有的把脸转向了窗外。

还是那位领头的大队长最先站了起来，坦然地喊了一声，方场长，你是给我们饯行来啦？

方祥呼呼地喘着粗气，他本想上车就来硬的，这一路上早就憋了一肚子的火，旁边的人一门儿劝他，既然这些水稻户要去告状，说明是铁了心的，要真来硬的，弄不好就会把事情搞得更僵，那样就更没法收拾了。他也想起了崔世功给他下的死命令，不管提出什么条件都答应，只要能把人带回去。

哎呀，大家这是干什么呢？方祥努力地想使自己笑着说话，可脸上的肌肉怎么也不听使唤，就硬装着，别人看他脸上的表情，真是比哭还难看。

一看大家不说话，方祥又继续说，大家有什么要求和意见就当面讲嘛。

那个领头的大队长往方祥身边走了两步，这几年我们提了多少次，你们管过吗？现在一看我们要进城告状了，你们才老太太穿毡袜——毛了脚，告诉你吧，晚了。

方祥连连地摆着手，不晚不晚，你们进城告状为了啥？

为了啥，你还不清楚？我们要到省城、到北京去讨个公道。

看你说的，月亮湖农场不也是共产党领导的吗？

这时，那个抱孩子的妇女大声地抢白了方祥一句，你别在这里给共产党抹黑了。

方祥气得心都乱蹦，真想发火，可一看这些人的眼神，都横眉怒目地对着他，顿时就消停了下来。

我知道，我们工作中有缺点、有毛病，这不是，我们听说你们要进城，这么远就追来了，就是为了征求大家的意见，改进我们的工作，何必非要把事情搞僵呢？搞得不可收拾，对谁都没有好处，你们就是告到北京，最后不还是得回到月亮湖农场解决问题吗？

这后几句话果然见效了，告状的人都互相看了看。

领头的大队长问方祥，走这一步也是你们逼的，现在我代表大伙，问你一句痛快话，我们如果提出的条件是合理的，你们能答复吗、能同意吗？

能，我保证。

好，我们的要求很简单，把这几年农场强行低价收购的水稻差价全给我们返回来，并保证从今往后不许再这样干，更不能报复上访告状的农户。

方祥的脸白一阵红一阵。我作为一场之长，不管怎么说也是县处级干部哇，这些头上顶着高粱花子的老百姓居然指着我的鼻子跟我提条件，我这场长也真他妈窝囊透了，现在我就像一块豆饼，上面有崔世功在压，下面有这些臭老百姓在挤，我真是倒了八辈子大霉了。

心里咬牙切齿地恨，嘴上还得装着有诚意。大家提出的条件是合理的，我们可以给予考虑。但是，要把这三四年的差价全都退回来，农场也拿不出那么多呀。

拿不出不行，不答应我们条件，我们就不下车。去告状的人胆子也都大了起来，都站起来指手画脚地对方祥嚷嚷着。

方祥张开双手，高声喊着，大家静一静，有话咱们慢慢说，我方才说的也是实情，大家看能不能这样，我保证，今年多收的，只要大家下车跟我回去，到家之后，不出三天农场就把压价的钱全部返给大家，一分不少。至于往年的，我们再研究一个方案，分期分批返还给各位农户。

车厢里顿时安静下来，人们开始小声地商量着。

我看这条件可以，咱们告到北京去，也就这个结果不错了。

我看也行，把钱返给咱们，以前的能返最好，不行，他们以后也不敢再这么搞了。

这回让他们知道厉害了，以后他们再搞，咱们知道怎么办了。

早知道他们怕这个，咱们早来这一招哇。

那位领头的大队长一看大家的意见都差不多了，就站起来对方祥说，你是一场之长，说的话可要讲信用。

方祥拍了一下胸脯，请大家相信我，我保证按照说的办。

既然这样，我们同意跟你回去。

方祥高兴地说，那太好了，一会儿停车大家就跟我一起下去，等有返回去的车时，咱们一起回农场。

车厢里的人哄的一下，不知是笑是喊，还是欢呼。

第二十三章

上告的农户们终于回到了农场。

方祥安排财务科的人，用了整整三天的时间，挨家挨户把交粮的账又重新算了一遍，然后当场就把压价的钱全部返给了农户们。

农户们都欢呼着，就像庆祝解放一般。

方祥焦头烂额地在办公室里一连摔了两个茶杯。这也难怪，没有到手的钱，也就不觉得怎样。已经入了账的，又充作赢利数额的五百多万元，活活地从账上挖走了，真是比割他的心头肉还难受哇。

他心里愤愤地想，都是我方祥太倒霉，第一年当场长，就遇上了这样的鸟事。唉，真是比不了人家崔世功啊，都是一样地压等压价，强收强买，人家收完了买完了照样升官，我可倒好，赔了夫人又折兵，上挤下压，真是王八钻灶坑——憋气带窝火。

在自己的办公室里摔完了骂完了，还是觉得心里窝囊，回到家里，周云也撇着嘴埋怨着他，说他办事不牢靠，气得他把门一摔又出去了。

又去了司马亮的小楼，虽然又“享受”了一番，可他心里还是觉得闷闷的。

那篇请作家写的题为《月亮里的“吴刚”》的长篇报告文学，洋洋洒洒两万多字，在一个有影响的刊物上发表了。

司马亮拿到刊物之后，特意把崔世功请到他的小楼上，一通豪饮。

哈哈，方祥这小子，是没有什么本事，可拍你马屁，倒是拍得正着。你看看，这个作家也够能吹的，把你比成了月宫里的吴刚，每天只知道像吴刚那样不停地砍树，那样玩命地干事业，什么心思都没有，简直就是一个事业狂。行啊，老弟，实在令人敬佩。

崔世功被他忽悠得有些不好意思，笑笑，那不是宣传吗，其实，其实我这个人也确实把事业看得很重，这一点我不说你也能看得出来。

司马亮端起酒杯，这还用说吗？我从见到你的第一眼起，就认定了你是一个以事业取天下的男人。当然，你这个吴刚对身边的嫦娥也是不放过的，对，你是事业加爱情的吴刚。

哈哈，两个人都笑了起来。

司马亮又像想起了什么，方祥这个人实在是有些办事不力，你可要看紧点儿，或者是给他专门找一个给你抬轿子的位置，实事让别人去干，弄不好他会误大事的。

崔世功端起酒杯喝了一口，这一点我也考虑了挺长时间，等过了年吧，我准备把他动一动，专门让他当个宣传部长什么的，或者是管管外贸。

司马亮说，明天我就把这份刊物寄给汪副书记，再附上一封信，我投资五十万元要拍的电视剧，听说准备得也差不多了，那天他们把剧本拿来时，我看了几眼，觉得还不错。是以你在月亮湖农场搞开放开发招商引资为背景为原型的，把你吹得也挺厉害，对了，那剧里还有我一笔呢，哈哈，也挺光彩照人的呢。

崔世功又举起酒杯，咱们的合作在农场当中属于首创，这也是新生事物，是改革开放的重大成果。你当然也是功不可没呀，是要给你好好宣传宣传。

司马亮又挤了挤他那双喝红了的金鱼眼，我说老弟呀，你这么年轻，又把事业干得这样响，在省委那里你又挂了号，真有飞黄腾达的那一天，可不能忘了老哥呀。

哪能呢？吃水不忘打井人，我崔世功可是讲情意的。

哈哈，我就看准了你这一点，够哥们儿，够朋友，来，咱们再喝几杯，没事，喝醉了，也不要紧，一会儿上楼让小芳她们帮你醒醒酒，对了，今天晚上你就在我这小楼上来个醉卧鸳鸯吧，小玲小芳任你挑。

周云用手点着孙超群的脑门埋怨着，干什么事都这么拖拖拉拉，吃屎你都赶不上热乎的，在这一点上方祥就比你强得多。

孙超群脖子一梗，有些不服气地说，我不也在安排吗？

安排安排，光安排没动静。周云越说越来气，你看方祥请人给崔世功写的那文章，真是绝了，我一连看了两遍，也像不认识崔世功似的。平时我觉得崔世功也就是那副人模狗样的，可那文章一吹，啧啧，神了，我要是上级领导，我都想提拔他。可你呢，办法都给你想到了，就是在那里磨。

孙超群语调低了不少，脑袋也耷拉着。我、我也想快一点儿，我去请人家，也答应了，说要过几天。

往上多送钱哪，保证来得快。

孙超群点点头，行，我抓紧再去一趟，让记者快点儿来，你在这边也帮我烧烧火，争取过了年把我也调到场部来。

周云伸出手拍了一下孙超群的脸，放心吧，我比你还急呢。

崔世功第二天晚上把马悦华也带到了蒋含琼的别墅，蒋含琼先一愣，马上就绽开笑脸欢迎着，哎呀，是悦华大姐来了，快，里面请。

走进屋，马悦华一面往下脱裘皮大衣，一面说，这不是吗，世功说有一件大喜事，让我一起来庆祝一下。

崔世功从公文包里拿出一张纸来，递给蒋含琼。

哎呀，太好了。蒋含琼大声地欢呼着，也没有顾马悦华在场，跑过去，捧起崔世功的脸就亲了一口。真是太好了，我的大局长，祝贺你呀。

马悦华也把那张纸拿过来看了看，原来是在北京的国家几个部委联合要给崔世功颁发对农业事业的特殊贡献奖，那份传真上盖着好几个大公章，到北京领奖的日期就在这个月的下旬。

蒋含琼高声地喊着保姆，赶快安排一桌好酒好菜，对了，打电话让市里海鲜馆给送些生猛海鲜来，今天晚上咱们要好好庆祝一下。

两个女人左一杯右一杯地敬着崔世功，伴着一句句娇滴滴的甜言蜜语，崔世功很快就飘飘然了，嘴里说着，你们知道吗，以我为原型的四集电视连续剧马上就要开拍了，怎么样？用不用我跟导演说说，你们也在剧里客串一个角色？

蒋含琼抢先说，那太好了，我小时候就想当演员，跟导演说说，最好让我演女一号。

马悦华不甘示弱，对，不是你们投资拍电视吗？听说谁掏钱谁说了算，含琼妹子演女一号，我就演女二号，我们一定好好演，说不定真还能给你捧回一个“飞天”“金鹰”奖什么的。

崔世功眨了两下惺忪的眼睛，凭你们，演电视，还捧大奖？哈哈，别逗了，你们就好好给我做好后勤工作吧，由我去……拿……拿大奖。

一看崔世功今天真是高兴了，在自己家里就喝得舌头有些大了，马悦华望了望蒋含琼，他可是挺长时间没有这么高兴了。

蒋含琼说，可不是，最近老出事，尤其是月亮湖老百姓坐火车告状的事，也把他气够呛吓够呛。真要是堵不住，让那些人跑到省里一闹，他这前程不就受影响了吗？

马悦华点着头，是啊。

这时崔世功又睁开眼睛，问，这次到北京去领奖，你们俩谁陪我去呀？

两个女人互相对望了一下，都没有吱声。

崔世功用手指点着她俩，是不是都想去呀？

还是蒋含琼来得快，是啊，我的大局长，这种风光的事也该让我们姐俩都去开开眼了。

崔世功眼睛睁大了一些，都去，让人知道了影响多不好？

谁会知道哇，到北京时，你开你的会，我们玩我们的，到晚上就在燕京饭店包两个房间一住。对了，等你领完大奖，咱们直飞海南岛，到三亚的海滨浴场去玩几天。哎呀，亚龙湾的浴场真是太美了，洁白的沙滩、湛蓝的海水，真像仙境一般哪。

让蒋含琼这么一说，马悦华也更来劲了，摇着崔世功的胳膊，就答应我们吧，海南岛我还没有去过呢。

答应你们？崔世功盯着她俩，行，不过，你们要好好表现哪。

两个女人一左一右地亲着崔世功的脸，放心吧，我们一定是最佳的表现。

第二十四章

太阳河畔又飘起了雪花，冬天来临了。在这里老百姓的心目中，这个冬天似乎来得特别早，仿佛天上的寒意和地上的寒流是同时预谋好了似的逼近了他们的生活。

农户们在卖粮时不仅洒了无数的汗水，更是花费了大量的心血。一年到头，汗珠子落在地上，盼星星盼月亮般地盼来好收成，却不能把粮食卖上好价钱，他们伤透了心。

江昊和文丽分别走访了被大水淹过的那几个连队，他们每到一家都看得很细，问得很细，就像家中的一位亲人。从吃穿冷暖到柴米油盐。那些农户们从心里深深地感动着，都感到这一刻干部们的心和他们的心贴得更近了。

尽管粮食降价给农户们心上笼罩了一层挥之不去的阴影，但同别处相比，太阳农场的人还是感到深深的庆幸。庆幸遇到了能够及时得到信息并做出果断决策的领导，庆幸自己听了领导的话把粮食全都卖在了最高的价位上。

只有少数当时一直犹豫观望的人后悔不及。可他们只能打掉牙往肚子里咽。细想想，这怨得了谁呢？

当快到中午的时候，文丽来到一家靠近星星河的水稻种植户家。这是一对三十岁上下的年轻夫妇，同行队长介绍着说，他们俩是从庆安来，他叫李星火，他爱人叫王月明。爱开玩笑的队长接着说，文书记，你看人家这两口子起的名儿，真是巧极了。

文丽笑着说，是呀，常言说得好，星星围着月亮转，看来你家是月明说了算啊。

李星火憨厚地回答说，可不是，说起来我们两个人从上小学开始就在一个班，可人家是班长，一直管着咱，不听不行啊。

说得大家都笑起来，王月明接着说，从小时还真没看出来我们两个能走到一家，后来不知怎么的，阴差阳错地就在一个锅里搅马勺了。

文丽像想起了什么，问他们两个人，星火，这个名字这么熟，对了，这不是一个电影演员的名字吗？

王月明笑盈盈地说，这回让你猜对了，他爸他妈年轻时最爱看的电影就是《李双双》，所以他上学时，就给他起了个星火的名字。

你们来几年了？今年的收成怎么样？文丽把话引向正题。

还是快人快语的王月明接过了话头说，我们已经来两年了，收入还不错。其实，来到这里种地也是没法子的事，我们结婚时欠的老账还没还清，婆婆又得了一场大病。文书记，你想想，在我们农村那地方，背着七八千元的外债过日子，真是难哪！月明长叹了一口气，接着说下去，后来听说这里要大面积开发水稻，我们就来了。我们在家也是种这东西，多少也积累了一些经验，再就是我们心里最知道抛家舍业地到这里干什么来了。其实，吃苦受累都算不了什么，每天干活时还要牵肠挂肚的，心里真是有说不出的滋味呀！不说别的，就说家里老的老，小的小，能不惦记吗？

孩子多大了？文丽问。

还不到四周岁。王月明眼泪汪汪地说，我们走的时候，孩子才刚刚两岁。刚刚会走路会说话的孩子可好玩了，爸爸妈妈叫得可甜了，每次从地里干活回来，都像小燕子一样往你的怀里扑，可去年我们种完地回老家时，孩子说什么也不认识我们了，躲在爷爷奶奶身后不敢出来。我当时哭着喊着，孩子，我是你妈妈啊，我是你妈妈啊……

王月明有些说不下去了，李星火把毛巾递给她，看看你，一提起孩子就这样，也不看看时候，人家文书记大老远来看咱，就不能说点儿别的?

谁像你，没心没肺的，王月明瞪了丈夫一眼，也止住了哭声，擦了擦眼泪，不好意思地对文丽说，不管怎么说，这两年苦下来，总算能把外债还得差不多了，昨天我们俩计算了一下，还略有剩余呢，明年春天再少借点儿钱也就够种地了。

文丽站起身来，轻轻地安慰着说，是啊，哪家都有一本难念的经，你们还年轻，现在农场政策好，踏踏实实干几年，会有好日子的。

一看文丽要走，王月明赶紧拉住文丽的胳膊，文书记，今天中午你们说什么也不能走，就在我家吃饺子，对了，还是咱们农场刚刚生产的太阳牌面粉呢。

同行的队长也劝着文丽，文书记，也到饭时了，赶回连队就太晚了。

大姐，王月明紧紧地拉住文丽，动情地说，大姐，我现在就不喊你书记了，我觉得你很亲，你知道，从春天到现在，在这片大平原上，想见个人拉拉家常都不容易，今天你和队长到我家来看我们，我们心里真是热乎乎的，今天中午就在我家吃几个饺子，也算表达我们一点儿心意吧。

文丽一看话都说到了这种程度，就不好推辞了，便爽快地说，行，我和队长今天中午就在你家吃饺子，咱们共同品尝胜利的果实……

走出王月明家，文丽让队长先走了，她一个人来到星星河的大坝上。放眼望去，沉静的河水缓缓地流动着，早已失去了往日的喧嚣。她清楚地记得，两三个月前，洪水泛滥的时候，她组织群众进行转移，当时紧张得什么都忘了，哪还有心思来欣赏这河边的景色啊。想一想这几个月真像是一眨眼，仿佛事情就发生在昨天。这几天走访了几个连队，也深入到稻田地里看了几十个水稻专业户，虽然改革开放之后社会发展进步多了，可很多老百姓的生活还处在贫困线上，尤其这两年粮食价格又一降再降，靠种地过日子的百姓们更是难上加难了。刚才去过的王月明家在这些水稻户中还算是比较好的，有一些真是有些惨不忍睹，用高利息抬来的钱，种地挣点儿钱还不够还利息的，像这样的，用农村常说的话，真像横垄地拉磙子——一步一个坎儿。自己在省城工作时，还从来没有这样近距离地接触过老百姓，有时下去检查工作时，也只是走马看花地跑一跑。这回可不一样，这回是真正的面对面。文丽也从来没有这样清晰地感觉到自己的感情和百姓的生活贴得这样近，有时她甚至感到这些生活在最基层的老百姓真像自己家里的亲人，他们的苦和忧都是那样让人牵肠挂肚。

星星河弯弯曲曲地伸向远方，文丽抬头望望天空，正有一行大雁鸣叫着向南飞去，那叫声清脆悦耳，这声声雁叫，在文丽听来心中一阵发热。现在我来到这里已经不是一个普通的人了，虽然自己是挂职到这里来，可这里毕竟是自己二十多年来一直魂牵梦绕的地方，更何况这几个月发生了这么多事，她真觉得脚底下每一寸土地都和她息息相关了。黎书记走后，自己肩上的担子更重了，昨天分局党委书记于永德打电话通知她，她在挂职期间，太阳农场党委书记一职就由她代理。文丽从电话里听得出，于永德的口气是赞扬的、是肯定的。既然已经走上了这条路，我就要和这里的人一起走下去，前面一定是像大家盼望的一样，一定升起太阳般的好日子。

想到这里，文丽加快了脚步，向连队的方向走去。

江昊先到医院看了看沈龙根，沈龙根一见他的面就高兴地说，这些日子我听到了咱们场不少好消息，当然也有让我着急的消息，可坏事已经过去了，现在都是好事了。江昊也笑着说，你的消息还挺灵通呢，看来农场发生的事你都听说过，怎么样，这些日子身体情况还好吧？

这还能不好，能吃能睡，沈龙根兴奋地说下去，听说咱们农场发展得这么快，我做梦都会笑出声来，我真恨自己就成天躺在床上不能为农场的事出把力。

谁说你没出力，我正要告诉你，你编写的《水稻种植百步法》经过大家的讨论修改早就印发给稻农了，效果相当好。你说说，这对农场是多大的贡献啊。

沈龙根连连地摆着手，那算什么，不值一提。

怎么不值一提，明年秋天农场要发给你专门的奖金，到时候你就会知道你所做出的贡献有多大了，江昊认真地说。

本想陪沈龙根下完一盘象棋再走，可沈龙根说什么也不依，一个劲儿地催他，现在这种时候，我怎么忍心占用你的时间呢？常言说，三春不如一秋忙，现在黎书记不在了，有多少事情等着你做啊，兄弟，你可要保重身体啊！

江昊走出医院的大门，亲自开着吉普车驶向星星河边。这些天他最花心思的就是那几个过水的连队，马上冬天就来了，很多人家土房被水冲倒了，这个冬天他们怎么过。现在粮食已经收完了，和其他正常的连队相比，这几个连队由于减产所造成的损失初步估算就有一百多万元，这个负担不能单单让这几个连队的老百姓承担，既然同是太阳农场，就应该体现农场的团队精神。昨天农场党委已经召开了专门的会议，方案已经基本确定了，明年一开春就动手给这几个连队盖房子，这回盖就盖好的，来个一步到位，大家都同意把这房子叫小康楼，各农业连队和场直各单位都要做到有钱的出钱，有人的出人，有物的出物。还有就是种地的老百姓的事，受了这样大的灾，除了要减免今年的地租，还要对明年的生产和生活进行补贴。这样粗略地一算，就达到三百多万元，会上不少人还有些顾虑，觉得这样农场是不是负担得太多了。他在会上非常动情地说，我们的百姓是天下最好的百姓，不仅任劳任怨，还那样通情达理，受了这么大的苦，你们到连队去听一听，老百姓没有什么怨言。可我们当干部的，在这种时候如果不能设身处地地为他们着想，我们就会有愧于这样的老百姓，党性和良心都要求我们多为他们做点儿实实在在的事。

会上通过的决议是富有人情味的。

他来到十五队的时候，太阳已经快落下去了，江昊没有去队部，而把吉普车直接开到了王左林家的大门口。

王左林坐在沙发上，一条腿上还缠着厚厚的绷带，一看江昊进来了，想站又站不起来，就连声高喊，小林他妈，你快过来，江场长来了。

江昊一看王左林的样子，赶紧上前扶住王左林，连声说，快别动，快别动，你这是怎么了，我怎么不知道呢？

王左林摆摆手说，又不是什么大伤，告诉你干什么，这阵子我知道你一个人顶好几个人忙，这样的一点儿小事，我还给你添什么乱。这时，王左林的老伴端着一杯水走过来，热情地和江昊打着招呼，一边说着，我都劝他多少回了，眼看就六十岁的人了，还拿自己当年轻小伙子使，有些事情支支嘴儿就行了，可他偏不听，这不是，送粮的时候把腿摔坏了。

这有什么大不了的，王左林狠狠地瞪了老伴一眼，一点儿小伤你就唠叨个没完，吃五谷杂粮的谁还没有点儿灾没有点儿病？不管怎么说农场的日子是一天一个样，现在和十年前相比，这进步多大啊，不是有这么一句话，叫知足者常乐吗？我啊，就受这点儿伤根本不算什么事，比起咱们那位表弟来，这不是天大的福吗？

江昊问，你的表弟，这是怎么回事？

唉，别提了，王左林叹着气说，真是没有想到，我的这门远房表亲还是前几天才见上的面，他们家在月亮湖农场种水稻已经两三年了，我以前也不知道，这不是，今天中午的时候他跑到我们家，哭得鼻涕一把泪一把。今年他们可惨了，种的水稻没有选对品种，产量没上来，又错过了卖粮的好时机，全都是借高利贷抬来的钱。卖完粮回家一算账，辛辛苦苦忙了一年，连利息也没有挣出来。我那表弟媳妇一着急就喝了农药，等发现的时候人都快不行了，再从稻田地里拉到场医院，人已经没救了。说起来我们虽然是远房的表亲，可毕竟是人家在难处，我的腿又没有办法，我就让小林拿上点儿钱去帮助料理一下丧事。

王左林沉默了一会儿，沉重地对江昊说，前一段时间他们联合起来把月亮湖农场告了，钱是退了一些，可没有解决大问题，我那亲戚说，月亮湖农场的土政策很多，我也把咱们农场的政策给他介绍了一下，他对我说，他说什么也不想在那里干了，明年就到咱们农场来。

江昊点点头，这也是正常的，市场经济嘛，应该尊重农户们选择的权利，但我们心里必须有一条宗旨，我们不管做什么事情，都要多想想老百姓。

王左林把江昊往自己身边拉了拉，这一阵子你也忙坏了，咱们俩见个面都不容易，今天就在我这里吃晚饭，咱们喝两杯，我正有事情跟你说呢。

江昊看了看表，然后爽快地说，行，今天我就跟你老爷子喝两杯，就算是借花献佛，慰劳慰劳你这位送粮负伤的老兵。

江昊，你快别听他胡说了，你没来时他就在家里吹，说这点儿伤不算什么，比起当年在上甘岭根本不算事。王左林老伴一边收拾桌子，一边插话说。

好汉不提当年勇，王左林遗憾地摇摇头，深有感触地说，别说是我年轻时，就是再倒退十年，我干什么也不发愁，现在真是岁月不饶人啊！

这是自然规律，王叔，你们这辈人当中我看你的身体也算是最好的，可毕竟是六十岁的人了。江昊喝了一口水，用热烈的目光望了王左林一眼。

农家饭菜转眼之间就摆上了桌，江昊和王左林你一杯我一杯地喝着，话也越说越多，双方都没有任何约束和顾虑，从农场的体制改革到水稻的种植技术，从水利工程的完成到连队的基本建设，整个晚上谈的都是农场的事、连队的事，两个人就像当年一个当队长一个当书记时那样，说得轻松而热烈。

别说起来就没个头，人家江昊来一趟也不容易，老伴在旁边插着话，提醒着王左林，你也不想一想，自己都六十岁的人了，和你一起来的都退休养老了，今天江昊也来了，这老东西不说，我就替他说吧，你能不能给这个十五队再派来一名队长，让我们家这老家伙也退下来吧。

王左林狠狠地瞪了老伴一眼，用手指点着她说，这事还用你操心，这么大个连队，别说是农场，就是我这当队长的，要是找不出一个放心的人，我也不能退。

江昊深深地点了点头，王叔这话说得对，十五队在全场这盘棋上，可不是小小的卒子，它是举足轻重的，说它是车是马都毫不为过。所以，谁来接王叔的班，这个事我也想过，今天既然说起来了，咱们可以先说说，这话我不代表官方，咱们爷俩都在这里当过队长，以老队长的身份来讨论讨论看谁来当这个队长合适。我看原则上还是从这个连队里选，实在不行再从别的连队派。

两个人就这样你一言我一语地讨论着。

外面天已经黑下来了，屋子里的灯光照在王左林的脸上，他今天真是很高兴，喝了一杯又一杯，突然对江昊说，咱们俩这样办，如果从这个连队选队长，咱们也学学古人，对了，是《三国演义》当中周瑜和诸葛亮用过的办法，咱们把自己选出的人都写在自己的手心上，然后对在一起看一看，能不能碰到一起。

行，就这么办，江昊也兴奋地说。两个人写完后同时把手伸了出来，两个宽大的手掌上都写着两个相同的字：小林。

哈哈哈，两个人都大笑起来，江昊端起一杯酒一饮而尽，兴奋地对王左林说，咱们爷俩真是心有灵犀一点通啊！

这个事我想了不止一天了，可原来总是拿不准，再就是害怕别人说我，说我在搞世袭制家天下。

这有什么，古人尚能举贤不避亲，我们又不是为了自己着想，为了农场的发展大业，选人才就要不拘一格嘛。

王左林接着说，除了这些顾虑之外，我还觉得小林有些地方不够成熟，也可能总觉得他是我儿子，在我面前就是个孩子，觉得他做人办事还有不少毛病，真怕把这摊子事情交给他给我搞砸了。

这没有问题，我看你也就放宽心，让他大胆去干，当年你提拔我当队长时，还不如小林现在呢。你知道吗，我是在抗洪那段日子里才认定小林的，我觉得把连队交给这样的人，领导会放心，老百姓也会放心。

江昊往回走的时候夜已经很深了，寒风从车窗外刮进来，他觉得身上有些发冷，可他心里还是热乎乎的。

场部越来越近了，那灯火远远一望，就像人的眼睛，江昊想，现在魏平华正在灯下等着他吧。

文丽回到场部时也已经是繁星满天了，她一进屋就听办公室主任说，分局副局长宋必成已经等她半天了。

她嘴里只是不冷不热地噢了一声，就向招待所走去，在招待所的办公室里，果然看见宋必成等在那里。一看文丽走进来，宋必成赶紧起身相迎，文书记，你可回来了，你可让我等得好苦啊。可能是因为喝了酒的关系，宋必成的脸红红的发着亮光，走路也打着晃。

文丽的脸冷冷的，以公事公办的口气说，真是对不起，宋局长，我刚从连队回来，不知局长找我有什么事。

看看，一口一个局长，这多见外，宋必成嘴里喷着酒气，文丽离他有两步远都闻得见，她不由得微微地皱了一下眉，可脸上依旧保持着平静的表情，你是领导，叫局长是应该的，怎么能谈到见外呢？

得得，我的文书记，宋必成说话时口齿已经显得不很利落，今天我来这里事情已经办完了，本应该吃完晚饭就赶回去的，可是一直没见你的面，真是有些放心不下。

真没想到，大局长对我放心不下，文丽显然心里已经烦透了，可嘴上还不得不应付着，她想马上结束这样的谈话，就说，宋局长有什么事情你就直说吧，今天我实在有些累了，你说完了我好回去休息。

宋必成显然有些尴尬，停了一下，便自我解嘲地说，看看，我这份好心人家还不领情，其实要论工作咱们也不对口，有些情况应该于书记跟你说，我这不是来了吗，想问问你生活上有什么困难，这是我个人的意思，当然，当然也是分局领导的意思。

我一切都好，尤其是生活方面，农场领导安排得很周到，我觉得生活上没有任何困难，现在我最着急的是由于自己的能力有限没能给农场做更多的工作。既然领导这么关心我，我心里非常感谢，宋局长，真是谢谢你们了，如果没有别的事，天也不早了，你也回去休息吧。

文丽说完这句话，也没有看宋必成脸上的表情和反应，便扭过身去走向自己住的房间，把宋必成一个人扔在了那里。

宋必成怔怔地在那里站了一会儿，苦笑地摇了一下头，也转身走了。

回到家之后，江昊果然看见魏平华正捧着一本书在看，就半开玩笑地说，你干吗还要等我啊？

美的你，谁在等你，魏平华故意板着脸说，你以为你是大场长，功劳大，家里人就得像欢迎贵宾一样等你啊，其实，我在看业务书，花那么多钱买的机器，我要尽量研究得明白一些，要不职工们有病我不干着急吗？

江昊用手指点着魏平华，你啊，顾左右而言他，等就是等，这说明咱们感情深嘛，还有什么不好意思的呢？

魏平华终于忍不住笑了，举起手来轻轻地打了他一下。可能是你当官当的吧，这几年我觉得你话多多了，不像年轻时那样老实了。看看，又这么晚回来，孩子又好几天没见到你了，嘴上一个劲地念叨着，说要等你回来，可实在等不及了，就先睡了。你还没吃饭吧，我去给你热饭，魏平华说着，就向厨房走去，江昊一把拉住了她，我已经吃过了，在王左林家。

这一阵子医院里也很忙，除了本场的职工，好些外来种水稻的每天也有不少人到医院，看来那些水稻户的生活条件还是不算太好，这可能是我职业的习惯，总是愿意从发病的原因来推测病人的生活环境，魏平华轻轻地叹着气说，现在医药费又上调了不少，老百姓看病增加了费用，有不少人都没钱买药，让人看了就心痛。

这些都说明我们的工作还没有做到家，如果农场经济效益真要是彻底好转了，老百姓的日子肯定也就好过了。可是现在真没有别的办法，种地打粮食卖钱周期太长。我真想从地下挖出一大堆金银财宝来，可那不是白日做梦吗？还得扑心思好好干。好在新投产的面粉销路不错，依我看，再过三五年，太阳农场会大变样的。

魏平华真是后悔刚才对江昊说了那些话，这不是又给他添心事吗？这一阵子把他忙坏了，人整整瘦了一圈，看了都心痛。她就走过来给江昊轻轻地揉着背，温柔地说，现在也忙得差不多了，我看你就休息休息吧，或者找个机会出去跑一圈，我听人家说不少当场长的都借着考察的机会出去旅游，有不少人什么欧洲啊、美国啊，都跑遍了。

这样的好事谁不想，江昊转过头来看着魏平华，也轻声地说着，你以为你老公真是傻瓜啊，我也想有那样的机会出去轻松轻松，可是你知道，黎书记刚走，好几个过水的连队老百姓房子都没了，我这当场长的再拿着大把的钞票出去旅游，我做不出来那样的事啊。

你是什么样的人我能不知道吗？旅不旅游的我也只是说说而已。魏平华眼睛里闪动着泪花，继续说下去，我只是担心你的身体，真怕你累倒了。

江昊伸出手摸了摸魏平华的脸，感动地说，我的身体棒极了，你就把心放到肚子里吧，你们搞医的有时就是有点儿神经过敏，草木皆兵……他故意把话说得轻松而又幽默。

第二十五章

路过省城时，崔世功和司马亮遇到了一起。崔世功领着蒋含琼和马悦华，司马亮领着小玲和小芳，四女两男相见时的场面有些特别，四个女人叽叽喳喳地说个不停，而崔世功和司马亮说的话并不多，要表达的内容很多都是用眼神和手势代替的，说着说着两个人就会发出会心的大笑，笑得那几个女人有些摸不着头脑，便凑过来问他俩，他俩反倒更笑得止不住了。

还是蒋含琼反应得最快，咱们说咱们的，别管他们，然后把手指放在嘴上，压低了声调说，你们还傻乎乎地问，我告诉你们吧，男人都是坏蛋。

说笑了一阵之后，司马亮一本正经地说，崔老弟，祝贺你啊，这回又到北京去领大奖，听说还是国家好几个部委联合颁发的呢。

崔世功故意轻松地摆摆手，这算不了什么，其实我也是有一搭没一搭，去不去都成，倒是她们俩吵着闹着让我领她们出去玩一玩，我一想，现在正好有点儿空闲时间，就出去轻松轻松。崔世功一边说着，一边用手指点着蒋含琼和马悦华。

你老弟不要得了便宜又卖乖，司马亮伸出胖乎乎的手拍了拍崔世功的肩膀，这样出头露脸的事可不是随便什么人都能摊上的。得，咱们既然在这里遇上了，这就说明咱们兄弟太有缘了，走，我领你们到一个地方去，给你庆庆功，饯饯行。

崔世功说，我看算了吧，这省城哪个饭店咱们没吃过，等我回来再说吧。

那可不行，今天这个客我请定了，司马亮不容分说地把崔世功推上了自己的那台车，然后对另外一辆车的司机说，你们就跟住我们这辆车就行了。

崔世功以为司马亮又要到被称作省城腐败一条街的哪家饭店，可汽车却从那条街上呼啸而过，崔世功不由得问道，司马大哥，你这是要往哪儿去啊？

司马亮眨了眨眼睛，故作神秘地说，现在先保密，到了地方你就知道了。

显然，司机早就知道往哪里开，崔世功心里想，我看司马亮能搞出什么花花点子，省城里的饭店毕竟我比他熟多了，还有什么样的他知道我不知道呢？

司马亮不露声色地坐在那里，那眼神却在说，你等着瞧吧，过一会儿你就看见好戏了。

车在一家非常普通的小饭店门口停下了，崔世功一看上面的牌匾是“路通饭店”几个字，便满脸疑惑地看着司马亮，虽然没有说话，可那满脸的问号司马亮早就看明白了，可他依然不动声色。

后面的车上下来的女人们依然还是谈笑风生，可一看把她们领到了这样的小饭店门口，都争先恐后地嚷嚷开了：

一个是大局长，一个是大老板，怎么领我们到这样的小饭店？

怎么，搞廉政啊？也不能在我们头上搞啊，一桌饭才用几个钱……

司马亮连连地摆着手，大声地说，女士们先生们，咱们常说强宾不压主，今天是我请客我做东，你们吃完了喝完了再发表意见好不好，如果大家都觉得不好，我甘愿受罚。

一看司马亮都这样说了，大家才安静下来，但心里还是有些将信将疑，就跟在司马亮的身后，走进这家小饭店。

刚一进门，众人便有了一种异样的感觉。这种特殊的感觉又很难用一个词语或一句话进行简单的概括，除了司马亮，其他几个人都愣在那里。

屋里的装饰和陈设同别的地方相比，风格确实是太特殊了。

还是蒋含琼最先感叹道，我觉得这里充满了一种文化气息。

大家也都很有同感地点着头，司马亮向蒋含琼挤了挤眼睛，悄声地说，还是咱们的小莉有眼力，真是一语中的呀！

一边说着，一边走进了一个包房。这间被命名为“冲浪船”的屋子更是别有洞天：新颖的壁画、高档的餐桌……就连服务生的打扮都非常特殊，俨然十八世纪西方海船上的水手。

就连一直不言不语的崔世功也连连说着，真是特别，真是有些意思，我怎么不知道在省城还有这样一个妙不可言的所在呢？

老弟呀，你不了解的情况还多着呢。司马亮一边拍着崔世功的肩膀一边说，等一会儿你还要大吃一惊的……

正说着，那个“水手”拿着两份菜谱走过来，只见司马亮朝他摆着手说，我只要特价的，海鲜当然要你新捞上来的。

“水手”会意地点着头，把一份菜谱递给了司马亮。司马拿眼只在菜谱上随便地扫了一眼，就对“水手”吩咐道：

每人一份分餐式的小火锅，澳洲肥牛、日本海鲜、俄罗斯江鱼各上一盘，其他的本店的特色菜每样一份，我要让我的朋友们好好品尝一下。

看那样子，司马亮早已是轻车熟路，就像走进了自己家的饭店一样。一看服务生已经走出房间，他对崔世功压低了声音说，这里，我今天是第三次来，前两次，一次是别人请我，一次是我请别人。

这个小饭店开业时间不长吧？我看着屋里的陈设都是挺新的。这时，马悦华插了一句。

司马亮微笑着说，你说对了，从剪彩开业到现在，也不超过三个月。

大家觉得没等太长时间，小火锅和各种菜肴便摆上了桌子。因为吃的是火锅，又都是熟人，便免去了很多客套，自己忙自己的，刚刚吃了几口，小玲和小芳便忍不住地连声叫好。

蒋含琼也拿眼睛热烈地望了崔世功一眼，悄声地说，大局长，这样好吃的火锅我真是第一次吃，真没有想到，这样的小饭店居然有这样的美味。

司马亮夹起一个大虾放在自己的碟子里，一边剥着，一边说，小莉啊，你知道这样的道理吗，叫一分钱一分货，我们这桌饭我估算了一下，肯定要超过这个数，他一边说着，一边伸出了两个指头。

两千？蒋含琼显得有些无所谓，我看也得这个数。

傻妹妹，你说错了，司马亮摆着手，一边往嘴里填着大虾，一边说，你说的数后面还得再加一个零。

他的声音并不高，可在同桌几个人听来，不亚于晴天的一声响雷，几个人就像同时触到了电门，更像被什么人点了穴位，举着筷子的、张着嘴的，都僵在了那里。

还是崔世功最先恢复了常态，一边笑着，一边侧着头对司马亮说，老兄，你不是在开玩笑吧，我看这桌饭菜怎么也花不了那么多钱。

司马亮轻松而自豪地笑着，我说老弟啊，这你就有点儿少见多怪了，你们知道这些菜的价格吗？现在我来告诉你，这盘肥牛是一千元，这盘海鲜是一千八百元，对了，这种江鱼，八百元一斤，还有，咱们喝的这种特别酿制的果酒两千元一瓶，虽然赶不上路易十三，可比人头马要贵得多。

说得几个人有些目瞪口呆，就连始终陪在他身边的小玲和小芳都连连地摇着头，老总，这样的事你怎么从来没说过？

司马亮拿起毛巾擦了一下汗，你以为你们是谁啊，难道什么事情都必须让你们知道吗？告诉你们吧，有些事情不该你们知道的，你们永远不会知道。说着，又转过头对崔世功说，老弟既然到北京去领奖，我这当哥哥的就请你们吃这顿家常便饭，等你们回来时，如果我还在这里，我们还在这里给你们接风洗尘，到时候咱们再搞出点儿新的节目，保证让你们大饱口福和眼福。

大家吃得很热烈，可自从司马亮说了菜的价格之后，几个人对菜品味得更细了，心里都在想，这样高的价格，这哪是吃菜啊，分明是在吃钱。

买单的时候，果然验证了司马亮的估算，那个服务生悄声地对司马亮说，打完折后是两万三千八百元。

司马亮从小玲的手里接过一张支票，唰唰地签上了自己的名字，告诉服务生说，告诉你们老板，今天是请我的朋友崔世功，他是北江农垦分局局长，现在去北京开会领奖，等回来的时候，我们还来。

服务生连说谢谢，轻轻地退了出去。

司马亮低声地对崔世功说，你知道我为什么要领你到这里来吗？崔世功想了一下，摇了摇头。司马亮笑了，我觉得你也猜不到，现在我告诉你，这家名叫路通的饭店，挂名老板的名字叫陆小同。

难道还有不挂名的后台老板？

嘘！小点儿声，你这话说得不是太露骨了吗？不过我还得告诉你，这回你猜对了，这家饭店不挂名的老板就是——他故意地拖着长声，又以口型加手势，崔世功好像有些明白了。司马亮接着说，你没看见那个服务生拿着两份菜谱吗，一份是普通的，一份是特殊的，只有内部的人才点特殊的菜，当然吃这种饭，说穿了，是吃的一种关系、一种情感，当然也是一种文化。

崔世功终于明白了，他走进官场的时间不算太长，可看过的经过的也算不少了，他万万没有想到世间居然有人想出这样一种办法，这真是绝了。双方都心明如镜，吃饭的食客和后台的老板都知道这是怎么回事，可大家都在装糊涂，谁都不去捅破这层纸。这几年当了局长之后，逢年过节，也派人往省城有关部门送过东西，可那些东西充其量也只是在农场搞来的土特产，一车东西加到一起，也就是今天的这一桌饭钱。今天这桌花了两万多元的饭菜，所用的成本绝不会超过一千元，如果这个事情拿出去说，不明真相的人保证都会笑掉大牙，都会说来吃的人是世间难找的大头。其实这种大头并不是每个人都能当上的，看来到这个饭店点特殊菜的人也不会很多。

司马亮像是看透了崔世功的心思，低低地说，像咱们这种吃法的人不用太多，你想想，全省多少个地市县，一个地方往这里送个十万八万的，那还不跟打个水漂似的？

一边往出走，崔世功还一边若有所思。司马亮扯了一下他的胳膊，小声地告诉他，老弟，咱这钱不白花，这叫有钢使在刀刃上，你知道吗，我敢保证，今天晚饭之前大老板就会知道咱们俩到这里吃过饭。

我信我信。崔世功连连点头，这一刻，他真对这个司马亮不敢小瞧了，甚至从心里升起一股莫名的寒气，我和这小子混在一起真得小心一点儿，他一个外地人，出了事拍拍屁股就可以走人，我可就完了。

走出饭店之后，崔世功正准备和司马亮告别，司马亮却拉着他的手说，那可不行，今天的程序还没完呢，既然你来了，今天就由我来安排。

饭不是都吃完了吗，你还要搞什么花样？崔世功笑看着司马亮那张油光光的大脸。

你不要多问了，你们就跟我走吧，吃完了这里的海鲜，咱们还要去喝一种特殊的茶，否则就消化不好，这叫原汤化原食。

崔世功摇摇头说，你的名堂就是多，行，今天就听你的安排。

“亚仕茶社”距离路通饭店不超过一百米。几个人进屋之后，最大的感觉就是这个茶社整体风格和路通饭店是一致的，虽然两处相隔一段距离。

司马亮仿佛看清了大家的心思，就乐呵呵地说，你们不用花脑子瞎猜了，这个茶社和那家饭店都是咱们特殊的定点单位。一边招呼着大家坐下来，一边意味深长地对崔世功说，老弟以后进省城开会办事时，多到这里品品茶，保证对你是大有好处的。

望着司马亮的眼神，崔世功心里明白了百分之八十。

服务员轻轻地走到桌前，声音甜美地问桌上的几个人，请问各位女士、先生要喝哪种茶？

来那种最好的龙井，对了，我们人多，要上两壶。司马亮环视了一下屋里，轻声地问服务员，你们老板在吗？也没等服务员回话，接着说下去，如果她在，你就告诉她，说一个姓司马的来了。

大家一边说着话，一边吃着服务员送上来的瓜果，这时大家才看清了这种充满文化气息的茶社，除了特殊的家具和陈设之外，墙上还挂了很多字画，远远看去也搞不清是什么档次的，在靠近服务台的地方，还有一个高档的陈列架，上面摆了很多瓷器古玩。

司马亮望了一眼蒋含琼，微笑着说，怎么样，我们的外事办主任？在咱们这伙人中，对书画和古董的鉴赏你算是专家了，咱们趁着茶还没来的时候过去参观参观。虽然表面是在征求意见，可司马亮早就站起身来，一手拉着崔世功，一手拉着蒋含琼，走走走，咱们过去参观参观，鉴赏鉴赏，要说文化，这里可比饭店要文化多了。

在他的引导下，大家走到了那些字画跟前。

蒋含琼一看那些字画，深深地吸了一口气，只有在这一刻她才从心里真正感到了这家普通茶社的不普通。

这些字画多数出自现当代名家之手，还有一部分是属于明清时代的，粗略地看了一下，蒋含琼就知道这些字画总价值绝不会低于二百万元。

正看得入神时，一个四十岁左右打扮入时、身材苗条、气质和相貌都光彩照人的女人走过来，热情地和司马亮握着手，司马总经理，您可真是贵客啊，欢迎欢迎。

司马亮两眼放光，神情也顿时无比热烈，唉呀，我的林小姐，你不仅生意做得好，人也是越来越年轻、越来越漂亮了。

我就愿意听你司马老板说话，句句都能让人动心，字字使人动情。那个姓林的女老板脸上依然保持着恰到好处的微笑，说起话来，热烈而不轻飘，甜蜜而不肉麻，那甜美的嗓音，让人听了感到从里到外的舒服。

今天我还不算贵客，要说贵客，我真得给你介绍一位。司马亮把崔世功引到了那位女老板面前，神情热烈地说，林老板，这位就是我曾跟你提起过的北江农垦分局的局长崔世功，年轻有为，前途无量。

幸会幸会，林老板大方热情地伸出手表示欢迎。

崔世功握着那位林老板的手，也只是几秒钟的工夫，可在崔世功的心中却产生了极大的震动，他一时还说不清究竟是什么感觉，可那种感觉是他从来没有过的，让他不由得心跳得厉害。

几个人又回到茶桌前的时候，还没等喝，就闻到了那挡不住的茶香，大家都纷纷端起杯，品评着、赞叹着。

这时，那位女老板又走向了离他们挺远的一桌，和那里的客人打着招呼。司马亮把声音压得很低，对大家说，我向你们透露一下这位林老板的内部资料，她叫林雯，对了，她年轻时最爱看的书是《红楼梦》，所以她把名字改成了这样的，她追求的目标就是既有林黛玉那样的美貌和才华，又有晴雯那样的倔强和刚烈，她当年可是中央音乐学院的高才生，后来是咱们省歌舞团的台柱子，大红大紫的时间至少也有一二十年。

噢，我想起来了，崔世功接着话茬儿说，我好像在电视上看见过她。

这就对了，当年在咱们省的电视里三天两头有她的节目，司马亮虽然把声音压得很低，可眼睛里却闪动着亮光，你们知道吗，当时追求她的男人足足可以编成一个连。

那、那后来花落谁家了呢？崔世功也很有兴趣地问道。

落到谁家现在还没有确定，我只知道她是咱们汪副书记的红颜知己，听说已经很多年了，那时汪书记正是省委宣传部的副部长。

那这个林雯还真是很有眼力。崔世功说话的时候，心里不知是在赞叹，还是觉得有些惋惜。

马悦华伸过头来悄悄地问，那她到现在就没有结过婚吗？

你这种问话也太幼稚了，像这样的女人能结婚吗？什么样的家族能养得住她啊。司马亮摆出一副深谙世故的样子，那语气中不无教训的成分。

崔世功坐在那里，正若有所思地品着茶，司马亮用胳膊碰了碰他，老弟，你去北京开会，就不想带一点儿上档次的见面礼吗？

崔世功被他问得一头雾水，但马上缓过神来，见面礼，是应该准备一点儿，可是准备什么呢？

这屋里不是现成的吗，司马亮用手指了指挂在墙上的书画。只要你买了就是一举多得，你想想，这边的林老板高兴，就等于……还有，你送到北京去，送给谁都是等于你存了一大笔人情，这种人情，到了关键时候可是你用钱买不来的呀，你是聪明人，还用我多说吗？

行，我听你的。崔世功深深地点着头。

他们喝茶的费用由司马亮承担，一共花了六千多元，

崔世功买的那幅画是由蒋含琼开出的一张支票。

出门之前，蒋含琼和林雯两个人在那里嘀咕了半天，临分别的时候两个人已经显得很亲热了，又是拥抱又是贴脸的。

出来后，蒋含琼把嘴贴在崔世功的耳朵上说，咱们花了八万元买了一幅画，这钱不能白花啊，我得跟她说得周到细致一些，让她向她的老板多吹点儿风，管它是什么风呢。对了，方才这张支票可是花我们外事办的钱，等咱们回来后，你可要给我多补点儿。

崔世功豪爽地说，行，回来给你补十万。

第二十六章

第二天一上班，在办公楼大门口，文丽就问走过来的江昊，昨天宋必成来了，你知道吗？

我也是今天早上听办公室主任打电话告诉我的，说他昨天半夜就走了，江昊一边上着台阶，一边回答着文丽，然后侧过头来对文丽说，怎么，他找你有事？

没什么，文丽一边看着后面走过来的人，一边小声地对江昊说，到你办公室再说吧。

进屋之后，文丽两眼紧盯着江昊，那眼神里有着一种让人琢磨不透的东西，江昊让她看得有些不好意思，就问，你有什么话就直说吧。

听说你和宋必成认识很多年了，他这个人怎么有点儿那个呢？文丽说话的时候有些吞吞吐吐。

哪个呀？江昊脸朝着文丽，你把话说得再明白一点儿，你这么说我怎么回答你啊。

对不起，我觉得这个话真是有点儿不好出口，可宋必成这个人给我的感觉越来越差，他这两次来都特意要找我说这说那的，又不是我的对口领导，一个劲儿地说要关心我的生活，我真闹不懂他这是啥意思。

江昊哈哈地乐了，别不是我们的宋大局长看上你了吧？

去，你怎么也没个正经话，文丽涨红着脸说，人家相信你才来问问你。

江昊说，我方才说的并不都是玩笑话，根据我对宋必成的了解，我敢肯定他是把你当成了一个目标。

算了吧，漂亮的女人有的是，我都这么大岁数了，文丽接着说，再说就宋必成的那副嘴脸，我真是无法走近他，也更不可能让他走近我。

江昊沉思了一会儿，认真地说，我断定宋必成一个劲儿地找你的原因有两个，一个是你长得好，是你的相貌气质吸引了他，一个是你的位置好。

你越说越远了，按年龄我毕竟是四十多岁的人了，按地位我也只是一个科级干部。

这你就不懂了，你知道吗，在人们的眼中，漂亮不等于美，而你是美，因为美需要有气质，需要有思想，需要有才华。大街上漂亮的女人有的是，很多都可以上书的封面，可你仔细一看，那眼睛里空洞洞的没有什么内容。还有，只要她们一张嘴，就更露馅了，满嘴的东北味儿，有的甚至还说脏话和土话。对了，咱们别把话扯远了，就说你吧，在很多人眼里，年龄根本不是障碍。另外，第二点也很重要，你忘了你来的地方，那是省厅，你知道吗，农村老百姓不少人家在厨房里都供着一个灶王爷，旁边还有两句话，叫上天言好事，下界保平安。

哈哈，文丽被江昊说得忍不住大笑起来，你可别逗了，你是说宋必成要把我当成灶王爷了？

你以为是什么啊，他肯定是这样想的，江昊神情坚定地说，我敢断定他是想通过和你拉近关系去打通上面的关节。

文丽终于点了点头，你这么一分析可能是对的。对了，你方才说宋必成想和我套近乎那个第一条理由，在你看来呢，你是怎么看我的？

江昊的脸一下红了，笑着说，说的宋必成，怎么又扯到我身上了？

文丽两眼死死地盯着江昊，一字一顿地说，我想知道。

江昊的眼神躲开了文丽那热烈的目光，稳了稳神，声音稳重地回答说，这一点我和宋必成是一样的，爱美之心，人皆有之嘛。

听江昊这么一说，这回轮到文丽的脸开始红了。

陆有为早就在家里憋得不行了，听说江昊要找自己谈话，高兴得差点儿跳起来，说不清是激动还是害怕，出门时，还怯生生地问妻子郝景琴，你说说这回江昊找我是什么事？

郝景琴一边洗着衣服，一边说，瞧你那个德行，能请神不能送神的主儿，你的事情不是已经处理完了吗，又没有抓住你新的毛病，要我说，今天江昊找你十有八九要给你安排工作。你可给我听好了，要么官复原职，要么就到有实权的部门去，都这么大岁数了，你也该为家里干点儿实实在在的事了。

陆有为被妻子的这一通抢白搞得心里直上火，可又无法发作，谁让自己无能呢，脚上泡都是自己走的，现在看来，只能听命由天了。

他一边往场部办公楼走，一边在心里琢磨，凭着这么多年对江昊的了解，不会让自己没有一点儿出路，可最难过的关是在家里，自己犯了那么大错误，还想官复原职，那不是白日做梦吗？可如果安排得不理想，妻子的这一关就不好过了，平时自己当副场长时，还要经常忍受她的三七话儿，什么谁谁那个场长当得多潇洒，谁谁那经理干得多威风，同样是男人，你怎么就没有志气呢？这回如果自己被降级了，回到家里还不把我吃了。

江昊还是很热情地接待了他，问了一些最近对自己错误的认识，然后对陆有为说，考虑到你也是咱们农场的老人儿了，又是一名知识分子，这么多年在农场也做了一定的工作，虽然你上次的错误性质是严重的，可党委研究决定，还要给你安排一下工作，并希望你能在今后的工作中加倍努力，对以前的事也不要背太多的包袱，轻装上阵，从头做起吧。

面对江昊真诚的话语，陆有为被深深地感动了，便眼中含泪地说，这些日子我天天在家里想，不知在心里骂自己多少遍了，我真是一个糊涂透顶的大笨蛋，居然做出那样见不得人的荒唐事。这么多年了，你的人品我还不知道吗，怎么说呢，都是我对不起你，还有，我从心里感谢农场党委还给我一次机会。

江昊说，我们准备让你回水利科工作，职务是水利科副科长，主持水利科工作。你知道，水利科没有科长，由你主持工作，希望你要珍惜这样的机会，你也应该体会党委这样安排的良苦用心。

陆有为的眼泪终于落了下来，变着声调说，江场长，你什么也别说了，你就看我今后的行动吧。

回到家里，陆有为在路上担心的事果然发生了。郝景琴听说江昊只给陆有为安排个副科长，就扯起大嗓门吼了起来，陆有为啊，你可真是一个天底下第一号的大草包，我跟你过了这么长时间，真是瞎了眼了，说你呆说你傻一点儿都不屈，你一个五十几岁的人，却当一个副科长，你说丢人不丢人，你还乐颠颠的，你不嫌丢脸，我还觉得没脸见人呢。

陆有为终于忍不住了，我走到今天，能怨人家江昊吗？这件事要是颠倒过来，咱们还能给人家一个这样的出路吗？其实，我还以为不会给我安排工作呢，从这件事上，就可以看出江昊的胸怀就是比咱们开阔啊！

呸！郝景琴狠狠地瞪着陆有为，你的脑袋是被门挤了，还是灌进水倒不出来了？人家把你卖了，你却屁颠屁颠地帮人家数钱。

反正通过这件事我心里还是很感谢江昊的，陆有为趴在那里声音也小了不少。

郝景琴还是不依不饶，我可告诉你，那个狗屁副科长我不许你当，宁可在家干闲，咱们也不能丢那个人。你给我听着，你就给我在家待着，这回我也豁出去了，我去城里找大哥，要是没有别的出路，咱们回来就散伙，你走你的阳关道，我走我的独木桥。你听见了吗，在家给我待着，等我回来。

郝景琴穿戴好之后，一摔门出去了。

窗外的月亮又大又圆，把屋里照得一片通亮。躺在床上，方祥怎么也睡不着，折腾得周云忍不住了，伸手把床头灯打开，非常烦躁地说，你这是怎么了，三更半夜的不睡觉？

方祥从被窝里坐起来，深深地叹了一口气，皱着眉头说，我这场长都快当不成了，哪还有闲心睡觉。

一句话说得周云的睡意也全都跑光了，也一下坐起身来，怎么，谁说你场长当不成了？到底是怎么回事？

方祥说，昨天崔局长去北京之前跟我透了一下风，说我这一年的场长没干明白，上下左右都有不少意见，等他回来后，想把我调到分局当宣传部长或者是外贸局长。

周云想了想，感到这事情确实是真的了，因为这么多年凡是崔世功说过的话，基本上都是板上钉钉的。看来，身边的这个方祥确实差得火候太多，虽然也给了他机会，可自己干不好，跟着这样的男人真是委屈了我自己，虽然在那方面还有孙超群，可必定那不是生活的全部，要想满足自己生活的需要和争强好胜的虚荣心，还是要靠这个家庭和身边的这个男人。

想到这，周云对方祥说，既然事情已经到了这一步，那只好听崔局长的安排了，反正你是他的人，只要他在台上，总是亏不了你。还有，崔局长给你选的这两个部门我看都可以，都能发挥你的长处，你这个人好吹牛好拍马，当宣传部长正合适，再有，你别的能耐我没看出来，搞一些迎来送往拉关系，你还算是一把手，所以让你当外贸局长也不屈才。

你说得轻巧，方祥还是忧心忡忡地说，宣传部是清水衙门，穷得叮当乱响，外贸局也不太好干，现在外贸的事也不是很多，这两个部门都没有什么油水。

亏你还当过领导，那眼光和耗子一样，就看到眼皮底下那一点点。周云用手指点着方祥的脑门，我告诉你吧，这两个部门你如果干好了，都是有前途的，你想想，如果宣传部长干好了，往上再升一步就是分局的党委副书记，接着就是书记，外贸局眼下你觉得没有什么事干，又捞不着什么油水，可你知道，中国马上就要“入世”了，到那时，谁还敢小瞧你这外贸局长？

方祥不得不用敬佩的眼光打量着妻子，怎么就没想到这一层呢，真是惭愧啊，人家都常说，当领导的，尤其是当大官的，眼光和胸怀都是不可缺少的，这就像下象棋，高手能看出好几步，而我这样的看到的就是眼前的一小步。

经过周云的一番点拨，方祥总算想通了，可还是有些不甘地对周云说，熬了这么多年好容易当上了场长，还没有捞到几个钱就这么走了，我有些不甘心。

这还不好办，周云胸有成竹地说，现在你要调走的消息别人都不知道，咱们现在就抓紧捞它一把。

你说得容易，不想一个好办法，捞到的钱也会咬手的。方祥说。

我早就想好了，其实这些办法都是人家用过的，可以说是百战百胜。

都有什么好办法？方祥眼睛睁得老大，有点儿像小学生面对老师在请教问题。

周云扑哧一声笑了，我怎么说你好呢，其实有的方法你也用过，就说前段时间给我过生日吧，那就是一种。告诉你吧，现在你要敛财如果想要大家都痛痛快快地马上来，最有效的办法就是生病、洗牌、过生日。生病不用我多解释，想让人家给送礼，你就往医院一住，用不了十天半月，该来的都会来。我知道你要问洗牌是怎么回事，其实这种办法你们也用过，就是调整基层的领导班子，现在正是时候，农村都讲算盘一响换队长，对了，咱们这回就在月亮湖好好地洗上一把牌。

方祥终于像开了天目一般地抢过话头说，对，就这么办，明天正好开全场大会，我就在会上把风放出去，马上调整从场部到连队的各级领导，还要让他们知道这回是大动。现在正好书记外出学习不在家，别的副职谁敢放出一个扁屁？再说了，班子以前就讨论过这件事，只是当时还没有确定具体的时间罢了。

周云满意地笑了，摸了一下方祥的脸，又亲了一口，好，孺子可教也。

方祥张开手臂，扑到了周云的身上，好啊，看看咱们谁教育谁。

郝景琴风风火火地来到郝景春家的时候，天已经快黑了，郝景春也是刚刚进屋，看见妹妹满脸愁云的样子就问，怎么，又是你们家陆有为的事？

你还明知故问干什么？郝景琴一边脱下大衣换着拖鞋，一边说，谁让你当时给我找的对象，真是麻绳穿豆腐没法提，你这当哥哥的说不管就不管，我可告诉你，那不行。

别看郝景春在外面人五人六的，往银行行长的位置上一坐，能够呼风唤雨，可他的这个妹子从小就是个不听邪的主儿。这么些年来，他这当哥哥的对这个妹妹始终让着三分，他也知道爹妈已不在世了，世上就这么一个亲人了，怎么说也是一奶同胞。当年妹妹找陆有为的时候，有些举棋不定，真还是他这个当哥哥的给烧了一把火，说陆有为是个大学生有技术，到什么时候都错不了，现在可倒好，妹妹居然还记得这个。前一段时间为了陆有为的事他也花了不少心思，可都是陆有为不争气，对他的事真是不想再管了，可是既然今天妹妹亲自上门来了，这是躲也躲不过去的，可是怎么办呢？

郝景琴一看哥哥坐在沙发里沉默不语，她心里就有底了，这说明哥哥不是撒手不管，而是在琢磨怎么管。

虽然并不是经常到这里来，但毕竟是自己的娘家，郝景琴就像回到自己家一样，站起身来对郝景春说，哥，这么多年都过来了，我倒不是埋怨你，当年找对象时，你的话在我心里就是圣旨，虽然我们家的那个不争气，可是他还是能干点儿事的，我这当妹妹的就求你这一次了，以后的事我就是到街上去要饭也不麻烦你了。

郝景春抬起头来，嘴一咧一咧的，用手指点着妹妹，你啊，你啊，什么时候能改了这种脾气呢，明明是求人家，可说出的话却像别人欠了你似的。

行了，我的亲哥，郝景琴一边向厨房走去，一边又回过头来说，你在那里慢慢想，反正你想不出辙来，我就住在你们家不走了。嫂子还没有回来，我来做饭吧。

郝景琴拉开冰箱的门一看，大声地说，这当行长的就是不一样，这是谁送的一大包对虾，今天也算是我有口福，我做这种东西最拿手了，哥，你就瞧好吧。

郝景春老伴进屋时，郝景琴早把一桌子饭菜做好了。一看这位厉害的姑奶奶上门了，郝景春老伴便满脸堆笑地打着招呼，一口一个妹子地叫着，好不亲热。

几个人一边吃着饭，一边商量着为陆有为找个什么事，郝景春老伴突然想起来一件事，就连忙说，我们单位同事的一个亲戚在外地办了一个农机配件公司，听说挣了不少钱。

只见郝景春一拍大腿，我怎么就没想起来呢？对了，就让你家陆有为开一家农机配件公司。

郝景琴顿时也来了精神，想了想说，办公司？那可要一大笔钱啊，我们家上哪儿整那么多钱？

郝景春老伴望着丈夫，试探地问，你们银行能不能贷一些？

贷是可以贷一些，郝景春一边思考着一边说，这种农机产品不知道销路怎么样，要是搞好了，是能挣大钱的买卖。

哥，就凭你的地位和关系，保证错不了。郝景琴信心十足地说，听我们家老陆说，那种五六十万的挖掘机，卖一台就能挣好几万，还有，这些年农场的水稻面积扩大了这么多，咱就搞这些。郝景琴越说越兴奋，哥，让我们家老陆出面办公司，你就当后台老板，挣了钱咱们两家分。

郝景春端着酒杯想了一会儿，一口把酒干了，把空杯往桌上一放说，行，就这么干。

哥，你赶紧派一台车把我送回去，郝景琴一边大口地吃着饭，一边说，我得连夜赶回去，我们家那位还等着我的准信呢。

第二十七章

全场干部大会比原计划的规模扩大了很多，方祥让办公室主任重新下发了一份通知，要求全场副队级以上的干部全来参加大会。

农场机关大会议室里一下子挤满了，足有二百多人，很多人并不清楚为什么要把会议的规模扩大到这种程度，互相见面时，你问我，我问你，互相又都摇摇头。

就连农场机关消息最灵通的科长们也并不明白方祥的葫芦里卖的什么药。当大家都满怀猜疑地坐在会场里，方祥走上了主席台，其他几位农场领导和他坐成一排，按照会议预定的程序，进行年终总结，对明年的工作提出基本设想。

其实，这些内容在往年都是放在一年一次的职工代表大会上进行的。

会场里的人大多数对这种会议内容并没有多大兴趣，虽然是早晨，但屋子里很冷，听着台上又臭又长的讲话，下边的人很多都心不在焉了，有的拿着报纸在看，有的在交头接耳，还有的可能是头一天晚上跳舞打麻将熬了夜，开始昏昏欲睡了。

看着会场上这种乱哄哄的局面，方祥紧皱着眉头，主持会议的副场长也好几次维持会场的秩序，让大家注意听，认真记，并一再强调，有些内容回去之后还要认真讨论，还要传达给群众。

不管台上的人怎么着急，台下的依然是我行我素。

会议最后一个程序，便是场长方祥讲话。只见他清了清嗓子，环视了一下会场，声音并不是很高地说，我今天只讲一个内容，因为其他的事情别的领导已经讲过了，我同意他们的意见，我现在要讲的是——他故意拉长了声音，一看并没有引起其他人的注意，就提高了嗓门，我要讲的内容是要在新年之前调整完从机关到连队的各级领导班子，当然包括所有场直单位，这次调整的规模是相当大的。为什么我们要有这个举动呢，就是因为很多人在一个单位待的时间太长了，形成了一种特殊的关系网，这个问题不解决，我们月亮湖农场的事业便不能健康地发展。

这时会场静得无声了，再也没有人说话看报纸了，那些睡觉打呼噜的早已经把通红的眼睛睁得老大，所有的睡意都跑到了九霄云外。这倒不是方才方祥讲的话有多高的水平，最主要的，调整班子这几个字就像是一颗炸弹，它关系到每一个人的切身利益，会场里几乎没有一个人不在关注着。只见有的人把嘴张得大大的，脖子也伸得老长，眼睛死盯着主席台，那种认真的程度是少有的，他们生怕因为自己的精神溜号而漏听了方祥讲的话。

方祥拿起水杯慢慢地喝了一口，然后又静静地望了一下会场，从会场这些人的神态中他知道自己的这剂药下对了，他在心中暗想，我让你们平时不把我放在眼里，现在我倒要看看你们还有啥章程。我就不信那个邪，还有谁不关心自己的位置，连傻子都知道位置直接关系到口袋里的票子。

会场像被打了一针兴奋剂，所有人的神经都被绷得紧紧的，表面谁都很平静，实际在每一个人心里都正掀动着万丈波澜。其实道理很简单，现在站在好位置的，心里在琢磨我怎么才能保住这个位置。现在位置还不理想的，在琢磨怎样通过这次调整班子换一个好位置。而那些当着副职的，心里在想，我绝不能失去这样机会，一定争取把那个副字拿掉，这正副的差别实在太大了，当一把手，哪怕是一个普普通通的队长，那也是能在人前人后呼风唤雨，而当了副职，你就是有天大的本事，也只是一头听喝的磨道驴。

会场里的人都各想各的心事，但眼睛都盯着方祥一个人，好像方祥嘴里说出的每一个字都和自己密切相关。

方祥心里正在得意，故意地向左右看了看，那眼神像是在说，我的讲话是咱们共同研究的。坐在主席台的其他几个人也都在点头附和着，虽然也有人在心里画着问号，可表面上还只能这样做。

方祥继续说下去，说的声调也有些抑扬顿挫，很多人虽然来不及仔细品评，可都觉得今天这位方场长说的话每一句都很重要。

我们这次调整基层领导班子，就是要不拘一格地选拔人才，不要以为自己那个位置就是板上钉钉，我们早就打碎了铁饭碗，掀掉了铁交椅。说到这里，方祥又端起水杯，浅浅地喝了一下，其实他这时并不渴，也不想喝水，可他需要这样做，需要用这些动作来制造一下此时无声胜有声的效果，来吊吊这些听众的胃口。他接着说下去，我们就是要通过这样的改革，让每一个人都有危机感，都把自己最大的能量发挥出来。我们不是常说那句话吗，庸者下，能者上，我们就是要为真正的能人创造这样的机会，提供这样的战场，让真正的英雄有用武之地。今天只是在这里给大家吹吹风，下个毛毛雨，也请大家以农场的利益为重，当个人利益需要牺牲的时候，我相信在座的都会毫不犹豫地维护农场的利益。这次调整班子的时间计划半个月左右，到那时，我们就要以全新的精神面貌去迎接新的一年。

方祥在这个农场待了这么多年，在领导的位置上也不止一次讲话，可大家都觉得他今天的讲话最成功，每一句话都抓住了所有人的心。

方祥讲话结束的时候，会场里的人不知是出于什么样的原因和心理，都使劲地鼓掌，那掌声显得异常热烈，方祥也激动地站起来又是摆手，又是点头，在他的心里，这一刻，作为一个男人的成就感就像一排巨大的波浪在冲击着他。

散会之后，方祥回到家里把会上的情况简要地跟周云说了一遍，其实周云早就知道了，但表面上还是以赞许的目光望着丈夫，并对方祥做出了一个平时少有的亲切动作。

在方祥没有回来之时，孙超群早就把电话打了过来，因为事情发生得突然，孙超群再也不像平时打电话那样，先要说几句煽情的话，今天他对着话筒就直奔主题。其实周云心里早就有数了，因为这个方案就是她和方祥在被窝里商量的，不仅如此，她更没有忘记给自己的这位老同学老情人琢磨一个好位置，她觉得应该让孙超群进机关，先到一个有实权的科室当科长，如果干好了，还会有更大的发展。

当周云把自己的打算对着话筒说出来之后，电话另一头的孙超群早就激动得不得了了，嘴上一个劲地说，谢谢，太谢谢了。

去去去，谁愿意听你的客气话。周云拿着话筒，非常得意地对孙超群说，咱们俩你还客气什么，今后你一定给我好好干，为我争口气。孙超群在那头大声地答应着，一定一定。

一看方祥兴高采烈地回来了，周云知道事情进行得很顺利，最起码这头一把火是烧起来了。她心里非常清楚，今天方祥在大会上的讲话，就等于把一大堆鱼钩甩在了养鱼池里，现在就等着那些鱼来咬钩了。

对所有的鱼都可以不关心，可孙超群这条鱼她不能不管，怎么个管法，虽然心里的目标早就有了，可怎样才能达到这样的目标，还必须要经过方祥这一关，虽然平时方祥对她多数是言听计从的，可这回毕竟是孙超群的事，也不知道方祥这小子知不知道我和孙超群的来往，如果知道，这事就要费点儿周折，最起码方祥不会就那么痛快答应她的要求。

周云是那种想到哪儿就必须要办到哪儿的女人，中间的过程不管吃多大的苦，她都可以承受，只要达到目的就行。平时她常常觉得自己身为女人是投错了胎，她觉得自己的韬略和能力都远远超过很多男人，可社会这种东西实在没有办法，它没有把更多的舞台提供给女人，于是她就想通过自己的男人来施展远大的抱负，可偏偏遇上了不争气的方祥，为了这，她在心里不知流过多少泪。后来虽然有了孙超群，可还是觉得不能满足自己的追求，按照她的想法，和她一起往前走的男人，应该是崔世功和江昊那样的，男人在前面横刀立马打天下，她便可以风风光光地做一品夫人。

一看今天方祥的脸上正乐得开了花，周云就在心里开始盘算着，等着了不如撞上了，早晚都得张这个口，早办总比晚办强，她起身给方祥倒了一杯热茶，眼神里流露着赞许和欣赏。

方祥也感到很激动，今天周云的很多举动都使方祥感到有些意外，但他没有细想，他觉得自己正被一种从未有过的成就感所推动着，自己的自信心也从来没有这样坚定过，他觉得今天自己才是一个真正的男人，便走过来拉住周云的手，轻轻地说，怎么样，你老公还行吧？

周云也激动地说，行，行，太行了。在我的心里你始终很高大，尤其像这次你做出的决定，这才像一个真正的男人。不过我想，常言说，一个好汉三个帮，要想干出点儿大事，单枪匹马不行，一定要有自己的四梁八柱。依我看，趁着这次调整基层领导班子，你要好好安排安排自己的人，让他们占住一个好位置。如果你不调走，他们将来会死心塌地地维护你；如果你真的走了，这里也是你的根据地，不管有什么事，你回来喊一嗓子还能好使。

方祥两只眼睛睁得大大的，我的夫人，你真是高，实在太高了。

一看方祥的情绪被彻底调动起来了，周云便不失时机地发起了进攻，她像是没有任何准备不经意地说出的话，其实她要说出的话在心里不知颠了多少个个儿了：你我是同床共枕的夫妻，这个时候我一定帮你好好选选人，别的我还没想起来，你觉得孙超群这个人怎么样，对了，你别以为我们是同学，他不好，我也不会说他好，我想听听你的意思。

对于周云和孙超群的事方祥早就有所察觉，可他不想深究。一来自己确实那方面不行，真是无法满足周云那种超过一般女人的性要求，虽然在司马亮的小楼那里恢复了一些，但毕竟还是差着不少火候；二来留着周云这条小辫子，时时攥在手里，以后自己也方便多了。此刻看到周云说出的这些话，他在心中暗笑，看把你能的，竟在我面前耍花腔，你想蒙我，我偏要装糊涂，这层纸我偏偏不捅破。

想到这里，方祥对周云说，不错，孙超群这个人很聪明，能力也可以，我正准备把他安排到外贸或者是粮食部门。说到这儿里，方祥意味深长地望了周云一眼，我的夫人，那些部门可都是肥缺啊。

我知道，周云脸上有些发烫，赶紧用话掩饰着，你把他安排到那个位置，他就是咱的人了，以后就是咱们的一条退路。

方祥故意打着哈哈，别说孙超群确实不错，就是他真是差些火候，凭着夫人的面子，我也得给他一个师长旅长的干干呢。

说得周云扳过方祥的脸又结结实实地亲了一口。

文丽要到分局去参加党务工作者经验交流会，临走时她把参会的党员代表都召集在一起开了一个会，还特意把准备在会上发言的典型材料拿过来又看了一遍，并提出了一些修改意见。

大家说着说着就说起了离他们而去的黎书记，在每一个人的心里都有这样的感觉，好像黎玉新正坐在他们中间，和他们交谈着。

对于黎玉新在太阳农场留下的影响，文丽是通过一件一件具体的事情不断加深着印象。文丽在心里对黎玉新总是有着一种挥之不去的感激之情，正是黎玉新在这里打下的良好基础，才使她这个刚来的书记做起党务工作是那样的顺心顺手。很多基层单位的党组织负责人，明显地受了黎玉新的言传身教，素质确实高，想的事办的事一刻也不离开老百姓，而让身边的党员们都成为普通百姓面前的一面旗帜。这种事情说起来好像很容易，真正做起来那是很难的。这么多年以来，由于商品大潮的冲击，人们的观念也发生着巨大的变化，很多宝贵的东西被人们丢掉了，道德沦丧、信念危机，有些党员和干部早已把人民的利益忘得干干净净，这是非常可怕的事情，可又不是一朝一夕靠几场报告或者谈几次话所能解决的。在这个农场，职工素质的普遍提升，和这些党员的带头作用是密不可分的，文丽至今忘不了在抗洪抢险的大坝上，在抢收水稻的田野里，正是这些有着共产党员称号的普通人做出了巨大的贡献。

当他们一起走进分局会议室的时候，很多农场的代表们都望着文丽开始交头接耳，因为这是文丽挂职以来第一次在分局的大会上露面。这时会议还没开始，组织会议的那位分局党委副书记特意大声地向大家介绍说，这位就是太阳农场的文丽书记，是省厅到咱们分局挂职的领导。

望着大家热情的笑脸，文丽很激动，她微微地向大家点一点头，便找一个位置坐下了。

很多来开会的人都是多年的老代表，他们当然知道太阳农场以前都是黎玉新亲自带队，如今他们望着这位漂亮精干的女书记，都在悄悄地议论着。

突然有一个人大声地对文丽说，文书记，你什么时候也到我们农场去挂挂职，也让我们和上级领导亲近亲近，要不太阳农场也太占便宜了。

组织会议的副书记故意忍着笑绷着脸，大声地对那个人喊，你个王胖子，刚见面，什么嗑都敢唠，看我一会儿不好好收拾你。说到这，又转头朝文丽说，文书记，方才王胖子是开玩笑，你别往心里去。

没什么，他说的也是实在话，我虽然不是什么大领导，但你们都觉得我是省厅来的，这也能够理解。文丽从自己的座位上站起来，大方地对那个叫王胖子的人说，王书记，其实我也想每个农场都去工作一段时间，可我实在没有分身法，再说黎书记他刚走，分局领导又让我暂时代理党委书记。还有一条原因，二十年前我就在太阳农场工作过，只是那时还小，很多想做的事情当时还没有能力做，我这次回来也是还愿吧。

听了文丽的几句话，会场里的代表们都纷纷地开始注意这位女书记，大家顿时在心里对她都有了一种非常明显的亲切感。

这次会议一共就进行了一天半的时间，在这个过程中，文丽始终是坐在那里认真地听，她觉得自己距离一个称职的党委书记还有相当的距离，正好这次是一个很好的机会，正好给自己充充电，增加一些营养。

第二十八章

就在开完全场干部大会的当天晚上，方祥家里的电话就像开了锅，所有的人打来的电话主题只有一个，就是预约时间要到方场长家来看看，向方场长汇报汇报工作。

这些电话有一些是周云接的，不管是谁接的，因为她和方祥已经商量好了，尽量让这些人都有到他家“汇报”的机会，只是时间一定要安排好，不能撞车。

这些打电话的人，有机关的科长、副科长，有连队的队长、书记，有副队长、工会主席等等。接着这些电话，周云强忍着笑，心里早就美得不行了，她在心里悄悄地骂着这些人，这些个牵着不走打着倒退的东西，现在才知道急来抱佛脚，平时都干什么去了？

放下电话，周云把头转向方祥，见他正在那里在纸上记着和这些人见面的时间，便又一次叮嘱道，这次咱们是在月亮湖最后一把，你记住这样一条原则，不上礼的，不管是谁，一律拿下，上礼少的，就把他派到没有油水的地方。

你放心吧，我不会客气的，方祥抬起头来，我还要用这笔钱到分局去铺路呢，现在这时候，越往上走，用钱的地方越多，腰里没有钱，谁都不好使。

两个人正说着话，第一个前来“汇报工作”的已经按响了门铃，方祥一看写在纸上的名单和时间，对周云说，你去开门，来的是二十八队副队长王绍堂。

走进屋来的小伙子显然是第一次登场长家的门，显得有些拘束，周云倒是显得非常热情，又是倒茶水，又是让座位，然后就躲到另外的房间去了。

这位叫王绍堂的副队长显然是那种干的多说的少的主儿，说出的话也显得有些笨拙：方、方场长，我今天来、来的意思，就是，就是想，我的工作问题，你看我在二十八队已经干了五六年副队长，自己觉得还可以，这次、这次调整基层班子时，您能不能给我考虑一下。一边说着，一边从皮包里拿出一个方方正正的纸包，场长，这是十万元钱，没有别的意思，只是先表达一下我的心意，因为这事要给你添很大的麻烦。

听说纸包里放着整整十万元，方祥那颗心早就怦怦乱跳了，可他还是努力地稳住神，小王啊，你这是干什么？咱们提拔干部主要要唯才是举，这些年你干得不错，我正准备这次在调整时给你压压担子，怎么样，你自己有什么想法，你准备到哪个连队去？

如果领导不为难的话，我请求把我派到三十四队。这句话在王绍堂的心里不知默念过多少遍了，所以说出来也显得相当流利、清晰。

方祥心中暗想，别看王绍堂这小子平时蔫头耷脑的，心里还挺有数呢，谁不知道靠近月亮湖的三十四队是新开发的，黑地多油水大，他送给我的十万，用不了两年就搂回去了，运作好了一年整个十万八万的不是什么太难的事儿。想到这里，方祥便不露声色地说，三十四队是个大单位，你觉得自己能行吗？

王绍堂咬了一下嘴唇，说得很坚定，我觉得自己能行，我保证能把三十四队生产和生活都搞上去。他一边说着，一边用手又摸了一下那个方方正正的钱包。

方祥当然看见了这个细微的动作，心里在骂，你小子分明是在提醒我，买三十四队的队长十万元钱是够了，既然这样，我就答应他吧。想到这，便爽快地说，行，我就把三十四队交给你了。

王绍堂激动得满脸通红，站起身来就要告辞。方祥连忙说，等一下，既然你要到三十四队去挑重担，来，我给你壮壮行。说着就从酒柜里拿出了一瓶 XO，又拿出两个酒杯，分别倒了半杯，来，咱俩干一杯，祝你马到成功!

不不，场长，我不太会喝酒，再说，我方才是骑着摩托来的，我怕，我怕……王绍堂吭吭哧哧地说着。

算了吧，你怕什么，一个大男人，喝这一口酒还能算个事。方祥不容分说地把酒杯举到了王绍堂面前。

一看实在无法推辞了，王绍堂接过酒杯，喝了好几口才勉强把杯里的酒喝光，一边道着谢，一边走出门去。

分局的会议结束后，文丽特意去了于永德的办公室。

一看文丽来了，于永德很热情地打着招呼，亲自给文丽沏上了一杯茶，亲切地说，一晃你到太阳农场都快半年了，时间过得真快啊，对了，别看咱们不常见面，可关于你的消息可是不断传到我的耳朵里啊。

文丽有些紧张地说，于书记，是不是人家说我这个代理书记不称职啊，如果你听到什么反映，可要及时告诉我，我也知道自己初来乍到的，很多工作都没有做好。

于永德摆着手说，你都想哪儿去了，我所听到的，和你方才的猜测恰恰相反，大家可都是争先恐后地表扬你啊。

文丽不好意思地红了一下脸，接着说，于书记，你不要净给我吃宽心丸了，自己是半斤还是八两，我心里是有数的。

你别以为我跟你开玩笑，于永德认真地说，对你，我也不会故意找些宽心丸给你吃，不信你听听，我所掌握的这些情况是不是真实的。于永德一边说着，一边一个个地扳着自己的手指头：你刚来时就参加抗洪抢险，接着便是转移群众；你的一张纸条，解决了太阳农场改造面粉厂的一大笔资金；秋收时你和农户们忙得两头看不见太阳；送粮时，你又和农户们起五更爬半夜……

快别说了，快别说了。文丽一边摆着手，一边笑着说，我做的这点儿事怎么你都知道了？

你以为我是谁，我可是分局的党委书记，于永德故意轻松地说，我可是你的领导啊，领导如果不知道自己的下级干得怎么样，那不就成了聋子和瞎子了吗?

于书记，我还有件事想问问你，文丽把话题转到了另外一件事上，这件事我对谁都没有说过，因为你是分局的主要领导，我就知无不言了，我听到一些反映，是对崔世功局长的，尤其他这次到北京去领奖。

是啊，我也听到了一些，于永德神情严肃地说，这种事情我也考虑了很久，我们作为党的干部，应该多听听多看看，对于崔世功局长我现在还真有些拿不准该怎么办，对他个人的宣传前一段时间可以说达到了相当的程度，又是报告文学，又是电视连续剧，还有引进港商搞的那个开发区，这次到北京领奖听说是上面戴着帽下来的。

文丽显得忧心忡忡地说，听说开发区也有一些事情，特别是你方才说的那个港商，听说月亮湖农场强行压低价格收购原料的事就和那个港商有关系。

于永德点点头，这件事我知道，也很复杂，我正准备找一个恰当的方式深入地了解一下。

文丽要告辞的时候，又对于永德说，我有一个想法，还没有来得及和省厅领导汇报，今天先和您说一说，我准备把自己在太阳农场挂职的时间再延长一年。

太好了，太好了，于永德高兴地说，这可是我们求之不得的事情呀，我恨不得把你从省城彻底调过来呢。

第二天，方祥走进办公室，还没来得及坐下来，就看见办公室主任急匆匆地跑过来，气喘吁吁地对他说，场长，你知道吗，二十八队的王绍堂，昨天晚上被车撞死了。

方祥心里咯噔一下，赶紧稳了稳神，到底怎么回事，在哪里撞死的?

办公室主任回答时话语都不太连贯了，是今天早晨才被人发现的，在场部和二十八队那条路的中间，摩托车被撞成了两截，人也被撞得一塌糊涂，等人发现的时候，早就冻硬了。

方祥吩咐办公室主任，你赶快把这个事情安排一下，该怎么办就怎么办。

整整一上午，方祥的脑子里全是那个王绍堂，这真是想不到，人算不如天算，这小子也真是不顺当，怎么会骑着摩托就被撞上了呢？噢，他突然想起是不是因为那杯酒啊，如果因为喝了酒，才被车撞了，这事情如果露了馅，我的麻烦可大了。

回到家里，一边往下脱大衣，一边喊着周云，周云，大事不好了，王绍堂那小子昨天晚上被车撞死了。

周云从里面的屋里很懒散地走出来，穿着睡衣，好像还没有睡醒的样子。

怎么大白天还睡觉，方祥皱了皱眉头，心里有些不悦，可他也搞不清这种不悦是因为王绍堂的死，还是因为周云在大白天睡觉。

今天早上方祥刚刚走出门，周云就拨通了孙超群的电话，她在电话里大声地说，超群，你快过来，有好消息告诉你。孙超群问她是什么好事，她偏不说，并嗲声嗲气地给孙超群下着命令，我限你二十分钟之内赶到我家，否则的话，你就……孙超群知道拧不过她，就一迭声地答应了。孙超群进屋时，周云满脸带笑地说，你还行，还算听话，我给你掐着表呢，现在十五分钟。孙超群一边擦着汗，一边喘着气说，你发的话我敢打折扣吗？一边说着，一边看看房间里，问，方场长已经出去了？真是废话，周云一边说着，一边扑向了孙超群。孙超群有些迫不及待地问，你快说说，到底是什么好消息。周云用手点着他的鼻子说，看把你急的，告诉你吧，你的事情已经落实了，让你到外贸或粮食科去当科长，怎么样，这回满意了吧？孙超群说那当然，可是……可是，孙超群说，方祥在会上那一通讲话不就是明明白白地让人往你家送钱吗？你看，让我当这个科长得花多少钱？周云撇撇嘴，谁稀罕你的钱，我告诉你，你把钱给我放好了，要花的时候，你就花在我身上。孙超群满脸喜气地说，遵命，娘子。接下来周云便迫不及待地让孙超群赶快上床，孙超群有些担心地问，方祥不会中间闯回来吧？没事儿，你就放心吧，他从来都是不下班不回家，周云三把两把地帮着他脱衣服，一边把嘴伸过来亲着他，这些日子都把我等急了，今天你一定要好好慰劳慰劳我……

孙超群走了之后，一身满足一身疲惫的周云又躺在被窝里美美地睡了一大觉。

现在一看方祥那表情，就显出无所谓的样子，说，不就是死了一个王绍堂吗？又不是你给害死的。再说了，他送给咱们的钱，咱们正好是偏得，这回也不用再给他往三十四队安排了，那块肥肉还能卖不少钱呢。

方祥摇摇头说，事情不会那么简单吧，我看过几天，咱们就把钱退回去，免得出什么麻烦。

瞧你这个耗子胆儿，还是个男人呢，周云不屑一顾地说，怕什么？钱又不是咱们伸手要的，是他主动送上门的。

主动送上门的，如果被查出来，也是受贿罪，方祥语调沉沉地说。

受贿和行贿都是一样的罪，这种事情，只有天知地知，送钱的和接钱的两个人知，周云胸有成竹地说，这就是一根绳上拴着的两个蚂蚱，谁也不会去告谁。

那就等一等再说吧。方祥还是不放心地说。

其实他们等的时间还没有超过三天，也就是在王绍堂把那包钱放在方祥家之后的第三天晚上，方祥家的门就被一个戴着眼镜的小伙子给叫开了。小伙子进屋之后便自我介绍说，我是二十八队的会计，我叫李星河，是王绍堂的姐夫。

方祥和周云顿时心里一惊，这回终于等来了，两个人交换了一下眼色，便忙着给李星河让座倒茶。

方场长，我就打开窗子说亮话吧，我内弟的事真是万万没有想到，李星河坐在沙发上，端起水杯喝了一口，抬头望了望方祥和周云，接着说下去，现在事情已经这样了，这都是他的命，今天我来的意思，说到这里，他故意顿了顿，接着说下去，因为我内弟前天晚上从你家出来时用手机和我通了电话，说事情办成了，让他去三十四队当队长。

周云忍不住地问，怎么，这事你也知道？

怎么能不知道？李星河把眼镜摘下来，往镜片上哈了一口气，掏出手帕，一边擦着一边说，送来那十万元钱，是我们四家凑在一起的，对了，说是四家，实际上也算是一大家，有我岳父家、我家、王绍堂和王绍堂的哥哥。

方祥说，其实，当时王绍堂送钱的时候我就没有打算留，可是他扔下钱就跑了，又是晚上，我准备第二天就还给他，要不我也得交到纪委去。

别别别，方场长，请你别误会，李星河连连地摆着手说，我今天不是来取钱的，我的意思是既然我内弟已经死了，我想顶他的这个缺儿。

噢，原来是这么回事。周云悬着的一颗心终于落回了原处，起身拿过暖瓶又往李星河面前的水杯里加了点儿水，说，你看你，怎么不早说呢？一边说着，一边给方祥使了眼色。

方祥装着没看见，心里在说，到底是女人，关键时刻就沉不住气了，现在是他来找咱们，主动权在咱们手里，这你怕的啥。再说把那么大的一个生产连队交给我不了解的人，我还真有些不放心呢，如果搞砸了，将来追究起来，还是脱不了干系。想到这里，便放稳了语调，你提的这件事，不是不可以考虑，但是我对你的情况并不十分了解。

这好办，我可以先简单地说一下。李星河显然是有备而来，说出的话也有不卑不亢的意思，我说的材料不够，你还可以到我们连队去了解去调查。我今年三十四岁，大专毕业，在连队当了六年会计，对连队的生产和管理也参与过一些，自认为还是内行。

方祥点点头，你的基本条件倒不错，我再了解了解，如果没有太大的出入，就这样定了。

李星河站起身来，行了，事情咱们终于谈妥了，对了，场长，这件事不会有任何人知道的，你把三十四队交给我，保证错不了，如果我干不好，到时候你就公事公办，是撤是罚全由你。我还要回去料理家里的事，告辞。

我看这小伙子还行，送走了李星河，周云对方祥说，我看就让他去三十四队当队长，这样他也不会再把钱拿回去，那可是整整十万啊。

你的眼里只有钱，方祥望着周云，摇摇头说，什么事情都不能只顾眼前，要想得长远一点儿。

嗬，能耐见长啊，周云笑着指点着方祥说，这不是我曾经教训你的话吗，怎么，想青出于蓝胜于蓝啊？告诉你吧，我这眼睛看人准着呢，你把三十四队交给他，要是鼓了包，你拿我是问。

方祥勉强地点点头，行，就听你这一回。

周云说，你都是要走的人了，还管那么多干啥，他老姨嫁给谁不喝喜酒呢？

新年之前的最后一次党委会是由文丽主持的，自从她开始代理党委书记以来，总是忙得不可开交，现在总算忙里偷闲，挤出了一天的时间。会议的主要议题就是大家讨论总结一下今年的工作，提出下一步工作的打算，这些正好可以作为元旦之后职工代表大会上工作报告的内容。

会上的气氛很活跃，大家都你一言我一语地说着，互相补充着，大家已经好长时间没有这样坐下来怀着轻松的心情讨论太阳农场的事情，从夏到秋，大家除了工作的苦和累以外，又时常被一种看不见摸不着的东西所包围着、所困扰着。现在，大家心里的那片天空终于开始晴起来，虽然知道前面还有很多困难，但是，只要大家团结一心，就没有闯不过去的难关。

讨论的话题非常广泛，党委秘书趴在桌子上飞快地记录着。

带有总结性的发言还是江昊说出来的，他环视了一下出席党委会的每一个人，语调沉稳地说，这一年过得真快，大家也是泥里水里干过来的，现在我敢说，咱们太阳农场的抬头日子终于开始了。关于今后怎么干，我有一些不太成熟的想法，在这里和大家说说，大家也可以提出不同的意见。在咱们太阳农场生产的面粉能在国内的不少大城市站稳脚跟打开销路这一点上，我想了很多。咱们这里是全国著名的商品粮基地，以前都是把大量的原粮卖给南方，人家通过粮食深加工，制成饼干方便面，再运回来。你们知道吗，人家一车饼干和方便面能换咱们多少车大米和白面，咱们辛辛苦苦挣的是小钱，却把大钱留给了人家。所以我就想，如果下一步咱们也能在粮食深加工上好好做些文章，肯定错不了。现在，中国马上就要“入世”了，我们必须具备面对世界经济的竞争意识，一定要把眼光放得远一些。现在我已经养成了习惯，晚上不管回家多晚，都要到网上去看两个小时，信息是企业发展的命脉，咱们不能当聋子和瞎子啊。还有，经济作物在咱们垦区也搞了好多年了，可一直没有搞出大名堂，这是什么原因呢，我觉得就是没有形成拳头，没有形成集团化的优势，还是一家一户的小农经济，这已经远远跟不上时代的发展了。其实市场经济为我们提供了一个广阔的舞台，只要我们注意发挥自己的优势，打出自己的品牌，就会在激烈的竞争中立于不败之地。就说眼下全国进行的西部大开发吧，那就是一个巨大的市场，咱们就应该知道那里在发展过程中需要什么，咱们能够生产什么。我听一个朋友说，西部需要大量的树苗，才能进行大面积的退耕还林，大家想想，这是多大的市场啊。还有，咱们这里对俄贸易的地理位置是得天独厚的，听说土豆、圆葱在俄罗斯市场非常受欢迎。我们是否可以考虑在咱们农场搞一下这样的试点，气魄要大一些。比如，这个连队就是种土豆，那个连队就是种圆葱，那个连队就是生产杨树苗，大家想想，几千亩几万亩地搞起来，再加上科学指导，高产稳产，那经济效益必然是非常可观的……

一席话说得大家群情振奋，主持会议的文丽也受到了深深的感染，她为自己能够成为这支创业队伍中的一员而感到高兴。她激动地说，我虽然来到这里还不到半年时间，说心里话，我真是有一种回家的感觉，以前天天坐在机关的办公室里，整天面对的就是电话、报纸和文件，和现在比起来，我觉得现在非常充实，能给自己熟悉和热爱的这片土地留下点儿什么，这才是最有价值的生命。我前几天去分局开会时，已经把我的想法向于书记简单地透露了一下，今天在这里也向大家表个态，如果有可能，我想明天回省里时，就请求省厅领导能够同意把我在这里挂职的时间再延长一年……

还没等她把话说完，江昊等人就热烈地鼓起了掌。

冰封雪盖的太阳河安静得出奇。

农场党委会的第二天，文丽要回省城了，江昊亲自开车送她去火车站。

时间过得真快呀，一晃你来到太阳农场都快半年了。江昊两眼盯着前方的路。

文丽侧过脸望了望江昊，是啊，我也觉得挺快，一眨眼工夫。

江昊还是望着前方，你每一天都有很多事要做，时间就觉得快了，要是让你到这里来待着，你早就该有度日如年的感觉了。

车突然颠簸了一下，接着又是一个急转弯，文丽没有思想准备，车一晃，她的身子一下子靠在了江昊的手臂上。

文丽脸一红，望着窗外一片白茫茫的田野，接着说，这一年四季的春种秋收，几乎都没有什么变化，你在这里不觉得单调吗？

江昊摇了摇头，一点儿这样的感觉都没有，真的，每一年都觉得挺新鲜，因为付出了劳动之后，自己热爱的土地不仅有收成，还有变化，你都看见了，太阳农场这些年几乎是一年一个样，那些回城的老知青们，回来时都有些不敢认了。

文丽点着头，是啊，我来的第一天就有这样的感觉。

吉普车卷着路上的积雪，向北江市奔驰着。

眼看就要驶进市区了，江昊像想起了什么，脸也有些红了，侧过脸说，那天你说完之后，我想了好几次，我现在想问问你，你说当年那个文涛改了名，你让我猜一猜，我现在就说出来给你听，行吗？

文丽红着脸点点头。

江昊望着文丽，一字一顿地说，当年的文涛，现在就叫文丽。我猜得对吗？

文丽没有吱声，默默地望着车窗外。

两个人都沉默了。

吉普车马上就要到火车站了，文丽终于开口了，如果说你猜对了，你现在是怎么想的？

江昊又望了望文丽，眼睛里就像含着一汪水。我对当年的选择不后悔，更希望所有的人都能理解，当然，最想得到你的理解。但是，如果现在让我说心里话，我还有一个愿望。

什么愿望？文丽急切地问。

江昊说，我真希望人真能有来世。

两个人又沉默了。

江昊一直把文丽送到车上，一直到广播里传来要开车的声音。江昊握着文丽的手，真希望你早点儿回来，黎书记走后，我真是觉得挺孤单，不管怎么说，有你现在给我当"政委"，我心里就踏实多了。

文丽用她那柔软白皙的手使劲儿地握了握江昊那粗大热情的手，眼睛里噙着泪水，回答着：放心吧，我一定抓紧回来，等着我，元旦之前我一定赶回来，咱们一起过新年。

好，咱们一起过新年。江昊兴奋地重复着。

图书在版编目(CIP)数据

走心 / 流岚著. — 北京 ：中国文史出版社,2018.1
(跨度长篇小说文库)
ISBN 978-7-5034-9309-6

Ⅰ.①走… Ⅱ.①流… Ⅲ.①长篇小说-中国-当代
Ⅳ.①I247.5

中国版本图书馆 CIP 数据核字(2017)第 144776 号

责任编辑：马合省　卢祥秋

出版发行：**中国文史出版社**
网　　址：http://www.chinawenshi.net
社　　址：北京市西城区太平桥大街 23 号　邮编：100811
电　　话：010-66173572　66168268　66192736（发行部）
传　　真：010-66192703
印　　装：北京盛彩捷印刷有限公司
经　　销：全国新华书店
开　　本：720×1020　1/16
印　　张：16.5　　　字数：222 千字
版　　次：2018 年 1 月第 1 版
印　　次：2018 年 1 月第 1 次印刷
定　　价：45.00 元